U0845385

锦城烟云

上册

龚莹莹 著

陕西师范大学出版总社

图书代号：WX21N0630

图书在版编目（CIP）数据

锦城烟云：全二册 / 龚莹莹著. — 西安：陕西师范大学出版总社有限公司，2021.5

ISBN 978-7-5695-1172-7

Ⅰ.①锦… Ⅱ.①龚… Ⅲ.①长篇小说—中国—当代 Ⅳ.①I247.5

中国版本图书馆CIP数据核字（2021）第023475号

锦城烟云：全二册

JIN CHENG YANYUN：QUAN ER CE

龚莹莹 著

出 版 人 刘东风
责任编辑 高 歌
特邀编辑 黎 靖
责任校对 舒 敏
封面设计 吴黛君
出版发行 陕西师范大学出版总社
（西安市长安南路199号 邮编710062）
网 址 http://www.snupg.com
印 刷 涿州汇美亿浓印刷有限公司
开 本 620mm×889mm 1/16
印 张 35
字 数 483千
版 次 2021年5月第1版
印 次 2021年5月第1次印刷
书 号 ISBN 978-7-5695-1172-7
定 价 78.00元（全二册）

目录

上部

红尘天幕

下部

芙蓉三醉

上部

红尘天幕

前传　古堰惊魄

大陆腹心的群山深处，有盆地沃野千里。

一千多年前，郡守李冰在玉垒山下壅江作堋，凿离堆于江心，千里大江一剖为二，东股外江为正流，西股内江则细分成无数的水网，用以灌溉。从此以后，那里水旱从人，时无荒年，天下人称“天府之国”。

自上皇西巡，世人又说，这锦绣般的草树云山，更胜三秦长安。

而后百年，中原狼烟四起，李唐帝国的版图如沃土龟裂。朱温篡唐建都开封，国号大梁；沙陀贵族李克用盘踞太原，以复兴大唐为名争霸中原；西川节度使王建则据险偏安定都成都，国号大蜀。另有凤翔府、长沙府、江陵府、兴王府、幽州、扬州、钱塘、福州大大小小的藩镇割据，无不保有着强盛的力量。

李克用病逝以后，胆勇过人的李存勖袭位晋王，破幽州自立为唐，灭朱梁一统北方。同光三年（925 年），他迁都洛阳，自取伶名“李天下”，还乘胜兴师西征平蜀，仅用了七十天，便逼得后主王衍写下降表。蜀国十节度、六十州、二百四十九县、三万兵丁尽数归唐。而后，李存勖命心腹孟知祥出镇成都，设宴慰劳，酒至酣畅，说到君臣原是郎舅至亲，希望他能守好西川，帮大唐守住钱粮。然而，好景不过半年，堂堂“李天下”便死在伶人箭下，成为天下人的笑柄。群山之外烽火狼烟，各路英豪还在渭河滩上杀来杀去，军队所过之处，荒田千里，尸骸横陈。

天成二年（927 年）。

蜀中农事已毕，灌州的古堰岁修业已结束——为保证河道通畅，堰工用杩槎筑成临时围堰，将大江水揽入外江，淘修内江的河床，加固河堤，此谓岁修——岁修之后开闸放水，灌溉平原的农田万顷。

玉垒山顶的瑞雪初化，古堰金堤上，两排巨大的建鼓呈八字排开，从京都远道而来的僧侣列阵端坐在前方，后面是由笙箫、箜篌、尺八、横笛、琵琶、羯鼓、钟磬和筚篥组成的浩荡乐队，百号舞伎身着五颜六色的锦衣在声乐中旋转。西川节度使孟知祥正陪着朝廷钦差前来拜水，祭祀李冰父子，祈求国泰民安。新帝即位不过一年，朝廷已经先后派了两名监军入蜀，孟知祥手握重兵需要安抚，因此，今年的拜水节格外隆重。

寒冷的天气阻挡不住从四里八乡闻讯赶来的百姓。狂风将大江两岸的彩棚刮得呼呼作响，茶酒小吃堆砌如云，架上摆放着荞面凉面、甜水面，牛肉焦饼、黄醪糟，糖油果子、枣蜜饯，棚里卖的是蜀锦蜀绣、蜀面具、荷包熏笼、吹糖人、珠翠头面、剪纸画。彩棚沿路人潮汹涌，粗布短褂的农夫和幞头襕袍的文人肩挨着肩，霜尘满面的老妇和曳步窈窕的娘子脚碰着脚。

江岸的人流中有一干手持斧钺的牙兵分外打眼，都是些十来岁的少年，绯色甲胄齐整划一，崭新的头盔在阳光下闪闪发光，长钺上的猛兽牙旗迎风招展，他们身形矫健，脖颈儿高扬，像雄鸡般威风凛凛。

一个四五岁的小沙弥缀在队伍的侧后方，他羡慕地注视着少年牙兵，稚嫩的脸上焕发着熠熠神光。

牙兵簇拥着八九岁的小衙内，顺着人流在彩棚间闲逛，他是孟知祥的三儿子，名叫孟仁赞，刚刚和朝廷钦差一起，被牙内亲兵接回成都府。他年纪不大，面色苍白，因为长期骑马，腰身轻捷健美；虽然穿着连珠绫缎的锦袍，外套貂绒锦褂，却不显得臃肿。此时他正走走停停，那双乌黑的眼睛在琳琅满目的货品间流连，漆黑的瞳仁中不停地闪烁着货品的光泽。

“三大炮！琳琅阁耗子洞的三大炮呐！”

洪亮的吆喝传来，孟仁赞在一个热气腾腾的摊架前停下脚步，身后牙兵一字排开，杵得笔直。摊架的案板上架着一口大锅，下面炉火熊熊，白发苍苍的老汉提着木槌儿，将大锅里的糯米饭舂得突突作响。

洪亮的叫卖声出自旁边的儒生，人们随着他的吆喝聚拢过来，摊架被围得水泄不通，铜钱也蹦蹦跳跳地落在案板上。

“三个一盘儿！”软糯的童音在喧哗声中显得格外清亮。那是个五六岁的螺髻女童，正踮着脚尖儿站在案板下，莲藕般的手臂高高地挥舞着。

儒生探出头去，笑嘻嘻地接过小人儿掌心里的铜钱，回头丢给老汉。

“好咧！”他大吼一声，紧接着撸起袖口，将缺胯前襟扎进绊带里，健实的手臂从大锅里扯出黏糊的糯米饭，用力揉成一团糍粑，手指飞花儿似的分摘成三坨，有节奏地打了出去。糍粑从案板上弹跳而起，跃进前方装有黄豆粉的簸箕里，发出“嘭、嘭、嘭”的三声响，像炮仗一样。糍粑在豆粉里滚了一圈儿，裹成圆滚滚的团子。老汉颠儿颠儿地从簸箕里将它们捻起来摆上铜盘，浇红糖，撒芝麻。一盘“三大炮”便递到案前的小人儿手中。

儒生朝她咧嘴大笑，高喊着：“拿稳喽！下一个！”

出生在北方的孟仁赞没见过这些民间花样，他目不转睛地盯着小人儿手上的糍粑团子，旁边的小沙弥也挤上前来，拼命地咽着口水。

牙兵见状，堆着笑容讨好地问道：“三郎也来一盘？”

孟仁赞没有回答，低头看了看身边的小沙弥。螺髻小人儿把手中的糍粑团子递了过去，肉嘟嘟的手指头指着碟盘说：“哥哥挑一个，小师父挑一个，剩下一个留给我。”孟仁赞怔了怔，下意识地退了两步避开她。那小沙弥刚抬起手来，看见孟仁赞的表情，赶紧吃力地抹着嘴巴，恋恋不舍地退到了他的身后。

身后的牙兵觉得没趣，提议说：“三郎，我们回去吧，看样子快起杩槎了。”说着走上前来准备将小女孩儿抱开。

“起杩槎喽！”

像恶作剧般，不知是谁大喊一声，人群忽然疯狂起来，一层层地纷涌冲撞，潮水般涌向江岸。“三大炮”摊架前堆积的人最多，排开的牙兵瞬间被冲得七零八落。只听轰的一声，炭炉被撞翻在地，像暴雷炸响，火星四射。簸箕在天上翻了个头，豆粉铺天盖地地撒下来，人群的号哭叫嚷声不绝于耳，躲避炭火的人乱成一团，有的被砸了头，还有的被烫了脚。

孟仁赞的头顶和锦袍上都被敷了一层雪白的豆粉，焦急中，只见那小女孩儿站立在纷乱的人海中，自顾自拿衣袖拢着手里的“三大炮”。眼看她就要被慌乱的人群挤撞在炉火上了，孟仁赞顾不得满头满脸的粉尘，张开双臂一把将她抱起来。与此同时，那“琳琅阁耗子洞”的儒生也冲了过来，嘴里大喊一声：“蕊娘！”

原来他们认识！

孟仁赞回过头去，旋即腰身一紧，有双结实的臂膀将他俩稳稳地抱在怀中。那位青年儒生眯着眼睛蹲在面前，随性的装扮和旁人无异，但微陷的眼窝里，却是一双琥珀色的瞳仁。孟仁赞被那双奇特的眼瞳吸引，睁大眼睛迎了上去。儒生有些诧异，过了一会儿才笑嘻嘻地打恭致谢：“没惊到小阿郎吧？”孟仁赞摇了摇头，将怀中叫“蕊娘”的小女孩儿放了出来。

女孩儿从袖笼里拿出铜盘，一本正经地递给儒生说：“四郎，没你的份儿喽！”

“好！”儒生向三个孩子示意，“张开嘴巴——啊——”说着，捻了一颗放进蕊娘的嘴里，又捻起一颗往孟仁赞嘴里送去。

“放肆！”孟仁赞低喝一声，偏着脑袋往后仰。他是节度使的儿子，自小跟着长公主生活在晋阳城的大明宫，从未有乡野人敢这般轻佻地对他。儒生看着他，无奈地撇了撇嘴，索性将剩下的两个糍粑团子统统送进早已垂涎三尺的小沙弥嘴里。

“哟嗬！吼！吼！吼！”

伴随着齐整的呐喊，河心里，上百位堰工正人手提着一把斧头，光着膀子严阵以待，分水堤下矗立着壮阔的杩槎阵，堆积着装满大卵石的竹笼。人群越集越多，密密麻麻，像戳破了的蚂蚁窝，杨槐、榆柳的枝干上到处都挂了人，所有的目光齐刷刷地望着河心。

“让开！不许挤！”牙兵拨开人群，保护孟仁赞艰难地往外挪动。

青年儒生抱着蕊娘站在人群中，他遥望着河心的方向，露出讥讽的笑容：“君不见秦时蜀太守，刻石立作三犀牛。自古虽有厌胜法，天生江水向东流……”

“四郎！好闷啊！”蕊娘哭丧着脸在儒生的怀里挣扎，焦躁的声音打断了他的思绪。他环顾四周，这才发现人群已将他们拥堵得寸步难行。

他抬起头来高声吆喝：“哎，劳驾！”

孟仁赞听到声音，转过身去，只见女孩儿被高举过头，儒生正朝他呼喊道：“带她出去，这是费家的小娘子！”领头的牙兵从人群里接过小女孩儿，大声责备道：“你胆子太大了，居然把费娘子带出金堤！”

“交给你，没事儿的……”名叫“四郎”的儒生笑了起来，话没说完，就被人潮挤到了更远的地方。

“费家娘子？”孟仁赞神情威严，问牙兵：“这小妹妹我可见过？”

牙兵怔了怔，小女孩儿倒是说了：“蕊娘见过仁赞哥哥。”孟仁赞听到这话，僵硬的脸不由得松软下来。他意识到小人儿也许是府中常客，自己刚回成都府，还没来得及认识，想到这儿便说道：“跟着我吧，不许乱跑。”蕊娘溜滑下地，温顺地贴着他说：“哥哥今早还在我家吃了茶。”

“青城？”

“对啊！”

孟仁赞哦了一声，不由得对她亲近起来，两人说着话，在牙兵的簇拥下离开了嘈杂的人群。

一干人踏过安澜桥，朝对岸走去，只听乐舞声从堤坝尽头的祭台边传来。金堤上彩幡重重，沿途三步一岗，五步一哨，手持钺斧、长钺、吾杖的侍卫遍布堤岸，华美的锦麾、幡幢迎风招展，飒飒作响。

孟仁赞携着蕊娘刚踏上金堤，就被侍卫拦下：“节帅有令，任何人不得往前一步！”侍卫高出牙兵一头，面无表情地看着眼前的一群少年。

领头的牙兵正想发怒，被孟仁赞制止了：“既是父帅下令，就等等吧！”说着，他看了看身边的费家小娘子，她的小嘴巴还在叽叽喳喳地说个不停。光是听着蜀中那些千奇百怪的故事，他就已经心满意足了，所以不太担心能不能上祭台。

这时蕊娘却忽然住了口，目不转睛地盯着前方，孟仁赞顺着她的目光看去，只见不远处堆砌着淘滩出来的石头。

“哥哥见过堰工从河心采石头吗？喏，就是那些，五彩斑斓，漂亮得很！”

孟仁赞点头回答：“我的房里就有彩石所制的大插屏，原来都是从这里淘上来的。”

蕊娘扭住孟仁赞的胳膊，央求道：“祭礼还没开始……仁赞哥哥，我们下河找石头去，好不好？”

孟仁赞低着头，脚尖儿在地上画着圈儿，他打心底不想拒绝这个太阳般火热的小人儿，河滩上怪峻的奇石也对他充满着诱惑。过了一会儿，他对领头牙兵说：“韩保贞，我要去选几块河石送给阿耶，你们就在这儿看着。”

牙兵领命，抱着长钺就地坐下。

孟仁赞和蕊娘在裸露的河床中游荡，被奇形怪状的卵石所吸引，他们比画着说：“瞧！这块石头的螺纹，像不像匹马？”“我这是个癞痢和尚，手上还端着钵盂呢！”“再找找，看看还有什么！”两人一边私语，一边踏着裸露的石块，朝江心下游走去。

“三郎别走远了！”牙兵不断地提醒，随着两个小人儿越走越远，牙兵的声音便听不见了。

祭台那边出现了一阵骚动，戒备森严的金堤显得不同寻常。

领头牙兵觉察到了什么，激动地招呼其他人等，围成一圈儿窃窃私语。

“永吉，你确定就在今天，就是现在吗？”问话的牙兵虽然刻意压低了嗓音，却难以抑制内心的兴奋。

“看样子是……朝廷这是第二次派监军来，我看见节帅大发雷霆，茶桌儿都踢翻了……今年，支计院的军卒都被遣去修羊马城，我听阿耶说，修好之后围城有四十里，墙高一丈七，光城门就是九道，整个墙基两丈多宽呢！”

“哇！”年纪稍小的牙兵惊叹着问，“永吉大哥，帅爷修羊马城做什么啊？”

“傻子！因为打仗要吃肉嘛，西川粮草充足，却不像北方那样肉食丰富，既然不容易征集，干脆修羊马城来饲养牛羊马匹喽！”

“那些大族同意吗？今天在费府家主对我们帅爷就很不客气。”

“节帅的气魄多大呀！朝廷监军都不放在眼里，还怕区区蜀人吗！以前忌惮长公主和三郎在北方受辱，现今他们都回来了。”

这边少年牙兵们正聊得兴起，那边祭台上的声乐鼓舞忽然停了下来，列阵的僧侣开始诵经。

“砍杩槎——放水！”主祭官一声令下。

“轰！轰！轰！”三声炮响。

青壮男丁高举大斧砍断筑在杩槎上的竹索，河滩上的堰工奋力拉绳，杩槎轰然解体，激峻的江水雷滂电泄。人群像着了魔一样，一个个伸长脖子，高声呼喊着号子，大江两岸顿时呼声震天，江心岸边气浪滚滚。少年牙兵们也被这喧天的气氛所感染震慑，他们兴奋地扶着钺斧站在步哨的侍卫身边，跟随着鼓若山腾的口号高亢地呼喊起来。

“三郎在哪儿？”

领头牙兵猛然惊醒，滩涂上早已看不见孟仁赞的人影，几个人顿时阵脚大乱。

“安思谦，快去禀告夫人，其他人跟上！”他大喝一声，率先沿着堤坝朝下游冲去。

玉垒山虎头岩的长脊是李冰父子开凿的山口，那是控制内江进水的咽喉，叫作宝瓶口，留在宝瓶口右边的山丘因为跟山体相离，便被称为离堆。由于上游有杩槎筑成的临时围堰，此时离堆下仍是一片荒石滩涂。

这时，孟仁赞也发现自己走得太远了，他拉着蕊娘的胳膊提醒道：“要漫水了，该回岸上去了！”

小女孩却依依不舍，企图搬动脚下的大石：“这纹路多像道玄的嘉陵江图啊！仁赞哥哥帮帮忙，我们搬回去吧，阿耶肯定会欢喜的！”

“太大了，搬不动。”孟仁赞弯腰试了试，抬头看见远处堤坝的边沿，牙兵们正张牙舞爪地不知在大喊些什么，他索性放开嗓子挥手呼喊道：“韩保贞，过来帮忙！”

话音刚落，只听上方传来轰隆一声巨响，怪兽般的江水冲向远处的牙兵，将他们拍回到堤岸上。震天撼地的欢呼声响彻大江两岸，崩浪翻卷宛如银河倾泻，焦虑的少年牙兵在恢宏磅礴的悬流面前比蚂蚁还渺小。

两个小人儿看着远处，惊呆了！

孟仁赞醒悟过来，一把拉住蕊娘的手臂朝着离堆的高处跑去。江水如万马奔腾，势不可当，碧绿色的激流咆哮着灌入内江。眨眼的工夫，野马般的波涛裹着枯叶，冲开碎石，漫到孟仁赞的脚下来。

“上去！”孟仁赞托着蕊娘往离堆的高处攀爬，他们每往上一步，脚下的水就跟着上涨一分，刺骨的江水已经将两个人的鞋都浸湿了。

“爬不上去了！”蕊娘强忍着恐惧，她抬头望着上面，刀削的石壁上，只有几根藤蔓悬垂下来。“别怕！”孟仁赞深深地吸了口气，他将革靴甩脱，咬着牙对蕊娘说：“上来，我背你！”蕊娘听话地趴了过去，因为突如其来的负重，孟仁赞脚下一滑，山石纷纷坠落，蕊娘吓得几乎要哭出声来。

“抱紧我！”孟仁赞大声说着，目光炯炯地盯着悬垂在身旁的藤蔓，“别怕，我要放开你把藤条拉过来！”蕊娘趴在孟仁赞的背上使劲儿点头，腮帮子上还挂着眼泪，尽管紧张得全身颤抖，却始终没再吭声。

巨浪像张开的血盆大口，等待着将两个小人儿慢慢吞噬。

被巨浪阻隔的牙兵惊慌失措，几番试图冲向金堤求援，均被侍卫横刀逼退。几个少年绝望地呼喊着，望着戒备森严的祭台毫无办法。

重重戒备之下的祭台，气氛剑拔弩张，梵音和建鼓的音量也掩盖不住交头接耳的纷纷议论。蜀中各个公卿悉数在场，祭台侧方坐满了望族家眷与藩邸幕僚。案台上是打翻的茶盏，一个披头散发的随臣被绑缚在旗杆之下，朝廷钦差手握“奉旨监军”的令牌拍案而起，侍卫横刀严阵以待。

这场争执突如其来，孟知祥措手不及，那咄咄逼人的监军是杀还是不杀？如果杀，便是向朝廷和部将挑明了自己据蜀称王的意图。蜀中公卿多是避祸到此的衣冠士族，还未获得他们支持的情况下，称王的时机并不成熟。可是不杀，就得在众目睽睽中向监军服软，当众受辱不说，还得主动请求朝廷加强对他的控制。

正在这时，僧侣行列中不知什么时候出现了一个小沙弥，他像条灰色的泥鳅般，推开经幡，越过舞伎，沿途狂奔。

等他气喘吁吁地冲上祭台，护阵的侍卫才发现了他，一不留神没逮住，让他滑到了节度使孟知祥的脚下。威风凛凛的节度使将军像提着一条小鱼儿似的将他抓了起来，举在半空。那道灰色的身影在日光的照射下，双手乱抓乱舞，嘴里还在哇哇地说着什么。

费家夫人在侧台听得清楚，大叫了一声“蕊娘”，便昏倒在地。

上上下下乱成一片，祭祀被迫中断了。

孟知祥领着堰工和府兵来到岸边，隔着怒涛汹涌的江水，只见对岸的离堆下，两个小人儿在山腰瑟瑟发抖。孟仁赞正死死抠着岩石的缝隙，光脚蹬在石壁上，垂下的藤条被他缠在身上承载负重。他的十根手指已经鲜血淋漓，神色懵懂的女娃娃骑在他的背脖上毫发无伤，冰山融化的洪流正在他腿间汹涌奔泻，眼看着巨大的漩涡便要将他们如树叶般席卷而去。

熟悉水性的堰工缠着绳索游到对岸，两人被带回金堤。

孟知祥盛怒，当着朝廷钦差的面将儿子痛笞了一顿，而后愤然离去，丢他在费家府邸，扬言任家主处置。孟仁赞知道自己闯下了大祸，什么也没辩解，就安安静静地留在青城。

“朝廷缺钱，几度为难你父亲，今日准备在拜水祭祀时将钦差拿下，差点儿让你乱了阵脚……”生母李氏陪着他留在费府养伤，虽然口中满是责备，却透露着浓浓的舐犊深情。

孟仁赞抿着嘴没说话，他看了看跪在旁边斟茶递水的小沙弥，转移话题问：“小和尚，你怎么不跟师父回京都？”小沙弥摇了摇浑圆的脑袋，用乌溜溜的大眼睛看着他说：“乞儿想跟着哥哥学本事。”李氏摸着他的小光头，怜惜地说：“亏得小师父机灵，有胆子闯祭台，若再迟些时候，哥哥恐怕坚持不住了。”

孟仁赞对小沙弥说：“你跟我倒没什么，不过还得父帅答应才行。你是佛门中人，万一你师父不同意呢。”小沙弥听着孟仁赞肯收留他，开心得哭起来，他一边抹眼泪，一边磕头说：“节帅大王夸我聪明，跟师父将我要了。仁赞哥哥肯让乞儿服侍，师父会为我高兴的，他知道我不喜欢在寺庙里过日子，我也不知道他们嘴里成天叨叨叨着什么东西。”孟仁赞听着他的话，心里涌起一阵温暖的浪潮，虽然腰臀火辣辣地痛，到底觉察到父亲不动声色的疼爱，这让他感到那顿鞭挞根本算不得什么。

他挥了挥手，说：“去换身衣裳吧，你有俗家名字吗？”小沙弥跪在地上据实回答说：“乞儿俗名王昭远，仁赞哥哥如果觉得不好听，还请你给我改一个。”孟仁赞还未来得及回答，门外有一个流莺般雀跃的声音在问："谁的名字不好听，还要改一个？"

"哟，是蕊娘子来了。"李氏笑着站起身，吩咐乞儿去开门。

房门打开，只见费家小娘笑盈盈地站在门口，双手托着一片芙蓉花叶。孟仁赞挣扎着动了动，痛得龇牙咧嘴。蕊娘先给李氏行了礼，这才走到床榻跟前，指着花叶中心拇指大的糊状物说："蕊娘请四郎配了药膏，就当给哥哥赔罪啦！"

费家主年逾四十，只有一位夫人，三十多岁才得了这小娘，爱如珍宝。家主夫人让她读书习字，当男孩儿般养着。蕊娘小小年纪便聪慧伶俐，平日里弹雀射鸭，游船骑马，仆役侍女跟前撵后，看起来倒比同龄的女孩子大气些。费氏的先祖是当年随着玄宗皇帝西巡到蜀的仆从，繁衍百年后，逐渐掌控了蜀中的盐、锦、茶各类商道。这个累世乡宦、诗书传家的氏族，家风慵闲而散漫，府中门客多不胜数，其中不乏蜀中鸿儒，都是些性情豪迈、肆意洒脱的狂人，费家主更是放任而不拘礼法，常常与他们聚在山下喝酒纵歌。孟仁赞留在费氏府邸养伤的这段时日，深感家主的豪迈率直。

如今，家主夫人与节度使夫人情同姐妹，更将自己的园子挪让出来安置他们。小娘费蕊不愿离开住所，于是，两个小人儿便每天同吃同住，亲密无间。

"蕊儿，我把墨盘打翻了。"闯了祸，他愁眉苦脸地问费蕊。

"不要紧，我能收拾的。"费蕊看起来很能干的样子。

"墨汁儿把桌案上的嘉陵江图染了。"孟仁赞试探着继续说。

"不要紧，重新临摹便是。"费蕊依然漫不经心。

"那可是，画圣道玄的真迹……"孟仁赞垂头丧气，终于把话说完了。

"啊？"费蕊跳起来，拉着孟仁赞便往山上跑，"我们得去找四郎帮忙才行……让阿耶知道，你会挨揍的！"

四郎李玹是府中的一位门客，两个小人儿去的时候，正碰上儒生和幕僚聚集。李玹二话不说，将两个孩子揽在怀里，提着鼓杖边敲羯鼓边喝酒。孟仁赞看着儒士们将笑谈付诸浊酒，嘴里讲着出世的老庄，口中吟诵的却是“泽国江山入战图，生民何计乐樵苏。凭君莫话封侯事，一将功成万骨枯”。他恍恍惚惚地想起入蜀这一路的艰辛……

洛阳宫中燃着熊熊大火，廊柱上四处喷溅着被铁锤砸出的脑浆，丹墀下架着铁鼎，沸水滚滚，叛军在烈火浓烟中狰狞狂笑。屠刀将宫人身上的肉一片片割下来，丢入沸水中，鲜血流淌在玉石台阶上，惨叫声不绝于耳……好不容易逃出宫廷，沿途又是荒田千里，尸骸横露在原野，任秃鹰啄食。正午的烈日下，有个蹲在尸骸边哭泣的幼女，她用砍刀代替耕犁划开土地，那孤苦无依、干瘪恐怖的眼眸就那么直瞪瞪地盯着他，盯着他们的车辇由远及近，再由近及远……不知道后来怎样了，她能否逃开那惨不忍睹的命运。

“快跑！救她！”

孟仁赞在睡梦中被惊醒。

“哥哥做噩梦啦？”费蕊伸手给他掖了掖被角，用乌溜溜的大眼睛盯着他，说，“别怕，蕊儿陪着你！”她并不知道孟仁赞遭遇的一切，却仿佛天生懂得这个庶子的内心。

孟仁赞脸色苍白，浑身都在哆嗦，嘴里却说：“我没事，如果吵到你了，你就去别处吧。”

“我不去，我要跟哥哥在一起！你是男子汉大丈夫，没有你救蕊儿，蕊儿就没命啦！放心，我在帐被外边帮你守着，妖神梦魇不敢打扰你的！”费蕊说得一本正经，孟仁赞笑了起来，明明知道她的话信不得，可是这个粉嫩的、香喷喷的小人儿，杏仁样的眼睛，牡丹似的红唇，比他这辈子见过的最好看的人还可爱。他想也没想，就着那微努的嘴唇舔了一口，立时唇瓣好像沾满蜜糖的茯苓膏，又甜又软。费蕊愣了愣，一对细眉微蹙，忽而眼睛弯成新月，咯咯地笑了起来。

孟仁赞翻了个身，很快平静地重归梦乡。

两个月不到，他已经养得白白胖胖，心境也温厚了许多。他时常老成地叹息着，看着府中那些狂士，他们身在江湖，心怀庙堂，所讲经学贯通释道，充满着浓浓的人间烟火气息。他不由得慢慢喜欢上费府轻松愉悦的氛围，连带着也爱上了青城。

临了要回成都，辞别前，费蕊从竹林中掐下一片竹叶递给他：“仁赞哥哥，给蕊儿折一艘船吧！”

“折船做什么？”

“乘船下扬州，我们一起去吃叫花鸡啊！”

“还是折一只仙鹤吧，我们骑鹤下扬州！”

1. 荧惑犯积尸

清明。微雨。

这日午后，碧空晴净，一丝风也没有，几缕黑云宛如长蛇横亘空际，久久不曾散去。只见锦江府河画舸轻桡，满城垂柳氤氲。这时，西边的几片薄云忽然被霞光染红，像着了火一般。狂风将一片羽毛卷落，在空中旋舞，忽上忽下地晃悠着，忽而风力一紧，那羽毛翻卷了一阵儿，朝着更高的天空飘去，一直飘上了皇城西面的一座高楼。

一只长臂庄严地伸出来接引它，它便一声不响地落在那白皙丰厚的掌心里。

那是一位身着青色襕衫的中年人，他皱着双眉，凝视着手里的白羽。他的身边，有个十来岁的绯衣少年，面色红紫，容颜端正，额角有块鲜红的疤痕。他手里舞着一根黄花梨盘龙棍，正目不转睛地望着皇城里飞出的几只巨翅苍鹞。

高楼上，青衫迎风伫立，衣阙里灌满了风。

当天边的火烧云将罗城照亮时，几缕黑云也随之消失得无影无踪。

“荧惑犯积尸。”青衫忽然开口，眉尖动了动。

“酉时之后，百川沸腾，山冢崒崩。高岸为谷，深谷为陵。”绯衣少年遥望天空，一双乌溜溜的大眼睛清湛而通透。

“方位何处？”

“西北。”

说话间，少年回过头来，两人相视而笑，中年男人摸了摸他的头问：“香儿什么时候学会推演天象的？”

名叫“香儿”的少年没有回答，却在青衫转头的瞬间悄悄扮了个鬼脸。

这时候，明亮的西方天际再次涌起滚滚黑云，又是几只苍鹞凌空而起，嘹亮的长啸从皇城向着西北方向渐渐消失。眼皮底下有位策马狂奔的白衣少年郎，风吹袍鼓，仙阙飘飘，刚刚隐入西去的雾色里。

须臾，一队飞骑从萧墙西桓的兴义门呼啸而出，扬起阵阵烟尘。

“那是皇帝的控鹤军飞骑，苍鹞凌空，连禁军也出动了，怕是宫中有变。”青衫手指飞骑，像夫子教学般，耐心地指导少年。

楼内的莲花漏，浮舟缓缓托着木箭上移，指示着铜表尺上的刻度显示。

未时……申时……酉时……

恍惚中像有潜龙破土，高楼的窗棂发出啪啪的声响，脚下的楼板晃动起来。顷刻间，楼上楼下人声嘈杂，惊慌失措的人潮纷纷涌到了大街上。

仅仅片刻光景，晃动却又消停下来。

香儿咦了一声，抬起头来，头顶依然明亮如初，西边的天际却隐约有惊雷掠地，像滚滚的龙吟，在遥远的龙门山岭中回荡。本来被黑云压制的天边忽然出现了一道红光，仿佛把整个儿西岭的雪山都全部点燃了，紧接着一道闪电犹如传说中的白烛应龙从天而降，把西方的天空撕裂开去……

罗城的百姓惊恐万状，随着那道闪电发出尖锐的呐喊。重重人浪朝着萧墙奔涌，他们仰着脖颈儿望向凌烟阁的顶端，企图在宫城的翘檐下看到赭红色的身影，面向百姓宣读昭示安抚的文书。可是，直到日薄西山，萧墙四门再也没有开放，倒是防城司的街巡使比平日增加了不少。许多年不曾响起的暮鼓声通知城门即将关闭，三响之后，街上禁止行人走动，不得犯夜。

午夜。

繁星渐明，银河自九天倾泻而下，照亮了整个成都府的城池。

成都府在高祖知祥整修之后，成为宫城、皇城、罗城、羊马城内外四城城城相套的格局。三年前孟知祥驾崩，太子仁赞更名昶，即皇帝位，干下了不少惊天动地的大事。

罗城内宵禁，城南渡口却灯火辉煌，无数舟楫停泊在那里，等待天明便扬帆入江，再下东吴。自晚唐以来，渡口的合江苑这一路都有王公贵胄出没，流风所及的地方，或品茶吟诗，或送别友人，蔚然成景。

成都府刚刚经历了一场虚惊，合江苑却没有受到影响，刚到晚间便恢复了繁华。

青衫携着香儿，走过人潮汹涌的街道，市廛店铺鳞次栉比，百艺杂耍一应俱全，勾栏瓦肆红烛高照，瑶池云门歌舞蹁跹。离合江苑不远，有处高楼临江而建，特别惹人注目，那是成都府最大的勾栏之所。楼门挂有黑底金字的匾额，上面刻着“散花楼”三个草书大字；主楼四层，八角翘檐，远看如塔，近看是楼，轮廓在灯火中愈发秀丽挺拔。青衫缓缓步入附楼瓦肆，模样矮小的俳优正坐在台上的圈椅中，身前聚集着很多听众，挡住了他们的去路。

“咚！咚！”

“年前钦天监夜观星象，见荧惑入舆鬼，犯积尸，今日西北果然地动！”

白日里那场地动山摇让人心有余悸，俳优敲着鼓槌儿，话音一落，围观听众便议论纷纷。香儿皱了皱眉，拉着青衫往里走，只听俳优又继续唱道：“火星过了鬼宿，将二犯太微。这天象又是凶格！今日这番地动权且称作天谴吧！”

他的说辞分明有所指，众人好奇心起，有人高声问：“蜀中安稳这些年，什么事儿又遭了天谴？”

“说不得，说不得啊！”俳优故意放低了音量，引得听众纷纷踮起脚尖儿来，“各位可还记得右相中书令李仁罕，高祖陛下的托孤良臣，却在幼主刚即位时被奸人弹劾，明德元年殿前一役，血染御阶……”

俳优话音未落，墙角传来一声大喝：“放屁！”

听书的客官被这怒斥惊扰，纷纷转头看去，那灯火未及的阴暗处有个身着锦绣白袍的少年郎，一张脸涨得通红，目眦尽裂，像要杀人。香儿认出他来，昨日下午他从皇城策马西奔，仙阙飘然的模样，此刻却在这瓦肆阴暗处，怒发冲冠，显得格外狼狈。

白袍少年在众目睽睽之下，缩着身体进退两难，眼神惊惧地四下张望，闪烁不定。香儿眼尖，发现他背后更阴暗的地方有一抹人影闪过，顺着屏风后的甬道朝后园溜去。他拉了拉青衫的衣袖正想说话，中年人却侧头低喝了句：“少管！”

俳优对白袍少年的呵斥毫不在意，他抬了抬手，眯着眼睛说：“区区倡人下九流，胡诌两句混口饭吃。过去的事儿无力回天，都是命，守命待时吧！”说完他便放下怀中的鼓槌儿，合上桌前的破书，只顾端了汤水润嗓。

青衫不再理会，拨开人群，缓步走向主楼，香儿跟随其后，穿过如织的人群，拾级而上。主楼转角处，有三三两两穿着圆领襕衫的雅士挽着大袖明衣的娘子，倚着雕栏弄月饮酒。一个柔媚的声音将他们拦住：“往上是凤鸣、莳花，郎君请回转！”说话的是位梳宝髻、戴莲冠的女人，她身穿朱红色的短襦长裙，笑盈盈地倚靠着扶栏，帔帛搭在肩上，绣着大朵白牡丹的薄纱随着晚风轻扬。看见少年目不转睛地盯着她，女人笑得越发妖娆起来，然后伸出手去，在他的脸上抹了一把。

香儿恼羞成怒，没等发作，却见青衫伸出手臂，掌心向上摊开在女人的眼皮底下。红裙娘子垂眸瞥了瞥，瞬时敛了笑靥，严肃起来。青衫的掌心宽大厚实，虎口处有块精巧的刺青，形似“白虎负日”，如蚕豆大小。刺青自李唐时期便风靡长安，宪宗皇帝奉迎佛骨的时候，长安官民解衣散钱，不少人的身上、手臂上就札刺着佛像以表虔诚。

“先生，请。”她说着转身朝楼上走去。

散花楼的四楼由四个小方亭组合而成，顶层以一个大方亭收顶，只有两名黑衣护卫值守在旁。香儿四下瞥了瞥，知道有很多暗卫隐身于柱梁之上。

红裙娘子带着他们来到其中一间方亭阁楼。

阁楼布局精巧，分内外两间。女人反手关门，邀青衫和香儿在内室上首落座，她自己则席地而跪，从瓷罐儿中舀了少许茶粉注水捣拂，而后抬手扶着薄胎茶盏，托杯递上。

青衫颔首，接过茶盏浅饮一口，沉静地望着她。

女人忽然起身，后退一步，双手覆于前额，拜倒在地："暮雨叩见先生！"

青衫哦了一声，问："你就是暮雨，朝光呢？"

"朝光，"名唤暮雨的女人抬眼看了看青衫身边的少年，回答说，"相公张业造访，朝光夫人在莳花阁相陪。"

"张业来了，"青衫意味深长地阖着眼，"散花楼经营得不错，连宰辅相公也出入此间。"正说着，房门外响起嘈杂的打斗呵斥声，青衫挑着眉峰问："这里守备森严，谁能冲上来？"

"先生稍候，暮雨看看便回。"女人说罢，掩门而出，不久，打斗声果然稍息。

又约莫过了一盏茶的工夫，外间响起窸窸窣窣的衣袍律动声，屏风后影影绰绰。少年只闻到一股异香，抬头便觉眼前一亮，又是一个身着绯色大袖明衫的女人款款走来，画着梅妆的前额饱满，高耸的发髻上簪着步摇金翠，比起暮雨更为艳丽雍容。没等他说话，女人已经盈盈拜倒："朝光见过义父。"话音未落，竟有些哽咽。青衫抬手说："起来吧。"朝光起身，走到青衫身旁，脸颊旖旎的金钿分明被泪水浸湿，润开了。她拉着少年，柔声说："香儿又高了一截，看起来愈发不凡呢！"香儿嘿嘿地笑着，欣然领受这番赞誉。

没等青衫细问，朝光便亟亟说道："刚才捧圣军都虞候李廷禀报，说是蜀主贤妃不知何故亵渎了太上天尊……竟在傍晚时让天雷……薨了。”

“啊！”青衫微微一怔，香儿在他怀中惊诧低呼：“昨日酉时的那道天雷？”

“嗯。”朝光点头，“小皇帝跟赵妃在青城山进香，沉迷游幸，有月余不曾回宫。昨日忽然离开，前脚刚走，龙门山便地动山摇，一道天雷劈下，赵妃当场薨毙……”

青衫眉头一蹙，问道：“你是说孟三郎一个人回宫了？”

“小皇帝并未回宫，外面是都虞候李廷的捧圣军，寻人的。”

“孟三郎在这里？”

“朝光未曾确认。不过李虞候的捧圣军已经封了散花楼。”

“捧圣军隶属六军，是宰辅张公铎的麾下，都虞候却来禀报宰辅张业？”青衫的眼神微微沉了沉，唇角露出一丝玩味的笑意，“不知道孟三郎如何躲过一劫？”

“义父是说，赵妃……并非……”香儿在旁听得清楚，忽然有所领悟。

“你也信那些亵渎上真的鬼话？”青衫脸上隐隐不悦，他站起身来理好衣襟，对朝光说：“这里有禁军盘查，我还是先走一步，免得多生事端。”

朝光见青衫要走，急切地想挽留：“义父这就要走了？”

“嗯。此番带香儿出来，杜夫人还不知道，我需早些送他回汴州。”

朝光依依不舍，却只能无奈地说道：“让朝光带义父出去。”她带二人出了门，交给校尉一对牌符。之前热闹的大厅和楼道早已空无一人，客人都被带到房中安置，每个房间的门口都有三队正在把守，依次盘查。

“哪儿是在寻主啊！”青衫的声音低不可闻，“没想到孟三郎少年成名，登基不过三年，连捧圣军都玩丢了！”香儿心想：一个侍卫亲军的都虞候竟然在两位宰辅中左右逢源，看来蜀主皇帝可没有诸葛武侯那般将扶，照这么个玩儿法，怕是落得跟前蜀朝的王衍一样下场。

“孟昶此人不好说，但蜀境相比中原各地还算太平。”朝光带着青衫走出主楼，一边走一边禀告说，“朝光获悉，石敬瑭引契丹入关，果真让出了幽云十六州，应州指挥史郭崇威耻于称臣，愤然挺身南归……想必，义父也都知道了。”

她口中的石敬瑭正是此间中原的新皇帝。不久前，石敬瑭竖旗造反，被困于晋阳，借契丹之力灭了大唐，契丹主册封他为大晋皇帝。潞王李从珂抱着传国玉玺登上玄武楼自焚，大唐不过存续了十四年便戛然而止。

青衫面无表情，身边的少年却忍不住咒骂起来：“称臣又称儿，当着小十多岁的人叫耶耶，无耻到了极点！不就是五万铁骑嘛！幽云十六州一去，中原的屏障都丢了，看着吧，契丹后患无穷！”朝光忍不住看了他一眼，惊讶他小小年纪便有这般见识，说道：“天下大乱，哪儿还有人顾忌后患！这不，淮南徐知诰立齐国王，要取吴禅代；在南方，大理段氏也准备建国……”

“都是些毫无支配力的武将！”青衫攥着拳头打断了朝光的话，“为一己之私在混战中建国、篡位，重新建国、继续篡位。纵然找到传国玉玺，也找不到一统天下的强者重建盛世，中土就让他们反复蹂躏吧……原本我也没有抱太大的期望……”朝光眉心一跳，问：“义父找到传国玉玺了？”

青衫没回答，却莫名说了句：“这些年倒是委屈了你。”

听到这话，朝光眼中不由得泛起一层水光，她垂着眼眸回答：“朝光做得太少，未曾帮助义父分忧。”青衫摆了摆手，说话间，三人已走出后园，穿过水流曲折的荷塘，漪澜桥边垂柳轻抚，樱花树下掩映着一排青色矮墙。

“蕊娘她……”朝光犹豫片刻，问道，“义父见吗？”

“这是什么地方？”香儿拉着青衫的手臂，急忙奔向墙边的一道小红门。只见青砖修葺的矮墙被淡黄色的花朵捧簇，瓦格上有两个小字“浣花”。青衫看着那清健圆润的字迹，沉默了一会儿，说道：“蕊娘的性情浅淡了些。”朝光顺着他的目光看去，唇角露出笑意：“蕊娘聪慧伶俐，风雅才情无人可及，朝光阅人无数，深知她的好处。”青衫听她说到“阅人无数”时，目光闪烁回避，表情有些不自然：“今夜事出突然，我需要早些离开，你就见机行事吧。”

正说着，身后传来齐整的脚步声，一个粗犷的声音在大吼：“这个园子，给我进去搜！”三人回头，只见一队身穿胄甲的捧圣军提着长刀围住了院墙，领头的红衣将军昂首阔步地走上前来。

“李虞候！”朝光挺着腰身，粉颈高昂，声音不大，却很有穿透力。

红衣统领正是捧圣军的都虞候李廷。他闯入莳花阁的时候见过朝光，相公张业没有让她回避，李廷便知这散花楼的楼主与宰辅的关系非同寻常。于是他停下脚步，对朝光行了礼，恭敬地说：“李某今夜奉命办差，不知朝光夫人有何吩咐？”

“李虞候最好不要进去。”朝光的声音千娇百媚，却不容商量。

李廷知道轻重，他已经搜完整栋散花楼，只剩这处别院没去。“兹事体大，还请朝光夫人随我一同前往，李某办完正事再到相府赔罪。”他明言去相府赔罪，朝光便知李廷非进不可，这是宰辅张业的意思。于是她抬眸看着青衫，见青衫阖了阖眼，她才说：“既然李虞候的事情重要，还请先生稍息片刻。若不介意的话，同来认识一下隐娘可好？”

青衫弯腰对朝光说：“客随主便。”

“隐娘？”李廷张了张嘴，眉毛不经意地挑了挑，随即改了主意。他大声叫了五个名字出列，命其他军士把住院门。

朝光点点头，带着一行人踏进院门。

立刻有几名肩披彩帔的粉衣小侍女提着琉璃宫灯迎上前来说：“朝光夫人！这——”领头的侍女看着威风八面的军卒，面露难色，有个机灵的小侍女往后退开，沿着墙脚溜走了。

朝光问：“蕊娘可曾安歇？绿云快去通禀，就说贵客到访。”

“不必。”李廷抬手制止，“李某办差，无须事前通禀。”

“蕊娘在西厅暖阁接待贵客，吩咐不让打扰……”侍女神情扭捏，欲言又止。

“贵客？”未等朝光脸上的疑虑散去，李廷持腰刀的手不由自主地紧了紧，嘴角露出一丝诡异的笑容，他断然喝道：“我们还就去暖阁！”

话音刚落，他身后的五个捧圣军已经提步向前走去。

穿过狭长的甬道和飞檐廊桥，很快便到了一处灰墙老屋。鸳鸯厅的南面有一堆青石假山，厅北是庭院，箬竹、蜡梅栽种在四周，错落搭配，花坛旁有一口古井，古井旁是两株繁茂的木芙蓉。上了台阶，踏进厅堂，眼前是三面金丝楠木的蜀绣屏风，绣着几位少年戏莲的画面，旁边行草“旋折荷花舞，夕阳斜照红，少年相逐长拍水，竞提纤手出船来”。寥寥几笔，笔势清劲，与画面相得益彰。香儿走上前去摸了摸戏莲的绣画，赞叹道：“我从未见过这么好看的画儿！”青衫走在最后，看着屏风驻步凝神，嘴角不禁露出丝丝笑意。

从屏风后绕过，刚踏进内苑，只见西厅灯火通明，温劲雄厚的琴音相伴传出，声音清越如击金石。

“九霄环佩！”

青衫低呼了声，只见李廷二话未说，展开双臂便推开了殿门。

曲乐骤停间，暖意迎面而出，夹杂暖风的还有浓烈的酒气，房内仿佛是打翻了酒窖。李廷大步踏入，身后众人也都鱼贯而入。

西面一排蜀锦屏风大开，露出暖阁里间。那灯火通明处，一位侧绾小髻的少女横抱古琴坐在罗汉床上，朱红鹅黄的锦绣垂幔半遮半掩。她钗横鬓乱，琼玉般光洁透亮的双肩裸露在牡丹花的披帛外，层层叠叠的石榴裙摆沿着床榻一直铺撒到了地面上，修长的双腿伸展到床头，似雪白的莲藕。裙下那人由白狐裘褥裹着半身，裸露的背脊在灯火中泛出淡淡的光晕。

看到忽然拥进来的人，少女轻轻皱了皱眉，盈盈闪动的双眼像漆黑的宝石镶嵌在白瓷上，唇角两边的金钿随着微光轻闪，似笑非笑。

绝色的容颜和香艳旖旎的场面让人惊诧，却又舍不得移开视线，李廷身后的捧圣军卒更是目瞪口呆，噹噹两声，手中的横刀掉落，发出清脆的声响。

响声惊动了榻上匍匐的人，他抬起头来，年轻俊美的面庞上，是狭长的双眸，脸上醺醉尽显，昏昏欲睡。他只手撑在额下，迷蒙眼波停在李廷的脸上。

“臣李廷护驾来迟，陛下恕罪！”李廷在那冰凉目光的注视下双腿一软，扑通一声跪倒在地。他这一跪，旁人悉数俯身，香儿也被青衫按倒在地。

“退下。”

声音低沉平和，那张脸又重新埋进朱红色层叠堆积的裙摆里。

“臣奉太后懿旨护驾而来，恭请陛下回宫。”李廷咬紧牙关，尽管紧张得浑身哆嗦，却依然坚持跪立在暖阁外半步不退。听到李廷称呼“陛下”，香儿在惊愕中抬起头来，还没等他看清楚，又被青衫重新按倒。

“天家宿醉，困顿了。臣下休得无礼，尽数退去吧！”床头少女从容地整理好衣襟，牡丹纱罗披挂在胸前，桃瓣样的朱唇轻轻开启，声音像拨弄的琴弦。朝光抬起双眸，眼睛与她在半途中相遇，仅仅对视了一瞬，少女的目光已然停留在青衫身上，脸上露出了复杂的表情。

“朕留宿浣花，过几日便带蕊娘子回宫，李虞候请回吧。”床榻上，小皇帝形骸放浪，他将手中的酒斛晃了晃，光洁的臂膀就环在那少女的腰间。

“陛下，今日青城山……”李廷刚开口，只听啪的一声，他的脸颊上出现了五个血红的指印。锦绣白袍的少年不知从哪里跑出来，狠狠地甩了他一耳光。

“大胆李廷，在青城山你便一再聒噪，朕都回来了，还要怎样！”年轻皇帝动了怒，一张俊脸苍白无色。

青衫搂着香儿跪在门侧，一言不发。

白袍少年提着长剑，直指李廷的脖颈儿，低吼着说：“滚出去！”

“下去……”皇帝阖了眼，他双手掀开白狐裘，碰响了身边的琴弦，只听到一声弦响。

香儿听到这声清音，抬起头来，只见那白皙的背脊淹入朱红色的石榴裙中，重叠花瓣儿般的裙摆如浪涛翻卷，似血色浸染他稚嫩的双眼。很多年以后他已难以记起那张脸，可是芙蓉花样的裙裾翻飞，乌丝长舞，房门掩阖的缝隙中，酒气夹杂着丝丝血腥，常常窜袭入鼻，走入他的梦中。

长街上繁星湮没，残月西垂，捧圣军排满整个街道，四处寂静无声。

一顶青布双辕车辇停在院门外，朝光将牌符递到青衫手中，眼中水光泛滥汹涌。

“义父，今日一别，不知何时重逢。”

“蜀地安稳，中原一统，何愁重逢之期。”

朝光哽咽着，望着消失在长街尽头的车辇，隐忍的泪珠终于滑落在脸颊上。

2. 散花楼

浣花暖阁里寂静无声。

费蕊侧耳倾听，直到外间的脚步声消失殆尽，她才撑起身来。怀抱里，皇帝还紧闭着双眼，她只好伸出脚趾钩住地上的白狐裘，撩上床榻，指尖儿刚触到他微凉的皮肤，手腕儿就被牢牢扣住。

“寻常人都会惊慌失措，难得你能从容应对。”皇帝睁开双眸，说话的声音冷淡无情，眼睛里并没有丝毫醉色。

“陛下当心挣破伤口。”费蕊并不在意，她轻言细语地拂开皇帝的手，将月白单衣覆在他的背脊上。

“天子被人行刺，捧圣军包围盘查，连区区都虞候也呵斥不退，你倒不惊慌。”皇帝凑近跟前，乌黑的瞳仁警觉得像一只秃鹫。费蕊与他坦然相对，神情倔强，些许怒意隐隐涌现：“蕊娘眼中没有天子，只有玉垒山下的仁赞哥哥。”皇帝的手不觉一松，神情古怪地叹了口气，看着那娇花般的面庞，一些画面在脑海中闪过：“费家主当年不顾高祖挽留，执意离蜀，如今……你怎么……”孟昶吞吞吐吐，还没想好该怎么说。五年前，他是大唐节度使孟知祥的行军司马，她是青城巨贾费氏府邸的掌上明珠。而今，他已贵为大蜀国的皇帝，她却流落勾栏，号称“隐娘”。

“少时的情形，蕊娘不记得了。”费蕊神情泰然，并未流露出丝毫的悲怆，“天下苦命人何其多，陛下不必替蕊娘伤怀。”

“天下苦命人……”孟昶嘶了一声，额头上沁出一层细汗。费蕊的手指轻触他的腹间，亵裤里有白绫缠绕，方才的那番动荡，丝丝血渍已经浸了出来。“我填个方子，你安心歇息。”费蕊说着起身走到案头。孟昶盯着她说：“我来写。”费蕊哦了一声，拿出绢帛铺在榻上，轻轻地递上羊毫湖笔。

孟昶侧身斜坐，单手支撑着床榻，悬手落笔，一排行草便如游龙般行走在绢帛上。费蕊唇角的金钿微微闪了闪，心中怦然一动。她自己也是初学的欧阳询、颜真卿，后学的王羲之、王献之，看到孟昶用笔这般纵横奔放，不禁另眼相看起来。

这时，他拧起绢帛递给费蕊说：“拿给乞儿，他知道怎么做。”

孟昶口中的“乞儿”正是那位白袍少年王昭远，费蕊接过绢帛没有照做，而是走到案前，提笔在什锦红笺上重抄了一遍。她一边抄一边说：“天子御笔，流落民间就不好了。咦？这是……竹叶青？”她疑惑地转过头去，见孟昶已经窝在被褥中，煞白的脸色跟狐裘上的毛色一样。她咬着下唇，起身打开暖阁的房门，仰头唤了声：“绿云。”

一名粉衣侍女从甬道尽头前来应答。

“那些人呢？”

“都在厅堂里候着，军爷围了园子，非等贵客酒醒不可……”

“请朝光夫人悄悄来一趟。”

“我在。”没等绿云回答，身后已经响起朝光的话语声，不知她用了什么法子脱身，早已候在此处。费蕊示意绿云离开，也不多做解释，径直将手中的红笺递给朝光：“这方子已经拆成八份儿，姐姐务必让兴儿带人到东南西北各坊购买，竹叶青就用自家存货吧。”朝光眯着眼睛瞥了瞥手上的红笺纸，皱眉问道：“……这么毒的蛇药，做什么？”费蕊却没回答，转身进屋反手关了房门。朝光将药方揣入袖中，站在紧闭的房门之外，不知过了多久，她才转过身去，旖旎的身影从甬道的暗门前消失。

一阵长啸传来，两匹白马嘶鸣于长街。

散花楼前的捧圣军出现了些许骚动，一个身着酱色胄甲的年轻都尉神情凝重，望着从远处疾驰而来的一队骠骑控鹤。骠骑控鹤是皇帝的御刀宿卫，平常出入皇城无人敢挡，捧圣步兵虽然也被纳入侍卫亲军，属于六军禁卫之一，职权却低得多。

“让开！”声如铜钟击缶，话到马停，身姿矫健的玄衣将领动作飞跃，一大一小、一前一后，在散花楼外翻身下马。林立的捧圣步兵齐刷刷地闪出一队阵型，挥刀指向试图闯入的将军。走在最前方的彪形将军二话未说，扬起长鞭奋力挥出，随着响亮的啪啪声，他的身姿如同破浪的船桅，近前的三名捧圣军士飞身撞倒在散花楼的门柱上，砰的一声，坠落在地上。

随后而来的二十余名骠骑控鹤也翻身下马，抽出长剑与门口的捧圣军对峙。

从彪形将军的身后冲出一位年轻人，他厉声呵斥道：“我是枢密院副使、翰林医官韩保贞，捧圣控鹤都指挥使张都统在此，捧圣军休得无礼！”

队形散乱的捧圣军被呵斥声吓得面无血色，纷纷放下手中的横刀，最先反应过来的年轻都尉双拳抱在胸前，跪下身来说道：“属下拜见张都统！”

张公铎提起马鞭，啪的一声，那都尉的背脊软甲立刻开裂，浸出一道血痕，将军却连看也没看一眼，喝问道：“李廷呢？”

“虞候在后园浣花！”捧圣军都尉恭敬地回答。

“带路！”张公铎面色黝黑，双眼发出灼人的光芒。

都尉不敢怠慢，一路小跑着进到散花楼，张公铎和韩保贞跟着他朝后园的浣花走去。

沿途三步一岗，五步一哨，捧圣军将后园围得水泄不通。

行至荷塘，暮雨正被一名捧圣军架着站在漪澜桥边，看到都统将军从前楼走来，她弯下腰身，放声大哭：“都统评评理，你的军爷好没道理！半夜三更惊扰民众就算了，还把楼中的达官贵人都给关起来啦！散花楼以后还怎么做生意哟！”张公铎皱了皱眉，回头看了眼身边的韩保贞，无奈地挥挥衣袖道：“下来再说！”他径直走入浣花，只见矮墙屋顶、树下井旁、廊前厅后，都密密麻麻地站满了捧圣军军卒。

都尉将二人引入鸳鸯厅，识趣地弯身退到了厅外守候。

蜀绣屏风的跟前，王昭远正手持利剑抵在李廷的后颈上，冷漠地与五位捧圣军近侍对峙。李廷愁眉苦脸，拿这白袍少年毫无办法。

“乞儿，你一动不动多久了？”韩保贞朝他挤挤眼，示意大军已到，眼见都指挥使和枢密院副使踏步而入，王昭远却无动于衷，没有丝毫松懈。

“李虞候，你今天晚上把捧圣军大营都搬到散花楼来，搞什么？”张公铎将手中的长鞭收拢，坐到近前的圈椅上。李廷吓得冷汗直流，赶紧撩衣下跪：“不知都统到此，属下未曾远迎，请都统恕罪！”

张公铎哼了一声，质问道：“你不在青城山随侍贤妃娘娘，为何在此惊扰圣驾？”

“张公怎知圣驾在此？”李廷问道。

“本都统职责所在，自然知道。只是李虞候居然也知道圣驾在此，好生奇怪！”

“属下确有大事回禀陛下，可……”李廷并不直接回答，而是瞥了瞥王昭远。

“虞候为控鹤军代劳，老张是不是该谢谢你？”张公铎紧紧地咬着牙槽厉声责问。

“张公不知，昨日酉时青城山地震，死伤无数，贤妃娘娘宾天，此等大事，属下来不及回禀，自作主张护驾到此，不敢有丝毫怠慢！”李廷据实回禀。

“贤妃娘娘？！”

张公铎和韩保贞全身一震，大惊失色，连王昭远手中的长剑也忍不住抖了抖。

“是！”

“大胆李廷，你不速呈陛下，准备耽搁到几时！”张公铎一下子弹起身，手中的马鞭直指李廷的鼻尖儿。

“属下正是在此候驾！”

“圣驾何处？”

“陛下他，在西厅暖阁……”李廷垂眸，声音越来越低，不敢继续说下去。张公铎定了定神，走到李廷的跟前，语气放缓了许多：“看来张某错怪李虞候了！先把这里交给控鹤军，虞候随我入宫，面见太后娘娘。”

“陛下他……”

“哎！”张公铎脸色难看，极力控制着内心的怒火，他欲言又止地叹了口气，这才提起长鞭对韩保贞命令道：“韩保贞听令，老张命你在此护驾！李廷即刻随我入宫！”

李廷看着张公铎，面露焦灼，他心想：莳花阁那位不肯露面，违逆眼前这位脾气暴躁的宰辅重臣，更是大罪。无奈之下，他只好跟随张公铎退下，一同撤走的还有聚集在散花楼的捧圣步兵。二十名骠骑控鹤军神不知鬼不觉地进驻浣花，园子看起来空空荡荡的，粉衣小侍进进出出也不受打扰。

散花楼外却沸腾起来，被放出来的客人不依不饶，让暮雨好一番解释。“哎哟！捧圣军军爷莅临散花楼，不喝杯薄酒如何说得过去？”暮雨还想纠缠，拉着李廷不许他走。李廷是行伍中人，光是看着暮雨便全身酥软，被她嗔怪着瞪了一眼，更是连路都走不稳了。

张公铎看在眼里，忍不住厉声喝止。

暮雨一早便憋着满肚子的气，看到这般情形，更是火冒三丈，她索性扬着脖颈儿走到张公铎跟前，睁着乌黑的杏眼，发起怒来：“军爷到散花楼撒野，不知受了谁的指使，都统不责罚便算了，还准备层层相护到什么时候？”张公铎蹙着眉头看了她一眼，哼了一声，拔腿便走。

此刻，散花楼的莳花阁内凉风悠悠，朝光正匍在榻前为张业斟酒。使相张业是当朝六宰辅之一，在京畿遥领武信军节度使。

近卫已经回禀，张公铎带着骠骑控鹤来到散花楼，将捧圣步兵全数打发了个干净。

“我看那李虞候愚蠢至极，迟早会连累了使相。”朝光柔言慢语，将夜光杯递到面前这位面孔模糊的中年使相手中。张业接过酒杯思忖，楼外夜风潜入，灯火不停地跃动，他的表情在光影中明明灭灭，显得愈发不可捉摸。朝光的眼瞳刚在他脸上停留了一瞬，便听张业问道：“朝光你心智过人，推测一下，今晚的事情可有几分蹊跷？”

“相公不妨直言。”朝光不动声色地回答。

“赵妃已经宾天，皇帝却在散花楼，不觉得奇怪吗？天家来此是为了寻欢作乐，还是避难呢？”

“自然是寻欢。”朝光笑容盛放，眼波如美酒欲滴，“相公跟朝光说说，陛下究竟遇到什么了？散花楼如何避得了难？”

“他不直接回宫，却跑到这散花楼里……”张业的眼睛眯缝起来，眸子被褶皮堆砌得几乎看不见，他的手指头敲着杯沿，自顾自说道：“这是以身做饵，请君入瓮吗？”

朝光也正满腹疑惑，她历来是安排巧事的高手，自然觉得巧事太多，未免离奇。费蕊拿给她药方，却叮嘱她分散购买，难道孟昶和赵妃果然遇刺，抑或整个京城已被控制？孟昶倘若真的遇难，选择这个地方躲避当真是聪明。散花楼地处南郊，合江苑和水码头近在咫尺，原本就是贵胄出没的地方。当初散花楼选在此间经营，就是看中此处能即刻入城进京，也能瞬间下水出川，这就是个可进可退，亦可掩人耳目的地方。此时朝光心思荡漾，眼眸中却是一派风月流年。这些事发生在一天之内，如乱麻散珠，可一旦串联起来，答案呼之欲出！她在等待张业接下来的话，告诉她皇帝为何会到散花楼来。

可是过了许久，张业只是凝神沉思，并没有再开口说话。

朝光问："小皇帝生性风流，又值青春年少，喜欢流连风月场所，有何不妥？"

"我们这位小皇帝，从小就在庄宗的身边吃尽了苦头，生性狡诈多变。他十三岁任行军司马，十六岁即登帝位，当年就敢执杀宰辅李仁罕。他到现在都还没亲政，竟敢杀子灭族啊，何其心狠，当年老将李肇就被吓得丢了拐杖，跪在殿前，大气也不敢出。"张业抬手将杯中的酒小酌一口，似乎沉浸在往事之中，无法自拔："朝光你不知道，那可是我的元舅啊！偌大的相府宅邸充作官舍，万贯家财查抄一空，牵连宗族不是入狱监禁，就是绝了户……"

张业所说的往事无人不晓，就连散花楼的俳优也能讲上半月光景。

三年前，高祖孟知祥崩殂，不过两个月，顾命大臣李仁罕便向幼主索要六军军事。左右卫圣、匡圣、捧圣、控鹤、奉銮、肃卫六军是皇帝亲掌的侍卫亲军，在这武人当政的时代，索要六军军事便是索要皇权。乱世中，皇权更迭本是平常事，李仁罕一提出来，少年天子便即刻答应，不仅答应请判六军事，还加兼他为中书令。可是，转瞬不过一个月，李仁罕就被殿前伏兵执杀，檄文声讨宰相专权，加失君臣之道，宪台抱怨，废坏纲常，以臣弑君，人心离叛，如此这般杀一儆百，杜绝老臣拥兵自重尔尔。蜀中百姓赞赏少年天子生于忧患，杀臣立威，显出帝王本色，多少前朝帝王便是以杀立威以后，才有了诸如汉唐盛世的繁华景象。在这个尚武的年代，老百姓对年轻帝王的喜爱无非因他生得伟岸俊丽、文武双全，但朝臣对他的评判却各执一词，甚至截然相反。

"我一闭上眼睛就想起明德元年，有时候看着看着，老觉得小皇帝生着两张脸，一时一变，让人心悸。"张业说着，眼眸中露出一丝惆怅。朝光体贴地一边往他的空杯中斟酒，一边柔声笑道："相公身居宰辅之位，与皇帝又是姻亲，当年没被牵连，现在担心他会加害于你吗？"

"孟三郎要是高祖那样的直性子就好了，但他性格叵测，如今更是一意孤行。以往我同王处回、赵廷隐联手还能控制朝局，可是自从赵氏封妃，太保赵季良便以相父自居，我这个郎舅形同虚设。年初中原使臣入蜀谒拜，我力主索回前蜀朝丢失的秦州、成州和阶州。可是他居然相信石敬瑭所谓的姻亲之好，对恢复三州之事绝口不提。石敬瑭算个什么东西！拿幽云十六州换了个儿皇帝的宝座，我还动他不得了？我带人去丈人观理论，他居然说要将藩镇精壮收入禁军！被我训诫一顿，便躲在青城山！简直是个小人！”

朝光扑哧一笑，说：“我怎么觉得，他跟刘皇叔家中的小阿斗一样，不足挂齿啊！朝中赵太保、张都统、赵侍中没有哪一个不被他扰得焦头烂额的，三天两头到散花楼散心！”

“大内的私事你都知道，朝光夫人还说你的散花楼只是勾栏之所！”张业似乎松了一口气。

“相公！”朝光委屈万状，“您的娘子天天侍奉朝中能臣，听到个把稀奇古怪的事情，转头当下酒菜讲给您听。既然相公训诫，以后我不再乱讲便是！”

张业释然，伸手揪住朝光的鼻子：“卿卿爱怎么说便怎么说，看谁敢说半个不字！”

朝光破涕为笑，娇滴滴地委身于他跟前说：“朝光明白相公忧心，不过当年中书令被杀，刚登基几天的小皇帝哪儿能说杀便杀呢？还不是太保赵季良和枢密使王处回挟天子之威，行一己私权，他们才是相公应当提防的人啊！孟三郎被你逼急了，说出削藩的话，相公也当真吗？糊里糊涂的阿斗皇帝是相公需要的，否则赵季良岂不如虎添翼？”

“他要真的糊涂就算了，只怕他稳坐御榻跟我周旋。真要换个皇帝，其他人未必肯！”说到这里，张业长长地叹了口气，“今天的天雷，当是给他一个警告吧！”

朝光心中一动，眨眼笑起来：“相公连天雷都请得动，区区朝局算什么！”

张业扬了扬手："说笑的，你还当真。"

朝光却认真了："诸葛孔明能借东风，相公怎么不能请天雷！朝光听说前蜀王衍的后宫有位波斯美人，会使神苍术，能在白昼引下天雷化为蛟龙腾空，跟日前的情形何其相似！"张业不置可否，正待敷衍，朝光却又想起什么，捏着拳头恨恨道："可惜孟三郎躲过天雷，却让朝光调教多年的心血付之东流！我还想着能让隐娘为散花楼增光添彩，谁知她偷偷跟孟三郎好上了！"

张业问道："你是说，孟三郎与浣花娘子早就认识？"

"可不是吗！今日偷摸着相会，要不是禁军搜查，我还被蒙在鼓里呢！"

"哦？怎么说？"

"蕊娘入蜀不到半年，以络纱覆面，号称'隐娘'。我放出话去，今年端午必定是她夺得花魁，蜀中雅士翘首企盼，头一份拜帖已经有人出价千金。前一段时间，我觉察出她心不在焉，想着是她跟哪位郎君相思，也许过段时间玩儿腻了就散了。今晚闹出这么大的动静，孟三郎恐怕要带她回宫吧！"

张业听着，先是摇了摇头，然后又点了点头，过了一会儿，他拍着朝光的肩膀说："这位小娘子既然是夫人调教的，让她进宫也好。"

朝光喜出望外，说："会不会折煞了那孩子。上届花魁荣五娘让王衙内买了身份文牒，我这里还欠着你家衙内的情。再说，蕊娘头脑简单，入宫以后，恐怕难为相公所用。"

"不为我所用，同样不能为他人所用。难道她还能反了夫人你？"

"相公放心，蕊娘由我亲手带大，虽然暂时无法为我所用，但绝不会反，散花楼这点儿手段还是有的。"

浣花暖阁中。

孟昶不知什么时候已经醒来，抱着头颅在狐裘的围裹中挣扎喘息，颈间青筋暴起。

“天家哥哥！”王昭远忍不住扑在被褥上失声哭泣，眼泪鼻涕淌了一脸。“乞儿，让开！”韩保贞不耐烦地用力一拉，将王昭远撂在一旁。王昭远颓然跌坐在地上，抹着眼泪抽泣：“半道上还好，刚入城就不行了。早知这样，昨日一早太后传召回京训话，我就该抗旨不走。”韩保贞顾不得理会他，从身后拿出一个翠绿的竹罐儿来，里面有专门的药汁养针。

费蕊焦急地看着韩保贞，问道：“这是什么？”

韩保贞取出竹罐儿中的银针，对费蕊解释说：“行军的人习惯带这个，麻沸散浸养的，行不行先试试。好在陛下服过护心丹，否则就要靠华佗再世、扁鹊重生啦。天成四年，淮南的徐知诰用金钟酌酒赐给兄弟徐知询，结果这酒让伶人申渐高喝掉，没等解药到手，整个头颅便溃烂腐败，天家所中之毒，应该就是这种鸩毒。”

费蕊倒吸了口冷气，她从未见过真正的鸩毒：“鸩毒提取过程繁复，民间哪儿来这样的毒？”

“不错，鸩毒素来为朝廷所掌。”韩保贞一边说着，一边瞅准时机，轻轻一送，将银针扎进孟昶耳后，“中原朝廷明令销毁，曾禁止鸩鸟过江，本朝高祖觉得此毒太过阴险，内库至今也没有存放过此毒药。”

“那，这毒……”

“如若存心，总是能找到办法的。”

九层莲瓣的灯台上烛火摇曳，费蕊端坐在榻前的绣墩上，目不转睛地看着孟昶。

随着韩保贞双指轻捻，皇帝慢慢安静下来。

“仁赞哥哥！”费蕊轻轻呼唤，声音控制不住地颤抖，孟昶闭着双眼摆了摆手，脑中似有一团血雾弥漫。

3. 外朝晨议

丈人观依山而建，坐拥于青城山下。

三年前，刚刚即位的孟昶一身血泪，跪倒在山门外，天师道长东瀛子将他抱进观中，关上殿门，清谈一宿，翌日便羽化飞升。从此，少年天子立誓通读道藏三千，每年春天必定在此修行数日。

年初，宰辅张业在山门外大闹一场，力求小皇帝向中原新帝索回秦、成、阶三州，恢复前朝的地盘儿。孟昶不愿听其摆布，情急之下说出要将藩镇精壮收入禁军的想法，顿时捅下了娄子，如何抚慰张业让他倍感头疼，索性便住了下来。

这天，阴云密布，丈人观的天师道长侍奉龙驭漫游在龙蹻栈道上，捧圣步兵都虞候李廷随侍在一旁。孟昶心不在焉，走走停停，游幸青城山只是缓兵之计，殿前司暗卫每天会有密报呈上，最近有些不同寻常，到现在为止，已经有两天不曾收到消息。

忽然，密云流散，林间狂风肆意，山道中隆隆作响。贤妃赵氏惊惶不安，连声催促皇帝赶紧下山，混乱中，孟昶被侍奉的道童冲撞了一下。侍卫很警惕，抽出腰刀大声斥责，小道童吓得拉了皇帝的大袖躲在他的身后。孟昶刚摆手示意不妨事，突然袖笼一紧，道童不知怎么竟塞了颗蜡丸在他掌心里。孟昶怒气横生，未等开口喝住，只见那双黑眸深深地看了他一眼，转眼便垂着头退回到人堆里。

孟昶按捺住怒火，冷静地想了想，命都虞候李廷说："你送贤妃下山，朕想上去走走！”

李廷大惊失色，跪在御前哀求：“陛下游幸月余不归，太后今晨已经急召王昭远回京训话了，臣怎么能让您独自冒险呢！”

“哪儿有什么险？殿前司有密报上呈，你留着碍事！朕令你护送娘娘下山，不许抗旨！”孟昶已将手里的那枚蜡丸捏碎了，粉末粘在掌心，很不舒服，面对李廷的聒噪，他更觉得不耐烦。

青城山的涮笔槽崖顶，一团乌云悬在上空，狂风卷起树叶，密林中隐约升腾起一股雾气。孟昶独自站在风口中，数十位身穿翠色胡服的暗卫从巨石林荫处现身，殿前司王五郎领头跪在跟前。

“韩保贞密报，禁军异动！太保嘱咐陛下暂时不用回京。”

孟昶将捏开的蜡丸帛书递给王五郎，上面写有“速速离山”四个小字，王五郎不解地问道：“哪儿来的密报？陛下在青城山已经月余，为什么此刻离山？”

“那小道童眼生得很。”

“我这就去抓来问问！”

“不过，”孟昶的目光在纷飞处环顾了一圈儿，想了想说：“也该是时候回京了，朕倒想看看京城哪路禁军胆敢异动。”

王五郎松了口气说：“陛下先在丈人观歇息，我这就传令宫中卤簿护驾。”

孟昶却说：“朕要悄然回京，你留人给乞儿传书，让他接应；酉时禀告贤妃，就说过几日卤簿接驾她再回来；还有，把道童带回宫里去。”

王五郎领命，和孟昶一起，十匹快马绕开驿道回京。

孟昶穿着玄色斗篷，坐骑也特意换了普通的紫骝马。飞骑越过几道山坡，前方出现了一大片参天古柏，蓊郁灌丛遮天蔽日。这一路都是山涧鸟鸣，此处却静谧得不同寻常。孟昶勒住缰辔，锐利的眼睛望向树冠深处，左右殿前司跟着他慢下来。明明艳阳当空，但自西北起，天上的黑云越来越浓，漫过天际，伴着隐隐的擂鼓声从山岭间传来。

王五郎大声说："这天气好古怪，难怪林子里的鸟儿都不见了！"

"司天监年初推演天象，近来恐有地动。"孟昶刚说完，只听轰的一声，打前阵的紫骝马前蹄跪地，两匹飞骑被横在草丛中的绳索绊倒，连人带马狠狠地摔在地上。

"啾儿——"马嘶长鸣，树冠浓荫里蹿出二十来个身穿皂衣的大汉，手执长剑，直直地朝着皇帝的坐骑扑来。

"三郎小心！"

王五郎话音未落，孟昶便顺势一仰，背贴在马背上仰面下腰，飞掷而来的剑尖儿就从他的鼻翼擦过，栽在后面的树干上。王五郎大吃一惊，左手将马带住，右手从绯鱼袋中抽出弓弩，拔出腰壶中的配箭，拉弓搭箭，窥着剑尖儿的指向，嗖的一声，冲在最前面的那名刺客应声而倒，箭镞直插眉心。

刺客见死了自己人，愣了片刻，随即大声呼喊着："杀呀！砍呀！"殿前司侍卫以一敌三，双方你来我往，战成一片。在人喊马嘶中，侍卫逐个倒下，那些皂衣刺客死伤更多。孟昶焦急万分。正在这时，头顶传来哗哗的响声，天上的群鸟飞离开去，如同一阵黑雾消失在天际间。忽然他脑中一阵眩晕，胯下的马匹竟跌跌撞撞站立不稳。

他翻身下马，就地滚了一圈儿，只见双方人马也都连滚带爬地扭打在了一起。

"是地动了！"

随之而来的如鸣大炮的响动，很快形同千百石炮齐响，又俨如十万军马纷至沓来。放眼望去，整个密林都在抖，地面形同水面的波纹儿在扭曲，仿佛一条巨龙即将破土而出。轰鸣声越来越大，伴随狂风肆虐、霾风呼啸，地底翻涌着将古树连根拔起，所有人的身体也都不受控制。孟昶听见耳边传来噼啪声响，只见不远处有裂缝开阖，一道刚形成的鸿沟歪歪扭扭地延伸到山中。他倒吸了口冷气，百川沸腾，山冢崒崩，竟然真的发生在眼前。

不知过了多久，地底终于停止了震撼，密林中血流成河，殿前司暗卫和皂衣刺客几乎同归于尽。孟昶被王五郎扶起，正准备上前查看刺客的来历，只听哇的一声大叫，有个虎背熊腰的皂衣刺客从死人堆里跳起，朝着孟昶猛扑过来。孟昶躲闪不及，眼见泛着白光的大刀照着自己横砍而来，他闭着双眼抬臂阻拦，心想：这胳膊怕是保不住了。

哐当一声，横刀落地，刺客瞪着铜铃般的大眼睛，哇哇乱叫。孟昶睁开眼，只见刺客肩胛中箭，张牙舞爪，怒发冲冠。

不远处的树下坐着个绿衫人，他头戴蒙巾，正在收起弓弩。

“多谢义士！”王五郎话音未落，血雾就溅起老高，喷了孟昶一脸。

“五郎——不！”随着惊愕的怒吼响彻密林，王五郎的头颅骨碌碌地滚落在地，无头的身体傲然直立，随即砰的一声坠落在地。转眼的工夫，那刺客的手上不知道什么时候多了一柄长刀，脸庞奇怪地扭曲着，满是亢奋，眼睛瞪圆，似要掉出眼眶，发出酷烈的光芒。想当年，孟昶也是从尸山血海中爬出来的，这些死伤在战场上司空见惯，他咬着牙槽，火冒三丈，心想：太保嘱咐我不要回京，定是知道沿途设有埋伏。他们将我引诱到此，也忒小看我孟三郎了，等我砍了这浑蛋的胳膊，一定提回京城，跟那道童一起审个明白！心里想着，他挥剑当的一声架住刺客砍来的大刀，没想到那刺客臂力非常大，抓着孟昶将他丢在地上。

“仁赞哥哥！”一个清亮的声音传来。

“乞儿！”孟昶欣喜若狂，他看到锦衣白袍的王昭远由远及近，不觉精神大振。

手持弓弩的绿衫人再次搭弓，又是一箭射向刺客。

“住手，活口留下！”孟昶在地上打了个滚儿，朝绿衫人大喝一声。那人点点头，扬着弓弩站起来。刺客狂性大发，回过头来死瞪着孟昶。手中的砍刀漫无目的地呼呼狂屠，掀起一阵风，带着血腥的气息。孟昶一心想活捉他，几番闪跳躲避，眼看就要招架不住了，他心灰意懒，用尽全力一剑将那狂乱的刺客钉死在树干上。抱着最后一丝希望，他凑上前去，咬着牙槽问道：“谁派你来的？”但见刺客垂死之际，突然握住孟昶的手，额头上的青筋暴起，圆瞪的双目中透出凶光。从登基到现在，孟昶已经很多年没有见过这样疯狂野蛮的眼神了，他愣了愣神儿，只见那刺客目眦尽裂，用尽全力挥出手中的长刀，朝着他的腹部猛划而下。

孟昶嘶的一声吸了口气，顿觉如烈焰燃遍全身，浑身一软，跌坐在地上。绿衫人正想上前探个究竟，王昭远飞身下马，持剑逼退他。

“乞儿来迟了！”

“乞儿，不得无礼！”他喘了口气，勉强抵着树干，从衣袖里掏出一个随身的小玉瓶，倒出几颗褐色小丸，慢腾腾地说道：“马跑了，你去找来，我等你。”他一边说着，一边将小丸吞了，撩起衣袍，用环绦系在伤处。“哥哥怎么啦？”王昭远看见孟昶脚下的血渍，大惊小怪地哭了起来，“是血啊！”

“无妨，”孟昶推开王昭远说，“歇一会儿就好。”

正说着，青城山方向出现了一道红光，就像阴霾的天空睁开一只巨眼，紧接着一道闪电劈下，发出轰的一声巨响。孟昶挣扎着起身，望向东边的山岭说：“山上着火了！”

“山上有捧圣军，”王昭远搀着他说，“娘娘不会有事儿的！”

绿衫人将跑失的紫骝马牵了回来，走上前来交给孟昶。王昭远皱着眉，将皇帝护在身后，剑尖儿直指他，喝问道：“你是哪儿来的？”

“在下周边山野人，路见不平，出手相救，既然郎君无事，我就告辞啦！”绿衫人拱手要走，却被孟昶叫住。他从绊带上解下一枚玉扣，说：“多谢义士相救，拿它到成都府衙，自然会有重赏！”绿衫人只有一双深邃的眼睛露在蒙巾外，他接过玉扣，轻描淡写地点了点头。转身的刹那，绿衫人肩胛的衣服破口张开，孟昶不禁大喝一声：“等等！”

绿衫人倏地停下脚步，缓缓转过身来。

“哦，没什么。”孟昶的眉心锁成一团，他已经看清楚了，那肩膀的破处露出了“白虎负日”的刺青。他见过那种刺青，当年驻守夔州，遇到很多有类似刺青的人。川江段的船夫和舵手自古便有结社，传说川楚有八帮，他们都共同附着于一个叫作夔越宗的联盟。

孟昶说道："如果衙门中人怠慢，不妨直接找欧阳府尹。"

绿衫人掂了掂手中的玉扣，抿着嘴什么也没说，再次打恭告辞。

孟昶望着他远去的背影，心中翻江倒海，似有无数的话说不出口，浑身难受。

昭远将他扶上马背，两人朝着成都府的方向飞奔而去。一路上，目光所及之处，尽是疮痍奇缺，有的地方甚至形成了好几亩的大坑。出了灌州境，境况截然不同，广袤的平原上炊烟袅袅，仿佛什么事儿都没发生过。这情形让王昭远深感震惊："传说有潜龙藏在灌州，难道看到哥哥你这真龙就不敢现身了？"

孟昶瞥了他一眼，挥了挥马鞭，没作声。

天色已黑，两人这才行至罗城的大西门。孟昶招呼道："乞儿，我感觉不太好，先不要进城，绕道去城南找地方歇一歇。"夜色中，只见孟昶在马背上摇摇欲坠，王昭远心中焦急，他忍不住哇的一声大哭起来："哥哥怎么啦？这么晚了，哪儿有投宿的地方呢？"

"听申图说，南门城外的合江苑有处繁华地，昼夜灯火，就去那里吧！万一城中突变，还可乘船下江。"

王昭远领命，跳上孟昶的马背，勒着马缰沿河绕行，朝着合江苑的渡口走去。

…………

"究竟是谁下此毒手？"

浣花暖阁中，韩保贞打断了皇帝的沉思。

"不管是谁，此事绝不能传出去。"孟昶抬了抬眼皮，面无表情地说。

"这怎么行？"韩保贞涨红了脸，高声说，"臣是枢密院副使，若不查个水落石出，将逆贼五马分尸，如何对得起天家！明日一早，我便奏明太保，此事事关重大，还需宰辅联合商议……"他越说越激动，提起药箱便站立起身，“不行，我要连夜赶去三署都堂！”

孟昶扣住了他的手腕儿：“如此大张旗鼓，未必能查出什么。”

“那就算了吗？天家龙威何在！”

“是啊！”孟昶脸色煞白，手指因为用力而有些发颤，他面色严肃地说：“我担心有人借机铲除异己，真相还未查明，反倒血流成河。”

韩保贞愣了愣，此间种种，轮不到他来细想。

“就算查出来，能布局如此严密、策划这般周详的人，寻常吗？”孟昶放下手，声音有些喑哑，可是他的语速极快，就像为了跟上思索的节奏而不得不急切地说出来。他面朝韩保贞，眼神却没有停留在他的脸上，目光随着思绪的狂飙而跃动：“我前脚刚到，捧圣军便包围了散花楼，若没有精密的布置，怎会将时机掐得如此准确？那皇城内、宫禁中呢？还有十路藩镇府兵，动向如何？朕遇刺的事情一旦在朝廷上公布，必然会轰动天下。周边藩国是否会趁机冒犯尚且不好说，但刑部和御史台必然要限期破案，即使是替罪羔羊，也要拿出来杀一儆百，更有成千上万宗案件株连牵扯；若有敌国密谋，大蜀势必出兵征战，到那时我要替罪之人何用？各国征战未休，大蜀再主动加入战团吗？密报的人是谁？会不会因此暴露，又或者那道童是故意引我前去伏杀的呢？千头万绪连我自己都没理清，如果急着让宰辅出面，再惊动太后，我恐怕永远等不到亲政的那一天。”

“可是要任由逆贼胡作非为，把天家当妇孺稚子欺辱，如何早日亲政？”韩保贞紧咬着牙槽，他是个感情用事的人，只觉得皇帝所说的那些理由过于危言耸听，“永吉十六岁跟三郎打东川，驰骋沙场、快意恩仇。我想不通陛下为何登基做了皇帝，反而要缩头隐忍！”孟昶闭目喘息，有些话说不出口，他从小便看尽了宫中那些暗杀背叛、权力争夺的戏码。六岁开始，福庆长公主便用一桩桩现实教导他，堂堂“李天下”如何从威震天下的将军变成笑柄，为属下所抛弃，他比更多人明白打江山跟坐江山的区别。况且蜀国安稳不过数年，谁能真正明白他的鸿鹄之志呢！

费蕊见皇帝身心俱疲，久久没有说话，便问道：“韩将军，以无备之师待有备之师，可有胜算？可有把握赶尽杀绝？”

韩保贞不屑地哼了哼：“这并非两军对垒，如果能动用朝廷之力，还怕查不出跳梁小丑？”

孟昶的一头汗水顺着鼻尖儿滴落在枕席上，他抬起手臂，断然说道：“先按下，暗中查探吧。”韩保贞想起三年前殿前伏杀李仁罕的往事，喉中哽咽，只得跪在榻前说：“天家不愿再度血染丹墀，希望蜀地长治久安，臣明白。”

孟昶深沉地看了费蕊一眼，不经意地眯了眯眼睛，吐了口气便睡了过去。费蕊坐在绣墩上皱眉沉思，韩保贞看了她一眼，站起身，将药箱放上案头，顺手抓了把黄豆坐回原地，一言不发地丢了两颗到嘴里慢慢嚼着。

“将军能猜到是谁吗？”费蕊问他。

韩保贞摇了摇头，说道：“放眼天下，想取天家性命的人实在太多了。”他的眼睛望向莲瓣灯台，目光却穿透到了更远的地方。蜀朝开国以来，朝中皆是恃功自傲的老臣，那些与高祖一道开疆辟土的同袍，都是拥有封地、手握重兵的节度使。他们性格暴戾、权倾极致，皇帝的拥立、罢黜甚至杀戮往往取决于他们的一念之间。事实上，不仅蜀朝，现时的整个天下，皇权频频更迭，无不如此。

“当年高祖崩殂，秘不发丧，天家刚被御封皇太子监国。”灯火的跳跃中，时光慢慢晕开，不过也才三年，“当夜李仁罕铠甲加身，十万武信军集结在羊马城下，比起今日之情形更凶险万状。”

“我知道。”费蕊睁着明亮的眼睛看着韩保贞，散花楼的优人已经说唱过无数次。

“当年李仁罕并不确定高祖驾崩是真是假，没敢贸然行动，加上有赵太保、张都统、赵侍中、王侍中威慑在殿内，天家身边还有太后，有乞儿、安思廉和我。”

“现在也有……乱世中都是挣扎求活的人，谁不是？”费蕊看着韩保贞，那张小脸上是天湖样透亮的眼眸，远隔重山，眼波却在灯火中流云飞舞，这眼神直率得让人忐忑。韩保贞意味深长地看着这容颜绝丽的少女，很多话只能藏在心里，这是他与皇帝之间的过命交情。孟昶尚未亲政，他要整肃吏治，无人辩驳，可他提出收编各地精壮入禁军，已然在触碰藩镇使节的兵权底线，虽然提议未得到几位顾命大臣的同意，但心怀顾虑、想趁孟昶羽翼未丰而杀之的人必然不少。

乱世中，谁不是在挣扎求活！

韩保贞自嘲地笑了笑，又丢了颗豆子在嘴里，他忽然点头说：“演一场风花雪月，虽是无奈，也未必不明智。”

…………

寅时三刻，天刚微蒙。

两匹快马沿着三丈高的萧墙南垣直抵皇城左侧的神政门，绕过金光闪烁的石砌照壁，从高大的汉白玉牌坊下疾行掠过。牌坊向前延伸有一条石铺的甬道，苍松翠柏栽种在两侧，早春的繁花开得层层叠叠。

快马在甬道尽头嘶鸣停下，张公铎和李廷翻身下马，早有禁军迎上前来，他们将手中的缰辔一扔，大步踏上御河的青石桥。两人疾步如飞，从边侧瑞礼门甬道穿过，再入狮子门，宫禁内监合门使早已恭候在前，见二人前来，低眉高唱道：“传捧圣控鹤都指挥使张公铎、捧圣军都虞候李廷觐见！”

身穿绯色官服的宦官田敬全前来迎接。

“有劳田公公！”张公铎点头道谢，李廷紧跟在后，躬身垂眸、小心翼翼。

“太后娘娘在太清宫，随我来吧！”田敬全的脸上堆着笑，缓步在前方带路。

李太后是个容貌端正的沉静女人，此时她只着朱红常服端坐在太清宫的金华殿前。张公铎不敢懈怠，请李廷详细禀报了昨日酉时发生在青城山的骇人一幕。

“……陛下和贤妃娘娘游幸至山中的龙蹻栈道，忽然狂风大作，贤妃娘娘素来胆小，唤着要下山，陛下却想看个究竟，抽了臣下的佩剑，前往涮笔槽的崖顶。臣不敢让陛下独自涉险，陛下却说有殿前司暗卫禀告要事，令臣护送娘娘下山。臣不敢忤逆圣意，只好遵命。”

李太后强捺着怒气，冷着脸听李廷继续回禀。

“臣本想将娘娘安置妥当再率队上山，奈何娘娘情绪癫狂，放声哭泣，不容我等离开半步，臣下只好守在观中。当时观中天师道长都在，可以证实臣下并未撒谎。”

“往下说！”李太后的面上呈现出一丝焦虑，她显然对事情的来龙去脉并不感兴趣，只想赶快知道皇帝在哪儿。

“酉时，殿前司来人回禀娘娘，说陛下已经回京，娘娘得知后十分郁闷。正在这时，丈人观突然地动，山上巨石翻滚，好像南天门塌了，路人死伤无数，惨不忍睹。哪儿知贤妃娘娘突然再次癫狂，衣衫不整地跑出殿外，臣下和众天师阻拦不及，臣等追至南坡，眼见娘娘衣裳尽散，头发乱舞，像发狂一般。正在这时，一道天雷直击而下，打在娘娘身上！”

听到这里，李太后忍不住啊了一声，只见李廷睁大眼睛，脸上余悸未消，他看了张公铎一眼，放声大哭道：“贤妃娘娘当即坠下山崖，臣等冒死下到崖底，只见尸横遍野，娘娘她、她已面目全非！啊！惨不忍睹啊！太后！”

李廷扑倒在地上，悲痛难忍。

李太后晃了晃，站起身来，喝问道：“皇帝呢？”

李廷赶紧直起身来继续回禀：“圣驾在地动之前便由殿前司暗卫护送回宫，娘娘郁闷生气，天摇地动时才那般魂不附体，丈人观中的张天师说因为娘娘衣衫不整，怠慢了太上天尊，才引天雷下界。”

“张天师是这么说的？”张公铎皱了皱眉，“可是，我赶到丈人观的时候，他……”说到这里，他抬头看了看李太后阴晴不明的脸色，心想：李廷所讲固然荒诞，但贤妃赵氏的确是在众目睽睽中被天雷击落于山崖下的，似乎没什么破绽。

“留在山上的捧圣军呢？”他忽然转移了话题问李廷。

李廷回答说：“山上的捧圣军死伤太多，属下急着回城护驾，剩下的留在灌州协助救援，所以还没来得及清点。”

“皇帝呢？皇帝人在何处？”李太后见二人只纠缠小节，却对皇帝的行踪毫不关心，不由得怒火中烧，啪的一声拍在榻沿上，喝着打断了他们的话。

“陛下他……”李廷张了张嘴，想起那香艳的场景，半天才涩涩地说道，“陛下要臣回禀太后娘娘，他‘留宿浣花，过几日便带蕊娘子回宫’。”

“浣花，那是什么地方？”李太后疑惑地问，“皇帝口谕？”

“是。”李廷低垂着头回答。

“蕊娘子？”

“是。”

李太后不知道皇帝什么时候开始竟然与勾栏女子有交往，她在震惊之余有些哆嗦，站立在一旁的田敬全眼明手快，伸出手去说道：“昨日有惊无险，既知陛下龙体无恙，太后娘娘放心便是。”

“贤妃她……”李太后极力按压着无穷涌动的惊骇，颤声问道：“出了这么大的事儿，张都统为何没有及时赶到？”张公铎回禀说：“王昭远从太后这里出来，收到传书称陛下急召，臣不敢懈怠，当即领控鹤骠骑追到丈人观，却得知陛下已经先行回京。李虞候带着捧圣军走了大半，我便策马追着李虞候往回赶，到京都时已经半夜了，就在散花楼遇到了陛下。”

李太后颓然坐下来，心想：孟昶即位以来每年都会前往青城山修行一段时间，这次他竟耐不住寂寞，宣召赵贤妃同游，每天不是攀崖临壑，便是登高眺远，宰辅大臣几番派人劝谏，他依旧不回宫。昨日张业请她出马，她只好将近卫王昭远召回宫中问话，只留都虞候李廷随侍驾前，没想到竟出了这样的事情。

“赵贤妃……这事儿难以明告天下，你们暂且不要声张，待明日跟众位大臣商议之后再做打算，退下吧。”李太后是个清醒之人，她知道贤妃死得难看，如果按李廷的说辞昭示必然会引发天下人的耻笑，此时此刻，秘不发丧才是正确的选择。

从咸宜宫出来，张公铎冷笑着问李廷：“李虞候好生机敏，你是如何得知陛下身在散花楼的？捧圣军把里里外外围得水泄不通，我身为都指挥使竟然不知道！”

“属下接到线报说王昭远在散花楼出现，因事出突然，来不及跟都统商议，便擅做决断，请张公责罚！”

“王昭远？”张公铎冷笑着扬起马鞭，“听你这么说，虞候还真是履职尽责呢！”

没等李廷回答，那彪悍的身影已经绝尘而去……

“三郎是个聪明孩子，太后不必担心。”

此时东方天际微明，晨晖透过云层照耀着皇城最巍峨的凝烟阁，宫禁咸宜宫依然灯火通明，延昌殿的一缕沉香从金色的狻猊鼎炉中冉冉升起，萦绕在四方盘龙的顶天柱间。李太后端坐于西厅暖阁，她的背后是一整排的蜀绣屏风，大朵艳丽的牡丹由金线、蚕丝织就，花瓣绣片平整光亮，连绿叶上的水珠也垂垂欲滴。

说话的人是当朝国老，太保赵季良，他还被皇帝孟昶尊为“相父”。李唐以来，风气开化，重臣奉召出入大内议事乃属常事。这是一个相貌忠厚、气质儒雅的老臣，漆纱幞头端正地戴在头上，身上穿着绛紫色的朝褂，犀角绯腰上的金鱼佩袋闪闪发光。

“我知道高祖遗训，朝中大事由赖宰辅定夺，各地藩镇要靠肱股治理，哪儿有让使相卸下军职的道理？三郎少年心性，也就胡乱说说，你看他沉溺游幸月余不归，哪儿懂得整肃吏治？”太后显得忧心忡忡，她脸上的泪痕未干，声音也还有些哽咽，手掌叠在膝盖上摩挲，极力控制着内心的紧张。

“皇帝十三岁即充任行军司马，为高祖掌管两川府兵，十五岁便拥有自己的东川大军，十六岁册封皇太子监国，执杀逆贼李仁罕，雷霆手腕，当机立断。老臣看着他长大，岂不知三郎胸怀宏伟？”赵季良面露温良，手执秘色茶盏安慰道。

“赵卿！”李太后拖长了声音，恳切地说，“贤妃是你的好孩子，也是我的好孩子，皇帝平素跟她最要好，绝不会在这种时候做出荒唐的事儿来。他携贤妃躲到丈人观图清静，昨日事发突然，慌乱之下，言行不慎也是有可能的，还请太保不要责怪！如今后宫只剩我这妇人，外朝六军蠢蠢欲动，几路藩镇也有集结的迹象，太保要出面摆平；灌州天灾，太保还要告慰天下。不论如何请您强忍悲痛，务必保重身体啊！”

赵季良的眼睛有些混浊，声音也颤抖起来，他明白太后所指，少帝根基未稳，如若继续锋芒毕露，恐怕落到贤妃身上的那道天雷迟早会落到他的身上，于是说道：“方才，张公铎到府上禀告说，他赶到丈人观的时候，天师道长自称难辞其咎，当众拔剑自刎了。这件事儿，恐怕不像你我想象得这般简单……不管怎么说，三郎无恙就好，老臣也放心了。”

太后的手忍不住抖了抖，她知道，事实上，太保是内心最为哀痛的一个，贤妃赵氏原是他的掌上明珠，皇帝在这时候滞留勾栏，应是仓促间不知如何应对，又存心拖瞒贤妃薨殂真相，才不得已出此下策。

真凶固然要追查，可是要等到皇帝回宫后再做打算。

这时，赵季良站起身来，躬身一揖道：“请娘娘放心，老臣在朝一日，便全力辅佐一日，若有心存忤逆、为难天家的人，老臣定当全力铲除，就算天下大乱，蜀国也不能再乱！”李太后也有些激动，微闪的眼波似乎隐有泪光：“赵卿是高祖的肱股谋臣，也是我唯一相信的人，你的心意我何尝不懂，皇帝回宫后，我定会好好训诫，让他知道相父的一片苦心。”

赵季良闭着眼睛深深地吸了一口气，点头说：“贤妃命薄，让娘娘费心了。”

倾谈到此，赵季良起身告退。

再过两刻，便是早朝。月余来，皇帝不在殿前，便由太保赵季良和太尉赵廷隐二人主持商议，于殿前将奏章批复交于中书省，再由门下侍郎毋昭裔牵头左右三司分发各部酌情处理，朝中一直运转正常，诸事顺当。由于灌州地震事发突然，朝堂上诸臣议事的重点便放在赈灾上，翰林承旨，李昊草拟诰令，毋昭裔领左右三司亲赴灌州进行灾情的勘察，制定赈灾额度。

今晨的成都府，空气中散发着团团诡异的气息。朝堂诸臣议事完毕，各级官员都滞留在承乾殿前，三三两两地议论着不肯离去。看到赵季良、赵廷隐、毋昭裔、张业、王处回和张公铎六位顾命大臣最后从大殿中出来，群臣立刻蜂拥而上。

“太保，昨日城中传得沸沸扬扬，若朝廷没有明示，恐怕众口难服。”

“什么事儿沸沸扬扬？司天监早已预测荧惑犯积尸，青城山天雷地动，为何众口难服？”赵季良神情不悦地反问。

“昨夜捧圣军宵禁，城外散花楼被围了个水泄不通，坊间议论纷纷啊！”

“是啊，不知陛下和贤妃娘娘如今身处何地，是否平安？”

“听说是天谴。”

赵季良环顾四周，理了理朝服，皱眉喝道：“荒唐！昨日酉时灌州地动，捧圣军在散花楼查寻妖言惑众之人，坊间百姓不明真相地胡言乱语，这些话也要带到朝堂中来吗？”

众人听到太保的话，立刻噤声不语。

赵季良说完，和张公铎、毋昭裔一道拂袖离去。大部分朝臣也都跟着散开，剩下的都看着赵廷隐、张业和王处回三人，站在阶前欲言又止。

这时，太尉赵廷隐心平气和地对殿前的群臣说道：“诸位都散了吧，再过几日陛下回朝，有什么疑问，上疏便是。”

“灌州一片狼藉，陛下和贤妃娘娘难道还滞留在青城山上？”有人私语道。

“陛下这时候还不知在哪处温柔乡里呢，”张业凑近那位朝臣，脸上露出一丝浅笑，“等两天，嗯？”

“唉，少年轻狂啊！”

“若无阁老扶持，王朝能兴盛几时？”

“若是高祖陛下还在，这时候怎么会看不到人影？”

气势汹汹的武将咬牙切齿，而那些平日里对皇帝期待颇深的臣子，听到这话也纷纷发出几声叹息，颓然离开。

4. 浣花探情

天街小雨，城中水道又上涨了几分，成都府的巷陌中一片绝胜烟柳，清越的鸟鸣声声悦耳。清丽的晨光从院外洒进屋内，暖阁中立刻明艳起来。

费蕊陪了孟昶一整夜，这才从绣墩上起身，缓步走到窗前。她拉开竹帘儿，望着百般红紫在庭前院落争奇斗艳，危险暂时过去，回想起昨夜发生的一切，就像做梦一样不真实。

彼时，她正坐在榻上调弦，不觉弹了一曲《神人畅》。

忽然，暖阁的梁顶传来瓦片的轻响，早春的凉风袭来，案前的烛火熄灭了，没等她转身，一柄长剑就架到她的脖颈儿上，寒凉透骨。鼻中传来一股血腥气，随着粗重的喘息声，有个冷冰冰的声音命令道："继续！"

这居所地处散花楼后园，曾有无数轻佻的客人希望一睹隐娘的风采，试图用各种方式夜闯浣花，可是，能破解朝光护卫的，迄今为止仅此一个。费蕊非常好奇，她的案头就有与鸳鸯厅联通的摇铃，只需轻轻一拉，院中护卫便会顷刻间拥进来。

但是，她并没有拉响摇铃，而是不动声色地在暗夜里吟猱弹拨。

"南轩月初进，调弦发清徵。《神人畅》乃阮籍的《酒狂》外，最能令人闻之起舞的琴曲了，可惜你这把九霄环佩还是弹《流水》更好。"黑影说着扑通一声跌坐在榻前，手上的长剑仍死死地抵着她的咽喉，说道："别怕，我不杀你。"

"不杀我，拿剑指着我做什么？"费蕊不由得偏了偏头，对方的样子淹没在黑夜里，只有闪动的眸光近在咫尺，她轻轻地叹息道："罕有知音者，空劳流水声。你居然能听出这是九霄环佩的琴音！"

"雷琴的后人还在成都府，我也请他们仿制过。"因为距离太近，那温热的呼吸喷在费蕊的耳朵上，带着一股淡淡的香味儿，"不要怕，我歇会儿便走。"

"只是歇会儿，蕊娘奉茶便是，为什么架刀？"费蕊笑了笑，心想：这把琴是玄宗皇帝李隆基在蜀地避祸时，得知儿子私自于灵武城登基后，找到雷家赶制而成的，其中的深意岂是坊间的复制品可以比拟的？

她正想辩驳，可是话到嘴边又停住了，只听那声音回答说："刀架着，免得你乱跑。"

"这是我的家，要跑也是你跑！"

"呵！"黑影喘息片刻，笑了起来，他命令道："掌灯。"

带伤的刺客，不隐身，不蒙面，还叫掌灯？费蕊一愣。

微光轻闪，案前九层莲瓣的灯台亮了，烛火跳跃，屋中顿时光彩照人，一张琼玉般白皙的面庞出现在费蕊面前。她被那眼睛里清澈的光芒吸引，炫目的虚妄让她忘了看一眼从房梁上下来的白袍少年。

"仁赞哥哥，怎么样了？"白影一闪，少年已经来到榻前，双手扶着手持长剑的郎君。

"她不跑，别为难她。"郎君话音刚落，长剑便掉落在地上，血腥气弥漫在屋里，透着一股凉意。费蕊看着榻前的年轻郎君，疑惑地问了声："仁赞哥哥？"那人蹙着眉，可一双黑眸竟也目不转睛地盯着她。

眼波交错的瞬间，两个人似乎都在抓取着什么，是什么？

白袍少年呜呜地哭起来，他拾起利剑指向费蕊，说道："你过来，帮忙！"

"你叫他什么？"费蕊心弦颤动，声音也变得有些压抑。

“我叫你帮忙！”白袍少年提高声调，手中的长剑又朝她脖子上使了两分力。

费蕊再看了看那人的侧脸，清朗的眉目，竟有着说不出的熟悉亲切。扒下外套的玄色斗篷，身上却是赭红箭袖劲装，犀玉腰带上是白玉双佩，箭袖袖口和领圈儿上还织有隐约的龙纹。她的手忽然抑制不住地颤抖起来。一瞬间她觉得这就是朝光的安排了！如果不是设计排演的，怎会如此凑巧！再看那张冷峻的雕刻般的面孔，竟然如此熟悉，是五年前，甚至更久远的时光……他是皇帝孟昶！还是她的仁赞哥哥？费蕊的眼泪抑制不住地将要溢出，旋即却被一阵冰凉的刺痛打断了。

“帮忙！”

她惊觉地眨了眨眼，冷静地看着白袍少年问道：“这是怎么了？”话一出口，便知多余，她的手触碰到郎君的腹间，撕破的裂口涌出汩汩鲜血，从门槛儿一直滴到床榻边沿。

“你去把血渍打扫干净。”费蕊盯着白袍少年，想起来了他是谁。她清楚天子被人行刺是多么严重的事情，用不了多久，不仅会有大队禁卫军包围这所宅子，还会陆续有循着血迹上门的刺客。

白袍少年这一次很听话地照做了。

费蕊的医道承自蜀中名儒，当她看到变黑的血色时，不禁倒吸了一口凉气，立刻吩咐侍女不许任何人入内打扰。

灯火中，费蕊的面庞干净粉白，孟昶紧抓着她的手，盯了半晌道：“蕊儿……”仿佛看不真切，他又皱着眉连声询问：“你是蕊儿？”费蕊还未想好如何回答，外间有人禀告：“散花楼被团团围困，都虞候正带人闯进浣花。”

“帮我。”孟昶蹙着眉想解释什么，却一时无从说起。

费蕊心领神会，她将换下的血衣塞给王昭远，示意他上梁。旋即她坐回镜前，敷白面颊，贴上重彩面靥，套上层叠石榴裙，将暖阁内的几坛临邛陈酿全数打翻，四处挥洒，还在各自身上洒了一壶。

古琴放在膝上，一曲《流水》刚起头，西厅的门便被推开了。

她第一眼看到的人是义父青衫，她瞬间确信这一切都是朝光在义父的授意下安排的。夔越青衫胸有城府，在乱世中周旋于诸侯，半年前安排她回到蜀地，希望她能入宫成为蜀王新宠。传闻中，蜀王轻佻狂放，广征美女以充后宫。她会在花朝节以绝世的才貌轰动京都，从而引起幕僚关注。但今夜，发生的一切都跟预设的情节不同。

费蕊定了定神，眼前那沉静无波的眉目由模糊逐渐变得清晰，仿佛是传说与现实的差异。

孟昶睫毛扑闪，他已经聚精会神地盯着她看了很长时间了，见她涣散的眼神终于聚光了，这才说："你神游九天的样子，总算有点儿小时候的模样。"他的声音娓娓动听，眼神干净而清透。她垂下眼睑，淡淡应了句："是吗？"

"不好奇吗？"孟昶乌炯炯的眼睛看着她，甚至一眨不眨。

费蕊不为所动。

"可我好奇。"孟昶拉她坐到自己的榻前，"五年前，我随父帅出征夔州，回来便听说费氏已经举家迁往扬州，后来发生了什么事儿，你竟流落至此？"费蕊依旧摇头，明亮的眼睛一眨不眨地看着孟昶。朝光曾经教过她："盯着他的眼睛，就能看到他的心里去。"

"你还小，忘记便忘记了吧。"孟昶流露出些许怜悯和久违的温存，他说："还好遇到我，我不会不管你的，想要什么封赏跟我说。"

"封赏吗……"费蕊敛起眼眸，顾盼着想了想，说道："蕊娘听说，鸿鹄在大河海洋上无忧翱翔，迁徙到小湖泽便容易受到箭矢的袭击；而鼋鱼在深渊里安然无恙，游上浅滩就会被钓射所威胁。今天陛下闯进浣花，是不是走远了？"

孟昶翩然一笑，抬手敲了敲她的额头，说道："明白了！你不要封赏，还告诫朕如果不尊天，不事地，不敬社稷，不巩固边防，外不结交诸侯，内又丧失民心，一旦国破家亡，你这个打鱼人也无法保全封赏，对吗？”费蕊红了脸，还想再说什么，忽然听见韩保贞进门禀报：“两位张阁老求见。”

“其他人不见便不见，他们是一定要见的。”孟昶说完便起身，韩保贞已经把一套月白色襕衣递了上来。

“让蕊娘为陛下束发。”费蕊说着，跪在他的身后，手中的玉梳轻起，慢慢往下整理。

张公铎和张业一前一后地进来，他们身上的朝服还未换下，分明是直接从承乾殿奔过来的。二人一见孟昶便撩衣下跪，拱手道：“臣张公铎、臣张业恭请圣安。”

“二位张卿起来坐吧，看你们一身风尘，喝口茶再说。”孟昶神态慵懒、面色苍白，一副宿醉未醒的样子，圈椅上堆着厚软的裘披。费蕊凤眼微垂，动作轻缓地依偎在他身后，纤长的手指挑着一根玉簪，缓缓地从孟昶的发髻里穿过。

张公铎昨夜没有进到暖阁中，看到眼前风月袅娜的景致，已知坊间的传闻非假，他抬起头，无奈地跟张业交换了一下眼神。

张公铎特意瞥了瞥韩保贞，见他动作细微地摇了摇头，似乎在示意什么，便自以为心领神会。看来皇帝确实不知道赵贤妃的事儿，今日早朝之前，太保赵季良向六位宰辅传太后懿旨，秘不发丧，皇帝这里由他前来呈禀。路上遇到张业，聊着聊着便要一路跟来，张公铎心想皇帝在散花楼的事情瞒不过，只得随他。

于是，他神情严肃地启奏说：“天家，臣有要事禀奏！”

孟昶点头道：“你说。”

韩保贞仿佛没注意张公铎在奏请正事，从食案上端了一只秘色越瓷小碗递给费蕊，说道：“早上送来的散花楼最出名的驼蹄羹，天家尝尝？”

张业不经意地抬了抬眼皮，饶有兴致地看了费蕊一眼，神态甚是轻慢。

张公铎顿了顿，继续说：“天家，昨日……”他刚开口，又被韩保贞打断："张都统和使相也尝尝吧，相府珍馐无数，不一定比得过这驼蹄羹。"

话头连续两次被打断，孟昶感觉异样，回头警告。只见韩保贞全身僵直，眼珠直直地盯着费蕊手中的那碗驼蹄羹。

"那就尝尝。"孟昶接过来，又对张公铎和张业说道："二位张卿也来一碗。"

张公铎和张业都知道孟昶随军多年，不拘小节；韩保贞是他的旧随，私下场合相处更随便惯了。两人双双接过，张公铎一口将驼蹄羹倒进嘴里，说："永吉别拦了，让老张讲完！我等是奉太后懿旨，有要事禀告陛下！"

孟昶高挑着双眉，再次冷眼看了看韩保贞。

张公铎一鼓作气地禀奏道："昨日灌州天摇地动，幸亏天家离开得及时，酉时一道天雷从天而降，刚好打在贤妃娘娘身上，捧圣军在山崖下找到娘娘时，她已然玉碎，凤体……"话音未落，孟昶咳嗽了一声，费蕊手中的驼蹄羹被打翻在地。

"天家！"王昭远眼疾手快地冲上去挡在他的跟前，费蕊从身后握住孟昶的手，只觉得他全身颤抖得像掉进了冰窟窿。韩保贞大怒，盯着张公铎喊了声："张都统！"

张业伸长脖子望过去，只见皇帝满脸通红，脖颈儿处青筋暴起，眼睛外凸，几乎要喷出血来，他说："还请天家忍痛节哀，以大局为重啊！"张公铎心想皇帝毕竟年轻，不如太后能看清形势并很好地把控情绪，正想着要不要说下去，只听孟昶低声喝道："继续说。"

张公铎看了眼韩保贞，回头继续说道："都虞候李廷随侍，他说，娘娘忽然发狂，从殿中跑出，直至南坡才被天雷击中，坠下山崖。"

"忽然发狂？"孟昶艰难地咽了口口水，"贤妃端庄守礼，怎会忽然发狂？"

"事出突然，臣等没在现场，丈人观的天师道长说，娘娘这是轻慢了上真，才触动了天雷。”张公铎据实禀奏。

“胡扯！”孟昶一记重拳敲在桌案上，眼瞳中再次涌出一阵赤红，他看着张业问道：“张相，贤妃怎么会轻慢上真？她与朕一道立志，又怎会在国教观前做出无礼的举动？”

张业想了想说：“臣也觉得过于荒诞，但贤妃娘娘的确是在众目睽睽中披头散发，所以才被天雷所轰的，相关人等经由刑部核实并没有串供作假。”

“昨天到现在不过短短几个时辰，刑部什么时候做事儿这般利索了？”孟昶哼了一声。

张业被褶皮覆盖的双眼突然瞪直，目光一动不动地落在孟昶的脸上。在他眼中，皇帝未及弱冠，登基三年来，虽号称励精图治，却独断多疑。当初，因为李仁罕是他舅舅，他小心翼翼、处处迎合，还把自己的妹妹送入宫中。毕竟事隔多年，他也三十多岁了，身为宰辅相公，十八岁的小皇帝在他眼里算不得什么，因此说话的声音也不由得高了几分：“天家怀疑此事另有隐情？”

孟昶愣了愣，表情格外忧郁和颓然，他摇着头说：“朕的贤妃啊，怎么可以这样，她是疯了吗！”张业双手搁在腹前，漫不经心地说：“陛下登基以来，一直有意效法上皇的贞观之治，得天理行于人世，臣还记得当初在御殿上你教导各位臣工得道多助的道理，如今贤妃娘娘竟做出失道之举，臣听闻后亦是倍感痛心。”孟昶听到张业这通阴阳怪气的暗讽后，脸色瞬间苍白，他不得不表现出更加谦逊的姿态来，躬身询问道：“张卿觉得，朕该怎么做才能弥补今日的过失？”张业不咸不淡地说：“天降异象也许是提醒天家，要注意言行。来日方长，用心弥补为时未晚。”“张相说得是！”孟昶点头问道，“太后怎么说？朝臣是怎么奏请的？这事儿可有人告诉太保？”

“臣已禀奏太后娘娘，今晨与太保、侍中和几位平章事商议完毕，决议秘不发丧。当天在场的宫女、随侍都由刑部单独看押，其余众臣和椒房贵戚还不知晓此事。”张公铎禀奏道。

“如此甚好。”孟昶稍稍松了一口气，往圈椅后靠了靠。过了许久，他又抬起眼眸，在张业的脸上停留片刻，低声同他商量道：“张卿，因事发突然，朕心里惊恐难安，怕是难以面对母亲的震怒；如果再有下臣逼问，朕也觉得手足无措，你能不能替我跟相父商议，容朕在散花楼多待几日，怎样？”

“三郎还要待在这里？”张业还未来得及出声，张公铎早已大吃一惊，他失声道：“荧惑星乱世，眼下最重要的是灌州赈灾，告慰灾民，皇帝怎么能继续缺席呢？”

孟昶对张公铎的话置若罔闻，只是眼睁睁地望着张业问：“张卿以为如何？”

张业抬了抬眼皮，说：“天家以为躲在这里十天半月的，这事儿就能糊弄过去了吗？臣倒是容易糊弄，老百姓不好糊弄啊！”

孟昶咬着下唇，想了想才说：“昨天李廷夜闯散花楼，朕一气之下要他回禀太后，朕要留宿浣花。倘若这时候回宫，我该如何向母亲解释，为何独自撇下贤妃呢？”说着，他气恼地拍着圈椅的把手：“本来是件芝麻大的小事儿，今早移跸回銮处理朝政也无妨，只怪李廷闹得满城风雨。容朕规避几日再回宫也不迟啊！”

张业心想：李廷被他授意一闹，朝中大小官员都知道皇帝夜宿勾栏，太后震怒，皇帝不想面对国丈赵季良，果然又打定主意躲一时算一时了。想到这里，他刻意清了清喉咙，将轻蔑的笑意掩藏起来。

正事禀奏完毕，张公铎和张业起身告辞，临了张公铎回头问：“三郎还有什么话需要老张转呈太后吗？”

孟昶摆手道：“两位卿家退下吧！”

张业和张公铎告退，并肩走出鸳鸯厅，张公铎忍不住问张业道：“张公觉得三郎躲在散花楼中是个好主意吗？”张业肥硕的身体裹在宽袍朝服当中，他似乎感同身受，侧着身体凑在张公铎的耳边悄然反问：“你觉得呢？”

“这时候待在勾栏，实在有违伦常！灌州赈灾那么大的事情，他想怎么躲？”张公铎身材高大，说起话来中气十足，“要让太保知道皇帝居然夜宿勾栏，倒不至于会碾平散花楼，但朝堂议论同样会引发民怨嘛！”

“这是天家的家事，谁管得了？娘娘亵渎上真确有其事，陛下又能如何？凡涉及朝堂大事，都由我等宰辅商议，轮不到他自己拿主意。昨日事发突然，他被臣子围在勾栏，心中惊惶不安，想偷偷糊弄几日，我看就随他嘛！”

话题本是张公铎挑起的，看到张业如此直截了当，反倒不知该如何回应，他说：“三郎这个样子，老张放心不下！”见张公铎激动起来，张业呵呵干笑两声，拂袖道：“都统稍安毋躁，倘若确实感到积愤难平，不妨折返回去劝劝，我倒想瞧瞧你怎么把他劝回头。”

张公铎性情骁勇，最怕激将，让张业这么一说，他顿时停下脚步：“我看还是回去劝劝吧！老张书读得不多，却也知道修身治国平天下的道理，伦常有差，必遭灾殃。”他一边说着，一边转身往浣花小门走去。

张业看着他的背影，摇了摇头，踱步踏上漪澜桥，慢腾腾地朝散花楼走去。

张公铎与张业前脚刚走，孟昶便匍匐在地上，一连吐了好几口血，王昭远吓得眼泪崩流，屋中顿时乱作一团。费蕊于心不忍，端着茶水递上前去，她在想着那位让人极感压迫的使相张业，想到他那混浊而阴鸷的眼神，不由得一阵心悸。

韩保贞劝慰道：“天家别伤心，娘娘仙灵在上，也不忍心看你这样。”

“贤妃是替我而死的。”孟昶擦了擦嘴角，声音极低，费蕊侧跪在一旁，疑心自己听错了，不由得睁大眼睛问了句：“什么？”孟昶闭上眼睛没回答，心想：自己既然能逃过天雷，便是上天在冥冥中暗示什么，如果就这么死了，真叫人不甘心！

这时，小侍奏报，张都统去而复返，韩保贞心中气恼，低喝着吩咐道："叫他在外间候着！"

待张公铎再次面对孟昶的时候，他们已身在鸳鸯厅的厅北庭院。只见孟昶坐在井台边抚弄着木芙蓉的枝叶，那名叫费蕊的勾栏娘子则端坐在楠木几前抚弦弄琴。

"朕答应蕊娘陪她半月，既然贤妃秘不发丧，有什么话就等我回宫后再说吧。"

孟昶的无情让张公铎不适应，他看了一眼费蕊，粗声说："说开了，这是惊动天下的大事儿，天家在勾栏应变，绝非贤君所为，不怕朝堂议论、民怨沸腾吗？"

孟昶微阖双目，不以为然地说："让他们议论半月又何妨？"

张公铎愣了愣，他自知嘴拙。孟昶摆出一副冷冰冰的、拒人于千里之外的模样，那些修身治国平天下的古训也忘得一干二净。无奈之下，张公铎哑口无言，愤怒地站起身来，准备再次告退。

"张公！"孟昶忽然叫住他，右手摩挲着圈椅的边沿，"朕不能着急回宫。请都统传诏御医，称贤妃在山中受到惊吓，需闭门休养。待时机合适，再商议择日发丧，加恩照贵妃例办理，如何？"

张公铎恍然大悟，他盯着孟昶，暗自思忖：这样安排既能缓事发之急，也能堵上众臣之口，此番沉着应对，又岂是糊弄之举？还未来得及说什么，只听孟昶又问："此次赈灾使是谁？"

张公铎赶紧回答说："以往都由侍中赵廷隐定夺，用的是王处回、张业的门生。三郎知道，老张对那些额度、钱粮算不过来，不过赈灾关系重大，所以这一次我和太保力主让毋昭裔带领左右三司亲赴灌州勘察灾情，制定赈灾额度。"

孟昶点点头，又问："近日，武信军和武泰军的动向如何？"

张公铎顿了顿，意味深长地看着孟昶，回禀道："王处回的武泰军地处黔州，山高路远，这些年一直为陛下安守南境，倒是张业回遂州待了半月，昨日才回朝。”见孟昶没再继续询问，他摸了摸下巴，又说道：“三郎不愿向中原儿皇帝开口，老张明白。但你不该留在这里，让各地的藩镇使相小看了。”

孟昶脸色微愠，他揶揄着对张公铎说道：“太尉（赵廷隐）兼任你的副使，本意就是牵制你。你倒好，索性连手下都虞候也差遣不动，恐怕你这六军都指挥使还不如我这个未亲政的皇帝吧？”张公铎想起李廷对自己的态度，知道皇帝也被怠慢了，于是拱手说：“天家虽未亲政，臣下如何能比。”

孟昶哼了哼：“都统驭下如果力不从心，不如让相父找人帮你分担。”

“不用！”张公铎睁大眼睛，他想这才是自己熟知的幼主，是两个人寻常交流的方式。很早以前，孟昶巡查禁卫六军，在支计院军营时便提醒他，他总认为那些旧随部将都是跟着他一同从尸山血海中爬出来的，天下太平后难免纵容。昨日与李廷有了一番你来我往的较量，尤其捧圣步兵居然敢横刀阻拦他上散花楼，身为主帅的他当即火冒三丈，这会儿再听孟昶提起，心想皇帝并非糊涂，或者这的确是他应对的办法。于是他欣然接受说：“三郎放心，老张知道该怎么做。”

孟昶没再多说，挥挥手让他走了。

看着张公铎离开的背影，孟昶喉中再次涌起一股腥甜，忍不住轻咳了两声。费蕊丰润的双手按在琴面上，清澈的眼睛正盯着他看：“陛下脸色不太好，回屋躺一会儿吧？”

“此刻无人，不必这么称呼了。”

早春天气，乍暖还寒，那两株木芙蓉生得异常繁茂，巴掌大的宽叶垂至井台边沿，随风涤荡。费蕊缓缓站起身，拿起井台上的披风笼在孟昶的身上。

“当年费家宅院中栽种得最多的就是洛阳牡丹和木芙蓉，怎么这里才两株？”孟昶伸手拉起一根枝叶在手上抚弄。

“这两株名叫三醉芙蓉，一株花树两种颜色，花瓣层叠，卷出六层，一朵素色，另一朵则是赭红色。开花的时候清香如梅，秋后你再来看，一定有些不同。”

“正好，”孟昶眯着眼睛，似乎想起什么来，“罗城土墙需要保水，朕可命人在城墙上插遍这种醉芙蓉。到时候芙蓉花开，四十里花团锦簇、花香百里，定然盛极成都府。”费蕊眨了眨眼，微笑着说道：“好啊！金秋十月，芙蓉脂肉绿云鬟，罨画楼台青黛山。站上城墙，看京都早晚，看芙蓉三醉，不知会是何等美艳雍容！”孟昶听着，忍不住抬起手指在她眉间轻展，划过她唇角金钿闪烁的梨涡，抚摩着那双顾盼生辉的眼睛，积郁的心情不知不觉平复了许多。

午后，孟昶昏睡不醒，直到第二天清晨韩保贞号脉行针时，依旧醒不过来。费蕊见他收起药箱，脸色阴沉，轻声说：“鸩毒如此凶险，若不能连根拔除，恐怕后患无穷。”

“连你也能看出来，何况陛下自己。”

“那怎么办？”

“天家意志坚强，他一定能熬过去的。”韩保贞说，“当年打东川，尸山血海都爬出来了，难道他要倒在繁华盛世里吗？我不信。”

费蕊想了想，对韩保贞说道：“蕊娘想起一个人。幼年时，我曾师从四郎李玹，如果能找到他，也许陛下不必受太多苦。”

“你说那个波斯国戚？”韩保贞大喜过望，眼中露出一股异样的神色，“你知道他在哪儿？”

费蕊点点头道：“前朝后主亡国乞降，师父曾在青城山落脚，后来终年四处游荡。虽然行迹难觅，不过我知道，每逢三月，龙洞的百年辛夷花开放，他应该在那里折花制香。”

“太好了！此去嘉州不过一天的时间，只是上龙洞要翻越峨眉半山，山高坡陡，传说九十九道拐犹如天上云梯，平常人根本上不去。”韩保贞说罢却站立起身，坚定地说：“也好，我这就启程，试试看能不能找到他。”

“医使别急，”费蕊拦住他，“还是等陛下醒了再做打算吧！”

韩保贞是个急性子，他拂袖说：“四郎李玹性情古怪，如果我据实告请，他一定不答应。不如我亲自去把他绑到天家跟前，否则如果让他跑了，就不容易再找了。”

“绑了他来？”费蕊惊愕，将他上下打量一番，问道：“你吗？”

“我去。”床头传来低沉的声音，孟昶盯着榻前的两人浅笑，“什么时候启程？”

“天家还是歇息吧，换成往常永吉鞍前马后地伺候随行还可以，现在不行！”韩保贞没说缘由，但孟昶贵为天子，本应身居九重，居则左史右言，动则出警入跸。若大张旗鼓地前往，恐怕那位前朝国戚早已闻风而逃；若微服出行，光是传说中九十九道拐的天梯也足以让常人望而生畏，何况皇帝现在连常人也不如。

“出去也好，这里的渡口人来客往，陛下伤重，未必能够瞒得密不透风。去了龙洞，如果能找到师父固然好，即使找不到，那里也是个颐养的好地方。”没想到费蕊倒是表示赞同。

敲定落实后，屋中三人分头行动，王昭远从朝光那里找来一辆青花帷幔双辕马车，外表看来毫不起眼儿，他说道：“朝光夫人听说浣花贵客要出行踏青，专程安排了客船停在码头。”

出行那天，只见船头的桅柱上还赫然拴着四匹胭脂马。

张公铎离开浣花以后，先去了太保赵季良的府邸，然后立即回到支计院帐营，用雷霆手腕换掉捧圣军都虞候以下职位的所有部将，又将忠诚的控鹤军军士提拔到捧圣军中，三两下便将禁军治理妥帖。因为涉及的层面不高，杀一儆百的作用不小，军中各部均有惊觉。架空都虞候李廷以后，他正准备亲自前往浣花加强控鹤军暗卫，听说皇帝突发奇想要微服踏青，急得跳脚。他只好折转回宫禀告太后，重新布控暗卫随侍，确保万无一失。

5. 峨眉剑影

这天天气晴好，四人顺江而下。两岸青山相对，一江春水中流，舟行不过半天，便到了嘉州境内。自古以来，天下山水的胜景都囊括在蜀，蜀中胜景尽在嘉州。只见三江汇合处峰峦错落，翠叶葱茏，一尊凌云巨佛临山而坐，气势磅礴；对面的海棠香国城楼巍巍，飞甍跃瓴。

孟昶心情愉悦，下船之后换乘车辇，策马扬鞭朝峨眉进发。

驿路宽敞，十里一长亭，五里一短亭，傍晚时分便来到仙山山麓的凤凰坪下。此间细雨霏霏，薄雾缭绕，巨大的桢楠树浓荫蔽日，锅耳山墙环绕，掩映着一间小庙独立于山门旁。

韩保贞正准备下马叩门，却听见一阵金石交汇的声音由远及近。远处的山墙上，一名灰衣壮汉提着弯刀狂舞，瓦片腾飞而起，就在他脚下啪啪作响，与他对峙的是三名身穿平巾帻服的衙内差役。那三个体格健壮的衙内，是藩镇节使的亲卫官，那些亲卫官们多数都是些官宦子弟。韩保贞后退两步，隐没在墙后，这时候，他绝不想多生事端，跟这些内亲的衙内有任何牵扯。

王昭远噌的一声跳上车辇，长剑横在身前，目不转睛地直盯着垂幔之外。

“这是要打架吗，离远点儿？”费蕊着一身胡服男装，身材娇小，看着像个乖巧的侍童，她认真地询问靠在高垫上闭目养神的孟昶。

“哦，我随意，看你。”孟昶答得淡定，准备作壁上观。他着一身青色交领长袍，披着轻薄狐裘，只是寻常郎君的扮相，更显得俊逸清朗。费蕊点点头，说着将他身下散开的裘袍掖了掖。孟昶微怔，正想伸出手去，费蕊却已转过身，扯着王昭远的衣襟轻声说着什么。

孟昶撩开车辇的垂幔向外望去。

费蕊指着前方，低声对孟昶说："那边！"

孟昶顺着她的目光望去，只见桢楠树下还躲着两个人。其中一个很年轻，与自己年纪相仿，他穿着一身洗得发白的布衫，背上还背着一个竹篓，旁边有位白发苍苍的老妪蜷缩在树下。

韩保贞也死死地盯着树下的人，胯下的骏马焦躁地原地踏步，不时喷着响鼻。费蕊见状，皱着眉头正想告诫什么，却听嚯的一声，远处的灰衣汉子跌下墙头。两名差役跳下去，刀尖儿抵在他的胸口，狰狞地笑道："使相府拿人，何曾有拿不回去的！"四周很安静，矮墙上的树荫已被削平，墙头的枝叶飞散一地，凌乱坍塌的院墙诉说着刚才的激烈斗争。老妪扑上前去，哀求道："张衙内放了他吧，张公要的人是我，老身跟你回去就是了。"

"我追你这么远，跑不动了才告饶，当初你跑什么呀？"衙内姓张，他盯着老妪和身边的年轻人，恨恨地说，"带走！"

"这位小郎是山上的采药人，跟我们没关系。"老妪说着，扶起倒在地上的汉子。

"废话这么多，一起带回去！"张衙内使了个眼色，一名差役牵马过来，将缰绳套在灰衣壮汉的身上，捆了个结结实实，然后转身朝年轻人走去。

韩保贞揪着马缰目不转睛，孟昶瞥了他一眼，见他咧着嘴一个劲儿地嘶嘶吸气。远处，老妪一把抱住差役，对年轻人说："小郎君快跑，这里没你的事儿，别掺和进来！"

韩保贞坐不住了，几次三番想冲上去，又按捺着退回来，挣扎得脖颈儿通红。

那位年轻人眉眼沉静，虽然衣着简陋，腰上只扎着一根普通绳带，头发却梳理得一丝不苟，他似乎没听到妇人的话，站起身拍了拍衣服上的尘土，朝着张衙内走去。他步伐缓慢，脚踏实地，一步步地走到张衙内跟前，躬身一揖，温和地问道："请问衙内在此拿人，可有缉捕公文？"张衙内懒得跟他废话，大声吼道："使相府捉拿逃跑奴婢，胆敢包庇属从犯的，一起带走！"说完，旁边的差役冲上去，提起他的背篓丢到一边，像拎小鸡一样将他反手扣了起来。

老妪惊呼一声，双手死死环抱着那差役的腰，扭头说："快走吧，别管我们了！"年轻人的手被差役扣着，红着脸对张衙内说："你身为使相衙内，居然目无王法，跨境缉人，手无差票，不经州府衙门……"话未说完，只听咔吧一声，差役使劲儿一掰，年轻人的肘部顿时脱开，闷哼一声昏了过去。

"放肆！"韩保贞从牙槽里挤出两个字来，倏地翻身下马，前脚刚着地，又回头看了看孟昶，一拳狠狠地打在鞍鞯上。

费蕊坐回车内，捂着眼睛不想看，低声叹息道："死定了，死定了！"

孟昶转头问她："为什么？"费蕊还没回答，只听啊的一声大叫，她掀开帘子，只见老妪赫然挺立，手上不知何时拿着丢弃的长刀，两名差役倒在血泊当中。

张衙内仰天大笑，刀尖儿指着老妪说："柴婆婆啊，你还真是老当益壮，难怪让我追了这么久！"老妪挥刀横在身前说："若不是张继昭父子欺人太甚，柴七何至于此！进了张业的私刑狱，敲骨剥髓，还不如死了好！"

费蕊听老妪口中吐出"张业"两个字，不由得转头看了眼身边的孟昶。

张衙内说："婆婆在相府这么多年，上上下下尊崇备至，谁欺负过你呢？你带着柴七逃出成都，就该回到前朝昭仪隐居的梓潼，这里，才有你想找的人吧？"妇人被张衙内揭穿，并不气恼，只淡然说道："神苍术是昭仪娘娘留下的秘方，张业都拿它干了些什么！老身什么都不知道，只想悄然消失，你何苦逼我。”

张衙内叹了口气说：“婆婆为相公劳心十年，本该在府上颐养天年，还是跟我回去吧。”

“跟你回去可以，放了柴七和那小郎君，他们毫不知情。”

“柴七的罪过比婆婆大多啦，司仆要把人带回去，审了才知道。”

“成都府谁不知道张业的私狱刑法！回去还出得来吗！”

“那，只好对不起婆婆了。”张衙内话音刚落，刀尖儿上寒光一闪，只听哐当一声，白发老妪手里的刀被打落在地。只见他双指伸进口中，长哨儿带着尖啸声贯穿山林。

“天家！”韩保贞忍不住了，回过头来，用乞怜的目光看着车上的皇帝，“他们……”

孟昶摆了摆手，手指头戳了戳王昭远的后背：“乞儿帮个忙，把他们三人带过来，剩下的交给控鹤军。”说完，他有些意兴阑珊地对费蕊说：“进去休息吧。”

费蕊正紧张得冒汗，嗫嚅着不想离开，韩保贞却已不声不响地将马车驱至锅耳山墙的后方。他轻轻敲开庙门，一个身穿皂色五条衣的沙弥双手合一前来迎接。门外拼杀如此惨烈，庙门却紧闭不开，费蕊忍不住皱眉问那沙弥说：“外面出了事儿，你们不知道吗？”

正值晚课时间，庙中佛音袅袅，沙弥没有回答费蕊的问话，若无其事地走在前面。穿过一汪小湖，沿着湖畔行走过庙堂，晚风吹得有点儿冷，耳边还有松涛的轻啸，沙弥带领他们上了两级台阶，来到一处干净的禅房。

“施主今夜可在此歇息。”说完，那皂衣沙弥便自行离开了。

费蕊看着沙弥走远，叹了口气。

“出家人原本避世不出，庙中几个沙弥怎么抵挡外边十多号人马？”孟昶笑笑对费蕊说道，“你问他知不知道外间出事儿，让他如何回答？”

“你怎么知道……”费蕊话刚出口，忽然想起张衙内的那声口哨，“那些暗卫会不会早就发现了我们？”

“我们这一路也有暗卫的。”韩保贞回答。

费蕊叹了口气，蹲下来驱动火石，点燃廊下的炭火。韩保贞检查完房间，动手重新铺设被褥，费蕊则走出禅房到院子里接泉水。

山墙内有一株苍劲虬枝的桃花树，早春三月，山间桃花盛开，满树的粉色花蕾堆满枝头，映在白色的山墙上。费蕊待在树下良久，抬眼看着高墙上方镂开的一扇圆形小窗，墙外刚好是庙门。犹豫了片刻，她还是按捺不住好奇，爬上桃树的虬枝，扒着圆形小窗往外看去。

禅房中，韩保贞已经铺好床褥，特意将狐皮白裘搭在炭火跟前，回头招呼皇帝就座，却见孟昶手握书卷，眼睛盯着房门外发呆。他转过头跟随孟昶的目光看去，只见山墙的桃树虬枝上扒着一个胡服少女，正探头看往圆形的小窗外。

“蕊娘子这样，倒让我想起她小时候的模样来！只是不知道这些年都遇到了什么，会流落于此。”韩保贞说着，回头看了孟昶一眼。

“嗯。”孟昶不置可否，却向韩保贞问道：“朕记得你曾说有个兄弟是吧？”

“嘿嘿，天家居然记得。”韩保贞搓着手，目光闪烁着，回避着皇帝的注视。

正说着话，只见山墙上的少女双手撑着墙面，轻轻一跃跳下地来，弯腰拾起石头上的铜壶，转身往回走。费蕊回到屋中，将铜壶置于炭火之上，回身拿起木勺儿，从秘色瓷瓮中抓了些茶粉放入盏中。

“人都走了吗？”孟昶端坐在狐皮裘中，目光落在手上的一卷《群书治要》之上。

“嗯。”

孟昶放下书卷，侧头唤道：“乞儿，把人带去哪儿了？”

话音刚落，白色锦衣的昭远飘然而至：“隔壁禅房。”

“看看。”孟昶搁下书卷，起身朝着门外走去。

费蕊疑惑着，回头将小炭炉和装水的铜壶置于茶案上，跟着他们来到隔壁禅房。

屋内陈设简单，只有几款蒲团，一张矮几而已。

姓柴的白发老妪与孟昶面对面坐在蒲团上，身旁是那采药的年轻人，折脱的胳膊复原好吊在脖子上；灰衣壮汉已经醒来，正挣扎起身，向恩公叩头。

柴婆婆衣着简陋，说话音调不高，但高扬的脖颈儿突显一身的傲气和风雅，她对孟昶说：“这是我的义子，武信军使张业的仆童，叫柴七。”孟昶打量着柴七，见他身量不高，却敦实健壮，因为逃得狼狈，所以头发焦干，像稻草绾成发髻。他叩着头，嘴里含糊地说着些报恩的话，眼泪不停地往下掉，那鼓鼓的腮帮子显示这是个性格憨实的年轻人。柴婆婆说：“柴七是孤儿，我见他生得憨厚，便将他带回府中。不知老身几时修来的福气，得了这样一个好孩子！”

费蕊端着茶案走上前去，孟昶示意柴七起身，请柴婆婆品茶细聊。

费蕊朝客人微微欠身行礼，将茶案置于孟昶身前的矮几上，跪坐在旁侧，用绢帕擦了擦手，动作轻缓地引茶调糊，等铜壶水沸之后，再冲些许入碗。其间晚风穿堂而过，室内寂然无声。费蕊垂着眼眸，神情专注，茶筅击拂，轻重缓急，悠然有序。等汤花儿泛起来，她才将茶碗放在杯托儿上，奉上说：“三哥哥请用茶！”孟昶嗯了一声，点头接过来，空气中立刻弥漫了一股天然淡香。费蕊又逐一为面前的二人郑重斟满，最后也为自己冲上一杯。孟昶仿佛只专注咬盏品茗，柴婆婆的目光却一直紧随着费蕊的一举一动。

“郎君神采昳丽，身边娘子翩若惊鸿，颜如舜华，老身竟看不出来历。”柴婆婆话音一落，年轻的采药人和柴七都微张着嘴，直瞪瞪地打量着身穿胡服男装的费蕊。

孟昶浅笑，放下茶盏说：“婆婆久居深宫，而后又在张府潜居十年，不知江湖更迭，最是寻常。”柴婆婆不以为然地说：“是啊，的确是老了。你既然知道了老身的来历，还救下两个孩子，可明白自己已经与大蜀朝的使相府结仇了？”

孟昶说：“我并不知道婆婆来历，只是不小心听到了您跟那位衙内的谈话，瞎猜罢了。至于是否跟相府结仇，便看婆婆要不要把今天的事情说出去。”

柴婆婆恍然大悟，抬手说：“放心，我不会说，两个孩子也不会说的。”说完，她神色凛然地对孟昶拜了一拜：“大恩不言谢，郎君的救命之恩，老身自会舍命报答。就算我不在了，柴七也会替我答谢郎君。”

孟昶摇头说：“孟某无须婆婆报答，说是路见不平也好，但孟某确实是出于好奇。”他一边说着，一边从怀中掏出一支拇指大小的玉瓶，小瓶儿的抹茶底色上有一条天然纹路形成的白色蟠龙。他倒了一粒丹药，托在掌心里，说道：“柴七需要及时服药。”

采药人伸手接过丹药，看了看，又放在鼻子下面闻了闻，惊喜地说：“好药！”

孟昶目不转睛地看着面前的妇人，仿佛不经意地说道：“孟某曾在夔州偶遇一位蜀地波斯人，送我这护心丹一瓶。”柴婆婆正盯着玉瓶出神，听到这话，眼角泛起一层泪光，表情变幻莫测。过了良久，她微笑着对孟昶说道：“郎君既然与家主有缘，老身也不必瞒你，看郎君的年纪，遇到他应该是五六年前的事儿了吧。”

孟昶点头。

柴婆婆说：“家主去世前，他所炼制的护心丹已是一粒难求，难得他居然将绝世蟠龙瓶也给了你。柴七不过受了些皮外刀伤，哪儿用得着这么贵重的药丸。”

孟昶看了瓶子一眼，笑着叹了口气。

柴婆婆继续说：“张业的相府正是前朝国舅李珣的府邸，老身随昭仪入宫前就一直住在那里。乾德七年，后主乞降，蜀地乱成一团，昭仪娘娘不想北上受辱，仓促间将神苍术交给老身留在李府，说是找到合适的栖身之所再回来接我。”

孟昶看着她，好奇地问道：“方才我也听到你们谈起神苍术，原来是前朝昭仪的东西，好像关乎很大的秘密？”

柴婆婆说：“昭仪的神苍术虽然不甚了得，却因为牵涉最近的一桩大事儿，便成了秘密。老身不说，是不想连累郎君，怕郎君像柴七那样遭受无妄之灾。”费蕊听得糊涂，几次三番想打断她，却见孟昶听得津津有味，只好捺着性子仔细倾听。

柴婆婆继续说：“孟高祖入蜀后，张业将老宅据为己有，我也从普通的奴仆做到掌事嬷嬷。原本我想，整整十年了，昭仪娘娘没有来接我，老身在相府还算受人尊敬，老死在相府也值了。可是张业老谋深算，他怎么会没有查实我家仆的身份就留我在府中呢？他既然知晓我的来历，还升我做掌事，自然是为了神苍术。”

“于是婆婆用了神苍术，张业却要杀人灭口？”

柴婆婆摆了摆手，说：“神苍术没什么稀奇的，在司天监打听好时辰，含在嘴里做出接引天象的样子就行。张业不想让人知道世间有这样的物件，想把我关进他的牢狱。”

“相府一路缉捕，婆婆和柴七只好改道上峨眉龙洞来找四郎李玹？”

柴婆婆深深地看了孟昶一眼，点头说：“不错，难道这也是郎君瞎猜的？”

“这不难猜，既然婆婆是前蜀朝昭仪的宫中旧人，李珣、李玹跟昭仪都是同胞兄妹，婆婆改道上峨眉龙洞也在情理之中。”孟昶有意无意地看了费蕊一眼，说道：“不瞒婆婆，孟某此行正是专程来拜会四郎的。”

柴婆婆身后的采药人抬起头来，目光停在他的脸上许久，忽然说道：“恩公似乎也有暗疾。”

孟昶没有否认：“郎君懂医理？”

采药人眉目端正，行为端庄，一身布衫虽然洗得发白，却干净整洁，他作揖说道："山西长子无名小辈韩保升谢恩公救命之恩，四郎李玹正是家师，我随师父学习品鉴百草，已有五年时间。"

韩保贞听到这话，泪光盈盈，身体不由自主地晃了起来。

孟昶若有所思地说了句"长子县啊"，说完，他侧头看了看韩保贞，回礼敷衍道："真是太巧了！"

柴婆婆也正看着门口站立的王昭远和韩保贞，幽幽地问道："郎君轻易灭了张业的暗卫而不留痕迹，此行拜会四郎，恐怕不单是为了请他治病吧？"

孟昶听了这话，眸色微敛，不由得躬身问道："恕孟某浅薄，不知道四郎除了治病还有什么了不起的本事，请婆婆如实告知，免得到时候怠慢了先生。"

柴婆婆见他一片赤诚，摆手笑了起来："四郎的本事老身说不清，不过他生性闲散，如果有什么怠慢的地方，郎君大可不必放在心上。"

孟昶哦了一声，忽然想起什么似的，问道："神苍术到底有什么神奇之处呢？"

柴婆婆笑笑说："好多人以为神苍术如何了得，其实它不过是昭仪娘娘在宫中争宠用的玩意儿，药物中混杂了些分量不等的金石矿物，含在嘴里装神弄鬼罢了。当年，昭仪从司天监那里获知天象，服用神苍术，在烈日下起舞，引出烛龙天雷，让前朝后主十分震惊。只是这药物不能服食过量，否则会心智迷失，燥热发狂。"费蕊恍然大悟，想起被天雷劈死的赵妃，心中震撼无比，侧头看着孟昶，却见他眸色平和无波，脸上一片沉静之色。过了许久后，孟昶才冷笑着哼了哼，说："原来不过是唬人的玩意儿，不知张相紧张什么？"柴婆婆回答说："他用神苍术害人，怕世人知晓，当然要千方百计地灭口。张衙内之所以没有将我就地斩杀，一方面是因为义子柴七，另一方面还有些其他的事件牵扯。"

费蕊暗地里叹了口气，心想这母子真是乱世中的可怜人。

韩保升一直在旁边关注孟昶，这时候终于有机会问道："恩公可否容韩某号号脉？”

孟昶愣了愣，停顿片刻后，才对门口站着的韩保贞点了点头。

韩保贞拿出专用的小垫枕放置妥当，目不转睛地盯着韩保升。孟昶撩开宽袖，伸出手去，韩保升抬起三根手指，指腹轻放在孟昶的腕间寸口处，垂下眼眸静心“浮取”。费蕊很紧张，她知道皇帝并不想让更多人知道自己的症状，但是眼前这位年轻人自称是四郎李玹的徒弟，提出亲自号脉的要求似乎并不过分。只见他皱着双眉，指腹微陷，逐渐加深了按压的力度，直至“沉取”。孟昶神情温和，一双星眸始终坦然直视。

韩保升终于放下手来，对孟昶行了个大礼：“恩公坚韧不拔，令小生感佩，明日上山见过师父，我一定乞求他老人家为恩公全力医治，今夜可先用小生的汤药一服。”

孟昶点点头：“孟某先行谢过。”

回到房中，费蕊担心他像前日那般激动，却见他靠在灯下看书，神情平和淡定，心中不禁疑惑。她想：自己听到赵妃死于张业设计的神荅术，内心都难以自持，皇帝居然如此平静。此时此刻，孟昶确实平静。他在庙门外便隐约有了揣测，现在终于确认了方向，往往事出意外，才会心绪难平，在假设被逐步证实的过程中，心中反倒坦然。他坚信不论对方如何强大，只要锁定目标，就可以做出反击，不管这个准备的过程是一年、两年还是十年，他都不再惊慌。这样的性格从他少年时便有所体现，当年两位兄长还在世，高祖知祥却在众兄弟中选择了这个老成持重的庶子作为行军司马随侍身旁。

外间禅房响起叩门声，韩保升被王昭远领进门来，手里端着汤汁荡漾的小碗。韩保贞有些兴奋，咧着嘴迎上前去。

“小生熬了碗药，可让恩公静心安歇，特意送来。”他的眼睛真挚闪亮，看着韩保贞手中的竹罐儿笑了笑，“行针虽然也可减轻疼痛，却不如保升这碗药起效快。”

孟昶搁下书卷道：“多谢郎君，恕孟某不便下地迎接。”

费蕊接过韩保升手中的药碗，用食指蘸了些药，放在嘴里舔了舔，等他告辞出门，索性端起来猛喝了一口。孟昶皱了皱眉：“怎么说也是同门师兄，信不过吗？”药汁入口极苦，费蕊忍不住捂着嘴打了个寒战，认真地回答说：“我入门早些，他年纪再大，也是师弟。”

“哈哈！”韩保贞笑起来，“对啊，方才为何不拿出师姐的风范来呢？”

“他说是，便真的是吗？”费蕊看了看韩保贞，冷冷地回答，显然觉得他太聒噪了。

韩保贞却毫不介意，雀跃地说：“等明天见到你师父，看他怎么评判大小吧。”

王昭远服侍孟昶睡下，过了一会儿，见他全身绵软地进入了梦乡……

月朗风清，狂风四起。

孟昶觉得自己独立于水畔，不知身在何方，幻觉中好像正跟着父帅出征夔州。

兵马至，哀鸿遍野，战乱中，满目疮痍。他看着残垣河山，心生悲凉；面对遍野横尸，倍感无助。高祖知祥带着他所向披靡，仓促地登上了金銮宝殿，两位兄长和先皇后福庆长公主却都没能等到大蜀立国。短短七个月的时间，先皇驾崩，当天夜里，他便以皇太子监国的身份被众臣推上帝位。即使年幼，他也知道必须拥有强大的权力才有资格生存下去。那一年，他执杀猛将李仁罕，铁腕无情；处置忤逆老臣李肇，当机立断。合纵连横，争霸天下，他并没有那样的野心。纷繁乱世中，他所向往的是像李唐王朝太宗皇帝陛下那样，做个太阳般照亮世间的伟人，他想让贫苦彷徨的百姓看到皇城的方向就像看到指引和希望。

然而，年轻的帝王倍感孤独，虽说杀戮终将如大河流逝，守护河山的始终是政通人和。迄今为止，自己不过是武将铁腕军权下的傀儡罢了。

恍惚中，他已然站在高山之巅，怀中不知何时抱着一把古琴。他面对水墨样的万里河山席地而坐，指尖轻挑，曲意悠然。随着琴音，繁花成海次第盛放，楼阁台榭转相连注，烟雨胜景中百川沸腾、商贾云集。若说晋阳是难以重回的故土，蜀地便是魂牵梦萦的家乡，这里有他守护的山河子民，还有他将要筑造的人间乐土、盛世天堂。

他含着笑，睡在记忆里最好的梦中。

6. 花间对

“什么感觉？”

“头痛。”

“还有呢？”

“没有了。”

木质小屋里水汽蒸腾，散发着馥郁的草药香，窸窸窣窣的衣袍声由近及远而后由远及近，一双犹如鹰隼般锐利的眼睛凑上前来。

孟昶认识这双眼睛，方才刚看到的时候，还怔忪了半晌。那是一双区别于中原和蜀地本土人的眼睛，虽然经过百年的交融繁衍，但是到了这一代依然有着深邃的琥珀色的瞳仁。他的脸上没有虬髯，显得方方正正，下巴干干净净，鼻子高直不钩，虽然年过三十，但依然俊朗挺拔，说起话来低沉而缓慢。

“没想到孟小郎君身中鸩毒，还能撑到峨眉半山。”李玹放下剜刀和药粉，卷了三尺白绫递给费蕊。

费蕊将孟昶下腹的伤口重新绑好，听孟昶说道：“谢谢先生。”

“等你体内的鸩毒被拔除干净再谢我也不迟。”

孟昶垂下眼，浓密的睫毛遮盖了眼睛，他犹豫了片刻，说道：“我是说，谢谢先生帮助孟某离开险境，还要谢谢先生助我逃出重围。”

孟昶话音刚落，费蕊便停下了手中的动作，抬头看去，李玹的眸色更深沉了，他缓缓说道：“小郎君搞错了，你我并无深交，若不是两位弟子，你连龙洞也进不来。”

“哦。”孟昶浅浅地吐了一个字出来，慢悠悠地说，“我也想不通，明明没有交情，先生为何会在回京的途中出手相助？”

“你说什么？”费蕊手心儿一颤，白绫倏地收紧。孟昶哼了一声，头上冒出一层薄汗，他拨开费蕊的手，撑着厚垫儿勉力站起来，将拉下半肩的衣袖套上，缓缓走到李玹的面前。

两个人一样高大威武，眼睛相互平视了许久。

“前朝国戚四郎李玹喜游历、好摄生，真实的身份却是川楚八帮的帮主，孟某没说错吧？”孟昶问。

李玹的眼瞳闪出一丝锐利的光芒，他闭着嘴没说话，转身从案上执起一根银针，拿在摇曳的灯火中注目凝视。

“起初我以为道童塞给我蜡丸帛书是引我去半途伏杀，但是得知贵妃被天雷所杀后，我明白不是，那是先生第一次救我。”孟昶继续说道。

“你怎么确定是我的？”李玹忽然开口问。

“我没确定，刚才随口一说，既然先生如此作答，孟某便确定了。”孟昶答得一本正经，令费蕊哭笑不得。李玹黑着脸，抬手拍了拍孟昶的肩头：“坐下。”

“噢！”孟昶低呼了一声，双腿一软，重新跌坐在厚垫儿上，嘴上却没有停下来，“可是先生不放心孟某，暗中随行，直到将埋伏的杀手全部清理干净才离开。所以某人因为得不到回报的任何消息，无法确定孟某是否遇袭，从而组织人马大肆搜查试探，最终却无功而返。”

“你看到我臂膀上的刺青了？”

“不仅如此，先生虽然蒙着面，但是你的眼瞳跟我们中原人是不一样的，跟蜀地的羌人、彝人、吐蕃人都不同。”

“行走江湖这么久，没人提醒过我，是我疏忽了。”李玹按着孟昶的肩膀，捻起银针从他的头顶缓缓扎下去。

孟昶眉间轻颤，咬牙不语。

“居然能在短短时日内想到这一层，看来我小看了陛下。”李玹的表情重新恢复了平静，“你的控鹤军实力不俗，连这个地方都能查到，想必还查到更多了吧？”

“先生谬赞。”孟昶瞥了一眼费蕊，说道，“我来这里，因为蕊娘心慈，见孟某命悬一线，提议前来寻访先生。”

“哦？”李玹愣了愣。

“一路机缘巧合。”

“你是无意搭救嬷嬷的？”

“虽说无意，但冥冥中还是有天意。”孟昶长吐着气，不知是汗水还是屋中的药草湿气在头发和眼睫毛上凝成水珠，顺着鼻尖儿滴下来，“我亲眼见到张府衙内大费周章地缉杀仆童，又听他们谈起前朝昭仪和神苍术，心里自然会联想到先生，怎么会不出手救人呢？”

“如果陛下想错了，嬷嬷的神苍术跟那道装神弄鬼的天雷没关系呢？”李玹的眼瞳一片沉寂。是啊，费蕊也这么想，换成其他人碰上，未必肯出手相救，即便出手，也未必会想到这么多。

“若想错了，下臣开设私狱，暴敛残忍，身为皇帝，带走几个证人也未尝不可。”

“确实！”李玹点点头，手上的动作愈发轻缓起来。

“嬷嬷告诉我神苍术的秘密，事件的梗阻便通透了，先生作为李昭仪的兄弟，又有江湖上的尊贵地位，自然跟嬷嬷有联系，你事前得知张业图谋，并密信于我，便能解释通了。”

“不错。”

“可是，川楚八帮与江陵青衫密不可分，先生又是前朝国戚，没有理由平白无故地帮助孟某，”孟昶眯着眼睛，提出了心中最大的疑问，“可是在效仿诸葛武侯，先立足荆州，再谋益州，成鼎足之势，继而谋取中原吗？”

孟昶说完这些话，费蕊的心突然缩成了一团。李玹手上的动作也停了下来，他注视了孟昶良久，沉声说道："坊间传闻孟三郎沉迷享乐，是扶不起的刘阿斗，如今亲眼见到，当知耳听为虚。"

孟昶对这番恭维毫无反应，平静地等待李玹接下来的话。

李玹看着案几上摇曳舞动的灯火，目光散发着沉寂的气息，其实那目光早已随着思绪飘荡，不知所踪。

"青衫择大势依附就行，何必局限于区区西南。"

孟昶潸然，想起柴婆婆问他拜会四郎是否只为了治病，于是他说道："请先生赐教。"

李玹并没有回答，指尖儿在孟昶脖颈儿处轻触，一边缓和行针，一边呢喃低哼："苍天如圆盖，陆地似棋局；世人黑白分，往来争荣辱。"这几句短歌，蜀境童叟皆会，是诸葛亮隐居南阳时所作。孟昶皱了皱眉，心想：李氏的先祖跟随李唐僖宗皇帝入蜀，官至二品，他兄弟二人又都曾在前蜀王衍朝中为官，姐姐李舜玹更是加封昭仪，备受恩宠，此时隐身于峨眉龙洞，哼唱卧龙短歌，是在暗示什么吗？

但当孟昶侧头打望的时候，看见李玹那清亮的眼眸，分明又觉得是自己想错了。

沉默中，李玹已经收起银针，撩起衣服为孟昶套上："今夜早点儿歇息，陛下还需待上一段日子。"

"好。"孟昶点头，忽然开口，"先生想告诉三郎，乱世中没有义战，也分不清好坏，世人如棋子，万物为刍狗。只有众暴寡，强凌弱，弱的欺负更弱，没有谁比谁干净，就算有干净的，那八成也是装的。不知孟昶可有错解先生的意思？"

"陛下以为如何？"李玹连眼皮也没抬，自顾自地收拾药箱。

孟昶的眸中寒光微烁，他看着李玹说："先生眼中乱世无道，只有胜负格局，谁也信不过，谁也靠不住，干脆遁迹江湖，逍遥不出。先生用大道真髓独善其身，固然可佩，但三郎以为用它的余绪治理国家，用剩下的糟粕教化天下，有何不可？"

“哈哈！”李玹大笑，看着孟昶年轻的容颜，表情严肃而无半丝狡黠，他忍不住讽刺道：“你倒是读透了《南华经》！”

孟昶鼻翼开阖，一手扶着桌案，一手捂着腹部的伤口，分明是动怒了。

“你凭什么相信我在救你，而不是为了杀你？”李玹无视他鼻息急促，垂手笑问。

“蕊娘说先生医术无双，”孟昶的情绪很快稳定下来，他看着费蕊说道，“她信你，我便也信先生。”

李玹回头看了费蕊一眼：“我命你不许以四郎徒弟的身份在江湖上行走，看来你并没有谨记在心。”费蕊没有回答，转身端着茶案过来，铜炉里还冒着丝丝热气，旁边搁着一碗茯苓膏。她先为孟昶奉上天青骨瓷的小碗茯苓膏，然后才提起热炉为李玹搗拂，柔声请茶。

没人注意到李玹的眉头微动，咬盏间隙，意味深长地看着面前的两个年轻人。

翌日清晨，花间草庐。

费蕊蹑手蹑脚地绕到内庭的壶门榻前，孟昶依然睡得很沉。

她目不转睛地趴在榻前端详了许久，这才走出门去。绚烂的繁花就在眼前展现，只需微微抬眼，便可看到这世上最壮观的花海。漫山遍野的辛夷花依山成势，次第开放，颜色由白到紫，缤纷灿烂，满天满地的姹紫嫣红，如烟似霞。费蕊身穿一身粉色襦裙，雪白的长帔挂在胸前随风飘拂，花树下乌发长舞，有着说不出的美艳动人。

“蕊娘！”韩保贞和韩保升从远处的山道并肩走来，看见费蕊，大声呼喊。

“不虚此行啊，你看！”韩保贞很兴奋，手里还扬着一朵辛夷花。

“蕊娘早。”韩保升放下背上的竹篓，恭敬地作揖打招呼。他是个严谨的年轻人，昨夜在师父跟前，他们已经彼此认识。

“不是师姐吗？”韩保贞想起日前的玩笑。

“师父不允。”韩保升一板一眼地说。

费蕊听到这话，没有反驳，却在韩保升话音落地后倨傲地说道：“虽然师命不可违，不过我是不会叫你一声韩大哥的，知道了吗，悬壶先生！”

韩保升一愣，韩保贞却雀跃叫好：“悬壶先生！好名字！”

正嬉笑着，韩保升忽然朝着费蕊躬了躬身，面带喜色地说：“三郎醒了？”

费蕊转过头去，见孟昶正靠在屋檐的围栏上，他穿着月白色深衣，肩上还披着一领玄色的鹤氅斗篷，他朝费蕊抬了抬手，说道：“过来。”

“三哥哥！”费蕊像只温顺的猫，提着长裙跃上台阶。

“陪我走走。”

龙洞的十里山坪，绵延着百年巨木的辛夷花树，花枝蔽空、花瓣覆地。半空中，花瓣还在不停地随风飘落，扬起阵阵的辛夷花雨。孟昶和费蕊缓步走在山路间，头发上、衣服上处处都是鲜花，抬眼望去，万佛顶就在前方不远的云海之上，像孤岛一样耸立着。山顶的冰川向下流淌，前端的冰舌将两侧山体削成峭壁，唯独那座孤零零的最高峰，骄傲地在云层之上突兀着。

孟昶的思绪在辽远的地方游荡，费蕊想起那位刚刚薨殂的妃子，不知他是否也想起了她。皇帝不说话，她便沉默着陪他缓步慢行。

忽然，他抓住了她的手，微微的凉意传到她身上来。

“昨夜，师父的话你别放在心上，好不好？”费蕊不太放心，雪亮的眼睛直盯着孟昶。

“嗯，尽力吧。”孟昶的眼神掩藏在睫毛下，让人看不透。

“只是尽力吗……”费蕊心中黯然，她知道黑鸩之毒天下无双，正想着怎么安慰两句，却见孟昶停下脚步，专注地看着她说：“你费尽心力指引我来到这里，我自然会尽力。”

费蕊的双眉颤了颤，孟昶的眸光变得清透，乌黑的眼睛锐利逼人，依然透着虚妄。她被这深沉的目光凝视着，内心无法平静。

皇帝是个聪明人，比她想象中更聪慧、更理智。

“你师父是川楚八帮的帮主，那么你呢？”孟昶问道，口气稀松得像拉家常。

“家父掌管两川最大的盐、茶、锦等行业，请个落魄谋士教我读书习字，至于他的身份，我如何得知？”费蕊极力显得倨傲。

“那么你呢？”孟昶执拗地问。李玹是什么人，他不在乎，即便是江陵青衫在此，他也未必放在眼里。可是蕊娘是谁，还是那个单纯无忧的女孩儿费蕊吗？

费蕊的手被他捏得很疼，焦虑和不安伴随绝望的感觉涌上心头，化作眼泪滑下面颊，她问道：“陛下希望知道些什么？”

“什么都要知道！”孟昶毫不犹豫，步步紧逼。

“当年东西两川的盐商为专有其利，藩镇节度使在两川接壤处设盐场、争重税，家父便起心准备举家动迁，前往扬州避祸。”费蕊终于把手挣脱出来，索性挺直腰身说道。

“父帅？”孟昶皱了皱眉，呼吸急促起来。

费蕊捕捉到了他的局促，举头望着远处的万佛顶，风吹泪干，心平气和地说道：“各地藩镇为筹措军备，对盐商课重税是寻常的举措，家父并非受到高祖胁迫。当年费家东迁，十八条商船自眉州入水。或许是沿江而下太过招摇，盗贼不知从何处一路跟随，直至江陵的沙头渡口。”

“江陵？”孟昶晃了晃，露出痛苦的表情，“那时我驻守夔州，离江陵……仅一步之遥。”

费蕊面无表情，继续说：“蕊娘至今也不知道发生了什么，只记得大火连天，烧了三天三夜，醒来后，我就身在朝光姐姐的阁楼中。在南平生活了几年，我回到蜀地还不满一年，并不知道当年的仁赞哥哥已然成为当朝天子了。”

孟昶伫立了半天没动，忽然将费蕊搂在怀中。玄色的鹤氅里面裹着两个人，漫天花雨飘落一身，费蕊感觉到孟昶的身体有些发抖，环着她的臂膀却紧紧地箍着，勒得她几乎喘不过气来。

“好，我明白了。以后，蕊儿有我，什么都不用怕。”

费蕊的心却像被什么东西剁碎，四下飘散，毫无知觉。

两人慢腾腾地返回花间草庐，四郎李玹已经在内庭焚香等候多时。众人知道鸩毒凶险，事关重大，韩保贞令人退回屋檐外守候，将孟昶和李玹留在内庭。

孟昶只看了李玹一眼，便问道：“先生急着出门？”

“嗯？”李玹展开宽袖反问。

“忙的话可以推迟些，你说过，我需要待上一段时间。”孟昶解下斗篷，瞥了一眼桌案上的青玉香炉。底座儿的重瓣莲蕊中央，一只展翅欲飞的仙鹤嘴里叼着一根香，袅袅青烟里掺杂着辛夷花的香味。

“毒发时，躯体寸裂，犹如凌迟，旁人替你心急如焚，陛下却说推迟也无妨。”李玹唇角微动，漫不经心地问：“何以见得李某急着出门？”

孟昶缓步走到李玹跟前，眼中闪烁带笑：“先生今日衣冠齐整，炉中焚香也只择取了一半，半途而废不是先生的作风，于是，我猜你有事儿外出，不便跟孟某明说。”

“我答应救你，”李玹不紧不慢地说，“自然不会食言。”

“我知道，驱除鸩毒对你来说稍微勉强了点儿，可能你没办法做得更好，但是四郎的名声招牌重要，即便办不到，孟某也不会责怪先生，今日见识了十里山坪的繁花盛景，倒是不虚此行。”

李玹轻轻哼了声：“恐怕除了我，世间没有人可以保陛下活命。”

“我知道。”孟昶的神态亦有些嚣张，他站在香炉前，背着手说：“孟某承认自己至今全靠护心丹续命，这是先生祖上传承的，不过我自己也有些医道手段……”

“你那些医道手段……”李玹没好气地抓了把药草，丢入香炉中。

孟昶没有理会他的无礼，居高临下地问道：“先生替孟某解围，可是领青衫之命？”

李玹微微阖眼，不置可否。

“青衫希望孟昶明白领受，以便日后徐而图之？”

“陛下的话太多，要不我出门得了！”李玹很不耐烦，拍了拍手中的草屑。

孟昶忽然眨了眨眼，抬手说：“错了！刚才想错了，先生救我与青衫无关！否则以他的江湖势力，柴七和婆婆不会遭此风险，几乎丧命。”

李玹略略动了动。

孟昶看了他许久，并没有从李玹的表情中看出任何端倪，于是他翩然一笑，凑上前问：“先生想不想听听我对天下格局的看法？”

“李某愿闻其详。”

看着李玹终于开口，虽然表情依然浅淡，孟昶心里也稍稍松了口气，有了三分把握。

“自朱温篡唐，三十年来的天下如先生所见，逆徒猖獗朝秦暮楚，贼寇反复恃强凌弱。乱世中，情义与良知都被抛诸脑后，兄弟相杀，朋友反目，政变频繁，伦常崩乱，世上恐怕再难有此间的黑暗和混乱。”

孟昶一边说着，一边缓步走到李玹跟前，席地而坐。

李玹面无表情地看了他一眼。

“昨日先生哼唱苍天圆盖，陆地棋局，若以棋盘论天下格局，确实有趣。纵观天下，大蜀国何尝不是棋盘的四角之一；至于另外三角，关中位于新立之晋国，幽云十六州被契丹囊括，再有便是山东十五州；而吴越、马楚和晋国所辖的汉中以及晋阳则为四边。”

李玹的眼神定了定，目光聚集在孟昶的脸上。

“若想问鼎天下，必以中原为四方枢纽，合天下之力进取。只是纷乱至今，尤其是传国玉玺不知所踪，中原四面受敌，分崩离析，不断撕裂既定的形势，动荡如洪流，随时可以冲毁任何盘踞中原的势力。此时唯大蜀的安稳，才是布局的开初吧？”

李玹直起腰身，不紧不慢地问道：“如此，陛下可愿先据蜀地险固，因天时，据地利，得人和，从容经营，积攒力量，保境安民，挽救天下于危亡之间？”

孟昶眼神微敛，脸上的表情转换了许久，终于沉声说：“孟某也许会辜负先生。固守蜀地，不思进取，终难摆脱偏霸的局面，可孟昶很难再次脚踏血海尸山走上丹墀，更难将万里河山送上祭台，如果必须用万千子民作为祭祀的牺牲品，孟昶宁愿选择顺其自然。”

“好个顺其自然！”孟昶话音刚落，李玹便鼓掌冷笑，“万民深受涂炭之苦，陛下却在尊奉节操，将万里河山送上祭台的不正是你们这些人吗？陛下未及弱冠，说起话来却腐如朽木，我还偏偏责备不得！”

“蜀地据守容易，主动进取无异于自取灭亡，我并非尊奉节操才选择顺其自然，是先生错解孟某了。”孟昶知道他在刺激自己，心想如果不能如李玹所愿，说不定李玹会就此拂袖而去，可他生性不愿受到牵制，即便有长远的构想，也不想被任何人干涉其间。

“陛下在逃避自己的命运。”

“先生不想出手救治一个无为的君主，孟昶不会强求。告辞了。”孟昶轻蹙着眉头，缓缓施礼，说完便站立起身，朝门外走去。

“陛下止步！”

孟昶顿足停在门口，他转过身来，只见四郎李玹已经匍匐而下，前额缓缓着地，郑重其事地行了儒家稽首礼：“陛下胸有沟壑，李某既知激将法无用，只好臣服。”

人与人之间的关系复杂又微妙，有人近处几十年未必能够心心相印，而有的人只是一席清谈便能引为知己。四郎李玹面对眼前的年轻人，在赞许之余生出一见如故的感慨，所谓的意气相投其实也很简单。他解下交领长袍，脱去袜履，起身走到榻前，从壶门底下抱出一卷大轴地图缓缓铺开。

那地图足足占满半个内庭的地面，是一幅囊括十国的地形图纸。

孟昶的眼睛放出灼灼光华，目光落在图纸上，再也挪不开。

只见图上清晰所示，天下格局像棋盘一样，大蜀、关中、幽云十六州和山东为棋盘四角，契丹、江淮、吴越、大闵、南汉、马楚、大理为边，中间荆南与各国接壤，像个圆轴缓冲四方压力。

李玹双指落地，指向中原，沉声说道：“陛下对天下大势的判断精准无误，你看，山西、山东、马楚湖北，包括汉中这四边之地都处于两角之间，既是往来时互助的通道，又是争夺时扼守的险要。陛下要想摆脱割据偏霸的局面，向外扩展，必先争两翼，汉中为其一边，另一边是……”

“另一边是武当山、荆山、巫山相连形成的三峡险要。”

孟昶轻描淡写地接过话头儿。他看那地图看得出神，坐在地上抚摩着图上的山川。

李玹赞许地笑起来：“陛下对山川地形了如指掌，李某不必再班门弄斧。”

“先生只管讲，无妨。”

“石敬瑭拿不到传国玉玺，为了借助契丹五万铁骑兵，他不惜割地称儿，无耻滑稽，闻所未闻！他生性爱猜忌，对付同袍，打压武将，试问这等道义沦丧、虐害天下人的君主如何能够长治久安？幽云十六州一去，中原北境屏障尽失，从此无险可守，契丹必定成为中原之患，各路英豪的眼睛都盯着这里。再看这里，南平不足挂齿，中原统一，这个缓冲小国自然没有存在的必要，而马楚本为唐王册封，迟早会被吞并；江淮吴国货殖繁盛，原本只有陛下的蜀国可与之并肩，可惜徐知诰在江宁府建国中之国，距禅代不远，又将有好多年的动荡。”

孟昶听到这里，幽深的眼睛看了看李玹，见他并没有与自己对视，而是盯着地图继续说道：“大蜀休兵罢战这几年，既然陛下能够看清天下大势，为何不睦友邻邦，轻徭薄赋，劝课农桑，鼓励商业呢？如果在积累实力的同时扩充国力，谨慎观察中原的局势变化以及周边地区的社会潮流，走到最后，问鼎天下对陛下来说不是水到渠成的事儿吗？”

孟昶仔细听着李玹如潺潺流水般的声音，大有一语点醒梦中人的感触，他自小就熟悉山川地形和军事守备，可是如何摆脱偏霸局面、争得中原一席之地始终是置于他心头的巨石，挪不开亦砸不碎。事实上，蜀地易守，但要以此为据进而取得天下，古往今来都没有成功的范例。自古以来，这些乔迁或外省客籍与蜀地势力矛盾重重，难免在内耗中消磨。李玹的话让他万分感动，不由得长叹了一声，从来没有人能够给他这样的谆谆教诲。赵季良、毋昭裔、张公铎都是行伍出身的武将，朝中更有张业、王处回一干心思叵测的悍臣把持。自古主少国疑，他想及时亲政，却处处遭遇掣肘，不得不将自己掩埋在朝堂深处。

孟昶眼看四郎李玹有卧龙之才，并已经把自己毫无保留地展现在他眼前，便毫不犹豫地俯身跪拜，诚心诚意地说："先生教诲，三郎豁然开朗！孟昶希望先生随孟昶出山，让孟昶每时每刻跟随先生学习治国良策！"

李玹看着俯身在地的年轻帝王犹如赤子般向他展开胸怀，沉寂多年的冷漠的心渐渐温热起来，他的眸中不知不觉地泛起泪光，一行清泪滑下眼角。

他扶起孟昶，沉声说："李某不是卧龙岗上的诸葛孔明，遁迹江湖也并非为韫椟待价，我是个历经乱世的江湖散人，没想到有朝一日还能认识蜀主三郎这样心性淳厚的人。李某心中爱惜，也会竭力拯救，但是以后的路却要陛下独自走下去才好！李某先祖随僖宗入蜀，族中大小均生于蜀地，长于蜀地，比陛下更熟悉、更热爱这片沃野。我曾目睹王朝更迭的疯狂杀戮，祭台上的牺牲从来就只有万民百姓，如果可以，李某恳请陛下能尽自己的能力，让这方土地上的人活得更好！"

此刻，孟昶的心绪犹如来时的山路，不知拐了多少道弯儿。自己的一腔热血被李玹拒绝，心头的失落多于尴尬，虽说这托词早在他的意料之中，但听到李玹的肺腑真言，心中盘算裁夺一番，竟是百转千回。先生心存大义，与自己何等相似，他又觉得自己一直以来的坚持得到了印证，难免有种深深醒悟的畅快。这番畅快还未久滞，忽而又有些惘然，孟昶不知道除了眼下之人，自己还可以去哪里找到如此合意的谋臣，如此翻覆，颅内便像被利刃乱搅，身体直直栽了下去。

李玹一把将他抱起，望着窗棂外的流云，叹了口气。

他深知个人的命运如同星辰流连于寰宇，在一瞬与永恒中不朽，早已定格在苍穹的某个位置。人所能做的，是无愧于命运，也无愧于自己的心。

花间草庐的屋檐下，所有的人都在耐心等候。直到乌金西垂，倦鸟回巢，才见李玹打开房门走出，面露倦怠之色。

“接下来静养半月，切不可动怒，牵扯热毒，可保十年无虞。”

一连半月，孟昶不再四处闲逛，每天泡在花间草庐的存书里，不论农桑水利还是课税贸易，纷纷做上密密麻麻的笔记，然后再向李玹请教，两人的讨论往往直至凌晨。孟昶好像很急，生怕时间不够。

这天韩保贞来报：“山下暗卫发出信号，太后召陛下回宫了。”

孟昶微微一怔，手中的书卷掉落一地。

“回宫吧。”

李玹将他们送出半山九十九道拐，孟昶以“孟家三郎”的身份跪谢李玹。柴七和婆婆准备回梓潼找旧主，临走前特意烦请孟昶帮他们办件小事儿。李玹请皇帝带上韩保升，说：“徒儿保升医术精湛，为人忠厚，陛下一并带走他吧。”

“永吉。”

车辇上，孟昶忽然撩开帷帐说：“来。”

韩保贞听令下马。

宽大的车辇上坐着费蕊和韩保升，显得有些局促。见韩保贞也要进来了，韩保升便要起身离开，孟昶却按住他的手，问他：“家中可还有父母兄长？”

保升恭敬地回答：“母亲已经故去，兄长韩保贞早年随父投军晋阳城，后来失了联系。”话刚出口，帷帐外的韩保贞浑身颤抖，泪眼滂沱。

费蕊在旁边看得明白，心中早有揣测，便抬着头一言不发地看着孟昶，只见皇帝微阖着眼眸点点头。韩保贞一把将韩保升抱在怀中，失声痛哭："二郎！是我，哥哥不孝，对不起阿娘，早前差点儿失掉你！"韩保升面对突如其来的拥抱，满脸迷惘，但也仅仅过了一瞬，便不知所措地呢喃道："……你是永吉大哥……可……这……我还想随陛下回宫去，再好好地打听你的去处呢……"韩保贞被皇帝默许，压抑的感情如江水倾泻："是啊！我是永吉，保贞啊！二郎，从晋阳到蜀地，千里迢迢，这些年，你是怎么过来的啊？"

"五年前，我在江陵穷途末路，得师父收留，跟他学医，没想到会在这里遇上你们。"

孟昶眼看韩保贞和韩保升兄弟相认，心头涌起一阵欢畅，挥手喊了声："停！"王昭远不知道发生了什么事儿，赶紧收拢缰绳。

"马给我！"孟昶大喝一声，抖落鹤氅斗篷，直接从辕头跃上马背，他扯着嚼辔，转过头来，英气的双眉高高上扬："蕊娘，上马！"

费蕊一听，双眸闪烁着微光，掀开斗篷，轻盈地跃上马背，抱住孟昶的后腰，只听马嘶蹄扬，孟昶大声笑道："乞儿，前方等你们！"

王昭远哎了一声，长鞭一挥，跨马追了上去。

等韩保贞兄弟二人回过神来，胭脂马早已四蹄生风，绝尘而去。

7. 九天阊阖

峨眉山之阴有一处小城叫眉州。大江水从灌州劈山开岭进入盆地，环绕成都绵延而过，恰好在平原的腹地汇合，这段水面平静温和，人称玻璃江。眉州控制着玻璃江水道，因而商贾繁荣，是个富甲西蜀的粮仓之地。城外的王家渡常年停泊着五彩缤纷的大船，从合江苑下来的客货就在此处换乘出峡。

此时，河岸上熙熙攘攘，人头攒动，宽敞的驿路由北向南，不时有牵马的捎客和藩国的商旅往来其间。

“义父在等什么？”

说话的绯衣少年坐在几案上，单手支着下颌，百无聊赖地摆弄着手上的盘龙棍。

“让你先回汴州，偏要跟着我。”

青衫站在窗前嗔怪，说这话的时候回头睨了他一眼。从酒楼的窗口往外看去，整个王家渡尽收眼底。灼日当空，白云如絮，无数的帆影沿着玻璃江徐徐而下，鲜艳的龙舌旗在桅杆上扑棱翻卷。

“这里稻米流脂，仓廪丰实，是个避乱的好地方。谁知道中原什么时候能结束战乱啊！”香儿伸了个懒腰，笑嘻嘻地走到青衫的身边，亲昵地蹭了蹭他的肩膀，“说起来，蜀汉的桑楼皇叔刘备还是我的老乡呢！”

青衫不为所动，目不转睛地望着窗外说：“蜀地之行，万万不可跟别人提起。”

“知道了。”香儿端正了自己的姿态，问道：“之前义父担心成都府兵变，可是我们在这里半个月，却没有丝毫动乱的迹象，皇帝确实是被他的下臣算计了吗？”

青衫没有回答他的问话，却蹙着眉说：“香儿年纪还小，杜夫人只让你跟我做学问，有些事儿还是不要打听的好。”

香儿沮丧地哦了一声，恹恹地将盘龙棍插进腰间，说：“我知道什么该说什么不该说。蕊姐姐跟皇帝上峨眉山，半月没见回来。义父嘴上不说，想必心里也是跟我一样担心。”

青衫却不以为然，半闭着眼睛回答：“为父螟蛉义子遍及天下，若是每个人都见上一面，恐怕什么事儿都不用做了。”

少年撇了撇嘴，他想起自己也是青衫的众多义子之一，自尊心难免受到伤害。房间里就这样陷入了静默，正无趣的时候，只见一匹胭脂马从驿路那头飞奔而来，穿过纷繁杂沓的商旅掮客，须臾间便从窗下一晃而过。

整个世界都呈现一片模糊，只有那匹闪电般的骏马清晰无比。马背上坐着两位年轻昳丽的少年，飘扬的幞头在风中飞舞，他们有着同样乌黑的双眉和同样漆黑的眼睛，嘴角洋溢着欢笑的神情。

只是那么短促的瞬间，少年的心便像绽放着的烟火噼啪爆裂，胸膛也炙热起来。

“那不就是……哎！”香儿睁大眼睛，失声叫了起来。他来不及跑下楼，只得扑上去，半个身子探出了窗外。只见槐叶飘飞，绝尘远去的马蹄声消失在驿道尽头。香儿喉头哽咽，胸中的烟火也随着那嗒嗒的声音一点点垂落。

不知过了多长时间，屋内传来嘈杂的脚步声，香儿听见身后有人参见青衫。

等他失魂落魄地转过身，却见青衫早已端坐到了窗下，房中不知何时进来了三个男人。前头下跪的两人衣着光鲜，既非码头的船工商客，也非普通的处士学子。另有一位远远地站立在后，三十岁上下的年纪，身材颀长，美髯飘逸，与青衫冰冷的笑容不同，他的目光通透和煦，让人不由得希望上前亲近一番。

青衫神色平淡，对着跪立的两人抬手示意，然后朝站立着的处士点了点头说："苏先生请坐，想必他们在朝中有些收获，一起听听如何？"

姓苏的美髯郎君只是笑着打恭，并不就座。

"先生要的人我领来了，苏某还是告辞的好。"

青衫不经意地挑了挑眉，旋即哈哈一笑，说："苏先生是李玹帮主的挚友，也就是青衫的贵客，你不是外人，用不着避讳。"

"苏某身居野市，不懂先生事务，若不小心说漏了嘴，恐怕会坏了先生大事。"

"苏先生英才俊杰，祖上能在武朝跻身相位，你就没有丝毫安邦兴治的构想吗？若我们能达成共识，何不趁这乱世辅佐圣贤，行一番事业呢？"

面对青衫诚挚的邀请，苏先生显得有些为难，不过也仅仅停滞了片刻，便笑着摆了摆手："苏某愧对先生谬赞，乱世中明哲保身，只求一世安稳而已。出峡的船楼就在渡口，什么时候需要，言语一声，苏某先行一步，为您安排妥帖。"

青衫有些失落，他面带遗憾，侧头看了看窗前站立的少年，吩咐道："香儿随苏先生先去船上等我，今天便下江回江陵。"香儿领命，跟着姓苏的先生出了门。前脚刚走，房中两人就不屑地哼了一声，其中一个还啐了口唾沫说："不识抬举！"

青衫制止道："张谔，不许对苏先生无礼！"

那名叫张谔的年轻人眼光锐利而活络，对青衫态度谦卑，脸上却露出鄙夷的神色，说道："先生诚心邀约，姓苏的却有眼无珠，不识好歹，总有他后悔的时候！"

青衫听着这话，脸色渐渐变得冷峻起来，他说："苏祜的高祖在武后当政时官至同凤阁鸾台平章事，处事一贯模棱两可。中宗皇帝陛下将他贬为眉州刺史，死于任所，他有这番言行，倒也情有可原。此人与四郎李玹私交甚厚，万万不可轻慢，却也无须再接近了。”

见张谔点头领命，青衫这才抬起眼眸，微笑地看着旁边默默站立的另一个年轻人，问道：“张赞，你入朝不久，还习惯吗？”

那名叫张赞的年轻人虎背熊腰、长相憨厚，看起来还有些呆板。只见他挠了挠头，笑着回答说：“学生任八品监作，俸禄丰厚，养家糊口之外还有结余。平常还可出入宫禁，在街坊邻里备受尊敬。我在大内做些版筑、丹垩、匽厕的事情，听说贤妃娘娘从青城山下来，似乎受了惊吓，在宫中颐养着呢。”

“你的木工技艺精湛，就待在蜀朝发挥自己的长处吧。”青衫说着，转头交代张谔：“你入朝时间最长，要记得顾念同门之谊。”

“先生放心，学生时刻铭记您的恩情，现在学生已经恢复旧名范禹偁，刚刚被推荐为御史台掾吏。”

青衫欣慰地点了点头，说：“我打算今日回江陵，你那边可有什么新的情况？”

范禹偁禀告说：“半月前，皇帝流连勾栏，引发朝中不满，接着又微服出游，学生派人打探，因为宫中暗卫无处不在，学生的人不敢走近，不知道他们上峨眉山做什么。”

青衫不置可否，范禹偁继续说：“张业的武信军在太后和太保的联手重压下，撤回了五十里，其他藩镇见状也都安分下来。皇帝虽然无恙，但朝中议论纷纷，似乎宰辅相公的钳制使得陛下流连勾栏而不理朝政，同僚臣工都感到很失望。”

“相公钳制，哼！”青衫眉头紧锁，不自觉地握紧了拳头，“孟三郎到底是太年轻，爪牙不成气候，性格也未免过分求稳。”

范禹偁看着青衫微愠的脸色，犹豫了片刻，继续说道：“学生去散花楼见过朝光夫人，她给李帮主递了蜡丸帛书，告知丈人观异动，让他参与营救皇帝。不料，皇帝居然在半途遭遇伏杀。”青衫问：“知道是谁吗？”范禹偁想了想，说：“除了张业，学生想不出还会有谁非要置小皇帝于死地不可。只是武信军没有趁势而起，错过机会了。”

青衫陷入沉思，片刻后抬起眼眸说：“蜀王既然无恙，他自会详查此事。张谔、张赞，你们只管在朝为官，明哲保身，其他的事儿都别管了。”

两人领命告辞，青衫觉得有些疲惫，他在窗下静静地坐了良久，摸着鼻翼自言自语地说道：“我没看错人啊！你没有得到任何暗示，便能想到去峨眉半山找李玹，到底是师徒，心有灵犀啊！你入宫是迟早的事儿，用不着我操心，只是以后呢？婕妤？昭仪？或者贤妃……你到底不能为我所用……”他一边说着，一边站了起来，过了许久，才喃喃道：“无妨，无妨……等朝中的人渐成气候，不需要散花楼了，朝光回到我的身边，同样不需要你刻意为我做些什么……我救你一场，就当旧日的善行和缘分吧……只是，你跟着李玹，可惜了，李玹那个人狂妄、幼稚而且固执，可惜啦……罢！罢！罢！”

灌州的这场地震，让整个成都府的人心动荡了半个月，半个月的霾风阴雨过去后，几日前，忽然艳阳普照，满城垂柳氤氲，桃花儿、梨花儿，各种各样的草木清香缭绕城郭数十里。

孟昶带着费蕊策马北上，第二天傍晚才到达城南的万里桥。他们沿着锦江的便道，驭马向西，逆水而行，不多时便到了锦官城驿。

天边是西垂的落日，沿途有濯锦的少女，江中蜀锦与水中霞光交相辉映，夹岸桃花漫天，落英染红了整条春江水。锦官城中有规模庞大的官办织造工场，更多的是民间作坊，透过镂空花窗可见场内成排的花楼木织机。鳞次栉比的楼店在准备夜市，各色锦缎摆放在铺外，天下乐、长安竹、方胜、宜男、狮团、八答晕等图案繁多，一应俱全。

“这是浣花锦、雨丝锦……那是仿贡品的‘绛地交龙锦’和‘绀地句文锦’……”费蕊低声私语，孟昶开始还在连番询问，后来便只嗯了一声，半眯着眼睛，不知在想什么。

胭脂马不知不觉间拐进了一条小巷。

“坐好。”孟昶的声音柔和得像潺潺山泉。

小巷尽头有一棵巨大的桑树，绿荫如盖，掩映着一户人家。孟昶松开手来，翻身下马，慢腾腾地踏上石阶。随着敲门声，小门吱呀一声开了，有个穿粗衣短褂的汉子探出头来。孟昶抱拳问道：“兄台可是荣四？”他身穿绯衣缺胯，头戴幞头，腰扣绛丝带，脚上蹬着乌皮鞠靴，举止一派风雅，像是前来买锦的商户。汉子斜着眼睛在他的脸上扫了扫，目光中透着惊惧，闪烁不停，只听他回答说：“正是。客官要买锦，可在荣锦堂铺子里选好了？”

“选好了，还有柴七托我转呈的书信一封。”孟昶掏出折封递上。

那汉子犹豫了一下，伸手接过信来，阴沉着脸问：“你是谁？”

孟昶神态倨傲，抱拳说：“受人之托，事尽责止。孟九告辞！”

荣四大喜过望，身体一歪，踏出门槛儿，原来他只有一条腿。

只见他躬身说道：“是孟九郎君！荣四失礼，请进屋详谈！”见孟昶没有回答，汉子再鞠一躬，抱拳致歉道：“方才荣四想多了，若有冒犯之处，请勿责怪！”孟昶翻身上马，将费蕊拥在身前说：“柴七获罪潜逃，荣兄谨慎些是应该的。倘若真的着急，不妨将诉词递到支计院的捧圣军大营，找都虞候李廷试试，孟九先行一步，后会有期！”

说罢他便掉转马头，径直出了巷口。

锦官城的夜市还未开市，却早已人头攒动，牵马的掮客和藩国商旅熙熙攘攘地往来其间。“仁赞哥哥？”费蕊忍不住叫了声，那声音宛如莺啼。

“嗯。”孟昶正专心地想着什么，费蕊问他：“那人的腿多半是在进奏院里丢的，张业父子狡猾残忍，一点儿英雄气概都没有，哥哥何必对他一忍再忍？”

“必须要忍啊！”孟昶不由得耸了耸眉尖儿，“张业是追随高祖皇帝的肱股大臣，功勋无数。朝中六位宰辅属他年纪最轻，权势最重。先生一再告诫，要审时度势，不可做那器小易盈的君王。”

“可你……”费蕊皱着眉，话到嘴边没说出口，转而问道：“方才送信给那个人，也是四郎替你想的法子？”

孟昶点头说：“但愿如先生所料，能解我燃眉之急。孟九、柴七、荣四都是些宰辅相公的随从，平日里相互攀交办点私事。只是，事情过去了那么久……”他说着提起缰绳，“权当丢颗闲棋在这儿吧，往后再议。”说完，双腿往马腹上使劲儿一夹，胭脂马扬起四蹄，飞速地沿着光夏门直奔罗城，身后响起暮鼓声。

自灌州地震，罗城宵禁已经月余，防城司和街巡使比往常增加了不少。当巍峨的凌烟阁收起天边的最后一道晚霞，琉璃瓦上残留的金光打在赭红的宫墙上，整个皇城便沉浸在半明半暗之间，胭脂马来到皇城萧墙下。

“不是回散花楼吗？”

“不了，我们回家。”

“回家？”费蕊僵在马背上，一字一句地问，“陛下要蕊娘入宫？”

“我不会不管你的。”

“还请陛下送蕊娘回散花楼吧。”

“为什么？”孟昶勒住缰绳，眉间英气凌人，那样子让身前的少女眼睛发烫，鼻子发酸。她心慌意乱地说：“蕊娘不想……”不！她当然是要入宫的，却不是以这样草率的方式。不管怎么说，她是青城费氏的独女，但凡能剩个把族亲，就算是皇家又怎敢如此轻慢？想起幼时获得的礼遇，到如今却沦落到这般光景，她委屈得眼圈儿都红了。

孟昶古怪地皱了皱眉，耳边只回响着她那声“不想”，哪儿还顾及得了其他感受？五年前，他从夔州回到成都府，连马都没下便直奔灌州，却听说费家主不愿接受高祖招纳，十八条商船自眉州入水，一举东迁。他的委屈难受，只能发泄给玉垒山下的阵阵怒涛，难道是不配吗？他想，太后曾说过：“接纳一个女人，便是为皇室招纳一个家族。”譬如高祖陛下就曾为了福庆长公主的一句话，毫不犹豫地接纳了他的母亲——晋王李存勖后宫中的低等侍嫔。而他自己也在十六岁迎娶太保赵季良的长女，在殿前杀臣立威，又通过联姻的方式取得了辅臣张业的支持。

费蕊啊，他唯一只想要她这个人而已！

“天家可来了！”王昭远策马扬鞭地迎上前来，看着费蕊与皇帝同乘一骑，两个人的脸色却分外别扭，赶紧知趣地住了嘴。

“回宫！”孟昶看了王昭远一眼，大声喝道。那声音低沉混浊，仿佛是从腹中吼出来的，自带一股蛮横。费蕊收起泪目，抬起头来，映入眼帘的双层门楼高大宏伟，好像一只火红的朱雀昂首屹立，双侧陪衬的阙楼如巨翅拱卫，宫城诸门中最为宏大的神雀门正体现着皇家的千般气象、万般尊严。

孟昶一句话也不说，策马从天子驰道直入神雀门，立即有侍卫司飞骑通报大内。

神雀门的正北是三层大台，大约五百步的距离，重叠的殿堂脊背间有飞廊相接。居于正中大台上的是面阔九间的主殿，威严端正，这里就是大朝贺的场所——仁政殿。

费蕊禁不住叹了一口气，说道：“九天阊阖开宫殿，万国衣冠拜冕旒。”

“盛唐长安不过如此，蕊娘愿意，万国同风又有何难！”孟昶高昂着头颅，声音朗朗回响，像撞钟一般。费蕊听到这话，忽然意识到这是宫城，孟昶回到这里，就是鸿鹄放飞天际，鼋鼍回到深渊，他再也不是那个叫作孟仁赞的少年，而是大蜀王朝的皇帝。

马蹄踏过仁政殿，又进入得贤门。金水河自西向东逶迤而行，河上有八座青石桥，两条御道，只见一队快马迎面疾驰，后面有四五十个内监官，气喘吁吁地跪在两侧桥下。绯色朝服的宦官名叫田敬全，正领着一队内监女史从御河的青石桥上亟亟走来。联排的龙旌和翠色的雉羽遮蔽了宫殿的天色，大串儿的红灯笼射出一片璀璨的华光，销金提炉中御香袅绕，那群内监女史宛如仙班腾云驾雾而来。

田敬全在马前下跪，笑着大呼：“天家再不回来，太后娘娘便要将老臣赶出宫城了！”

孟昶板着脸下了马，将马缰随手一扔，回头牵了费蕊的手，递给他说：“你来侍奉娘子，晚膳后到咸宜宫拜见太后！”

田敬全愣了愣，随即躬身笑道：“遵旨。”说完，他将手中的一顶翠色貂裘笼在皇帝身上，又招手示意曲柄九龙金黄伞过来，十六名内监官抬着一乘金顶赭红绣龙的皇辇停靠在侧，后面还跟着一乘六人软舆。田敬全背着孟昶入銮，女官将费蕊扶上软舆，銮舆一前一后从西面甬道往北而去。

不知走了多长时间，又连入两道宫门，这才来到两尊巨大的石犀面前。进了石犀门，风景大变，只见绿树苍郁簇拥着假山怪石，亭台楼阁环绕在水渚柳岸，费蕊心想：这就是宫禁的宣华苑了。软舆沿东墙被抬到一处殿阁中，早有内监女官在殿前跪请，执事捧着冠袍带履，又有祗候端着香巾漱盂。晚膳后，田敬全侍奉着费蕊换舆来到咸宜宫。虽然天色已晚，可宫中人来人往，各色风灯明亮，花影缤纷，隐约还能听到细乐声喧。

田敬全陪着她在延昌殿外候了半晌，直到祗候使宣召，才引她进去。大殿内灯火通明，一鼎赤金狻猊炉徐徐燃着沉香，田敬全将费蕊引到西暖阁前停下来，卷起帘笼，费蕊缓步而入，一面巨大的紫檀架锦绣插屏出现在她的面前。

“是费家的遗孤小娘子吗？”

插屏后，一个身着朱衣常服的女人端坐在榻上，身边安放着榈木茶案。案上摆满了糖蒸酥酪、玉露雕花、金丝党梅和香糖果子；琉璃盘中，新鲜的红樱桃晶莹欲滴。

费蕊上前跪拜行礼。

太后李氏盯着俯身在地的费蕊，颤声说：“抬头，让我看看。”

费蕊依言缓缓抬头，映入眼帘的是那仪态万方、端庄沉静的女人。

两道弯眉下，有着同孟昶一样狭长的双眼和轮廓鲜明的嘴唇，显得果敢而有决断。她虽年逾不惑，却依旧风华绝代，头上插着明黄的金钿十二行，宽袍上绣着十二行的白腹锦鸡，从内而外散发着尊贵，让人不由得对她敬重。在她身边，孟昶身着一袭紫袍金带，漆纱幞头下天庭饱满，浓黑的剑眉高挑入鬓，乌墨般的眼睛一眨不眨地盯着前方，那目中无人的仪态同宫外的温和沉静比起来，判若两人。费蕊再向皇帝行君臣跪礼，孟昶抬手示意："平身。"太后招呼道："好孩子，到我身边来。"费蕊起身，拨开罗裳走到榻前，将手递进李太后的掌心里。

"长大了！这眉眼，跟你的母亲很像。"她一边说着，一边慢慢收拢温暖宽厚的手掌，把费蕊拥进怀里。费蕊被她抱着，越发显得娇小，身体无骨般淹没在朱红色的锦袍之中。李太后早已被磨砺成不轻易显露情感的女人，此时却有些哽咽，她捧着费蕊的脸一遍遍地看，眼眸中蓄满泪水："我的孩子，苦了你呀！"费蕊心想：往事奈何能追忆，怎么也得把心硬起来呀！她满含柔情地回禀道："这些年有幸，蕊娘衣食无忧，并未受苦。"

"还说没受苦！"李太后摇了摇头，拭干眼泪，问她最近读了哪些书，学了什么典故，亲善人家是谁。费蕊详细答过，李太后听她的师承学问，感到非常满意，从案前拿来纸墨，考了她一些孤经绝句。但见费蕊寥寥数语，骈骊顿挫，文意通畅，她欣慰地点着头，有意无意地瞥向孟昶说："青城费家何等金尊玉贵，你母亲对你又是那样娇生惯养！我看遍苑内的妃嫔美人，竟没有哪一位抵得上你这体统！"

孟昶默默坐在一旁，目不斜视，他深知太后虽然幽居深宫，却心如明镜。费蕊的身份怕是已经核实，他怀疑这番欲抑先扬，还有其他用意。果然，太后转过头来，笑盈盈地对他说："蕊娘聪慧善言，性情脾气亦深得其母的真传，不如让我下旨，让她留在咸宜宫做我的掌诰司记吧！"

"掌诰司记？"孟昶眉心一跳，"不行。"他带费蕊回宫，自然是想封她为妃，把她当作家人看待，怎么能当个官婢呢！他放下手中的茶盏，断然回绝，啪的一声，茶水溢了出来。李太后坐直身体，不紧不慢地问："不好吗？"没等孟昶说话，费蕊一下子跪在地上说："谢太后隆恩！蕊娘愿意留在尚宫局，更愿随侍太后，奉行左右！"

她的神情何以如此坦然而迫切呢？孟昶盯着费蕊，目光锐利，鼻孔翕张，口中涌起一股苦涩的味道。看样子她的确不想跟自己入宫，前段日子那般体贴又算什么？虽然时过半月，但那孤立无援的感觉和受尽欺辱的历历往事，依然让孟昶觉得指尖儿冰凉……

太后完全没在意皇帝正在出神，她满意地点头说："我有心将她收为义女，当作公主看待，但是对外还须是女史，待时机成熟后指定名分，皇帝以为如何？"孟昶不回答，在他还是孟仁赞的时候，太后就很少干预他行事，这事儿却处理得如此独断，露出少有的铁腕。他盯着费蕊问道："你觉得呢？"费蕊正视着太后，严肃地回答说："蕊娘孑然一身，只愿陪在娘娘身边，侍奉娘娘，除此以外别无所求。"

"既然这样，朕准了。"孟昶声音干哑，喉头上下滚落，强行咽下那股苦涩。

费蕊告退，孟昶和太后相顾无言。

不知从什么时候开始，母子间乐意这样无声地交流。太后虽是孟昶的生母，但亲自抚养他的时间并不多。他自幼过继在先皇后福庆长公主膝下，太后随高祖出镇成都，他留在晋阳为质时才六岁，颠沛两年得以回蜀，不久又随高祖征战东川，直到十六岁登基——在那个凶险恐怖的冬夜以后。

太后垂着头，双手覆在他的手背上轻轻抚摩。不知过了多久，孟昶翻涌的心绪在母亲的安抚下慢慢平静下来，他想通了，说道："我太鲁莽冲动，以后不会了。"太后温柔地说道："你要护蕊娘周全，自己不能乱了方寸。"顿了一会儿，她爱怜地看着孟昶说："丈人观的事儿，我都知道了，确实难为了三郎。"

孟昶咬着牙，眼睛一热，端起茶盏来掩饰那股软弱的突袭，沉默着没说话。

“地震那晚，你在散花楼留宿，为何明知灌州赈灾，还要私服外出？是不是发生了什么要紧事？”太后的一句话让孟昶端茶的手闪了闪，皮骨寸裂的痛苦掠过脑际，他心想：母亲只知其一，不知道自己九死一生。若无天助，偶遇蕊娘，从那儿捡回一条命来，恐怕现在举国上下都在忙着另立新君了吧。

“没什么紧要的大事。”孟昶仰着头将茶汤一饮而尽，说，“贤妃身故，儿想借微服之际规避几日。现在回宫，也该发丧了。”

太后长长地叹了口气，语重心长地说：“已经按你的意思传诏御医了，椒房贵戚都以为贤妃在山中受到惊吓，正闭门静养呢！这段时日，我夙夜不眠，全靠太保主持大局，外朝六军蠢蠢欲动，几路藩镇也有集结的迹象。灌州天灾，太保告慰天下，他这把年纪还要强忍悲痛，皇帝千万不能忘记呀！”

孟昶点头。

太后宣田敬全入内，孟昶问：“费司记那边，内监宫娥可安排妥帖？”

“天家放心，臣谨遵懿旨，费司记暂居侧宫的沁芳园，方便太后召见，没跟尚宫局的姑姑挤到一处，内监鲁富贵和宫娥晴好、烟柳都是太后跟前过去的。”

孟昶放下心来，感激地看了太后一眼，说：“原来母亲早有安排。”

太后不置可否，起身说：“陛下出门这么久，去卫圣神龙堂拜拜家神吧！”孟昶应允，乘舆出了延昌殿，来到后殿的皇家祠堂。

堂中供奉着孟氏列祖的灵位，一条玄色神龙盘踞在横梁上，大殿中央有龙冈先祖的塑像，顶上高悬“卫圣神龙”的匾额。

四下没有外人，孟昶跪在赭红的褥垫上，面对家神和先祖，犹豫再三，终于忍不住问道：“当年，费氏在江陵被灭门，到底是谁……是谁下的令？”太后知道他迟早要问上一回，只见平常说话很利索的人，此时说话不成调子，她平静地反问道：“陛下在想什么？”

“我……”孟昶垂下眼眸，双手紧紧地抓着袖沿，说，“高祖立国，意欲招揽蜀人，可费家主效忠中原朝廷，要执意东迁，灭门一事与先皇有关吗？这些年来，我从未听到任何人提起，左思右想，不知该如何面对蕊娘，心里一点儿主意也没有。”

太后心里很不高兴，面对悍将逼宫，那么心神俱裂的日夜都挺过来了，那时候从未见过皇帝如此软弱，她看着高祖的灵位，朗朗说道：“那几年，蜀中什么情况你知道，明宗皇帝要高祖撤回夔门驻军，南郊祭祀开口便是百万缗钱助礼，福庆长公主病逝，心怀不轨的小人那么多，索要钱粮，谋占蜀地，又值两川激战，藩镇上下都在保全蜀境安危。费氏一门在江陵遇害，你父皇连派人去南平国查实都不得空，我也只能偷偷落泪。三郎这么问，不会以为费氏灭门是先皇授意的吧？”

“母亲！”孟昶大叫一声，跪在太后跟前，眼睛仿佛要喷出血来。

太后大怒，甩袖喝道：“五年前，你也在夔门！若有蜀军出境，自己岂能不知晓？”

孟昶像被当头棒喝，忽然低下头来，哽咽道：“儿知错……我不该胡乱猜想！”

李太后皱了皱眉，看着未及弱冠的少年，惊涛骇浪让他学会思索图治，焦虑痛苦却没有教会他掌控自己的情感。太后抬起手来，抚摩着儿子的额头说：“你父皇的脾气，你最清楚。当年费家主执意动迁，蜀中学子一呼百应，高祖皇帝颜面尽失，当场就将龙池的银杏砍成两截，气得要放火烧了费氏府邸。可他冷静下来，还是拨钱兴建学馆，奔走安抚儒生。他怎么会不知道你跟蕊娘从小要好，再生气也绝不至于要了那一大家子人的命啊！”孟昶想起自己幼年时闯下大祸，父亲火冒三丈，他会把自己丢给费家主处置，那番信任之情溢于言表，怎么也不像生得出杀机来的啊！这番话是真是假不要紧，孟昶都当真话听了，他感觉自己卸下了千钧重担，全身都轻松起来。

太后顿了顿，才又说道：“费氏当年东迁，带动了一批蜀人，背叛的可是整个大蜀朝廷。”孟昶明白，他嗯了一声，点点头。太后又说：“你事前没有与我商量，不该如此唐突地将她带入宫中。你是皇帝，她却是叛徒之女，若要恩宠，也需绍天明命，德才配位，否则便是自寻灾祸。好在她的身份文牒已被毁殆，脱去乐籍之后，来日方长。听我的安排，你自己也要有所把控才好。”

孟昶点着头没作声，在他遇刺中毒的时候，也未曾有过这般与自己身份极不相称的悲凉。贤妃赵氏是太保的长女，尚逃不过莫名身死的命运，何况一个来历不明的孤女呢！他这个皇帝当真是天底下最无用的皇帝吗？

8. 宣华苑

费蕊从延昌殿出来，田敬全安排的小内监提着灯在前方带路，咸宜宫偏殿后侧的一处庭院前，两名粉衣宫娥早已恭候多时。

芙蓉帐里，费蕊瞪着双眼，揪着锦衾，全身颤抖。似乎有烈焰炙烤着她的皮肤，烟尘呛进咽喉，泪水无声地长流不止。五年前的那个月夜，江陵府沙头渡口红光冲天，她在惊天动地的呼号与踩踏声中失去了知觉。当她醒来的时候，已经被一位身穿青色襕衫的中年人抱在怀中，那人将痴傻的她交给朝光："两百多口人啊，灰飞烟灭，唯独剩了这一位……让她跟着你，或者还有些用处！"

费蕊痴痴呆呆，生无可恋，直到半年后李玹来到江陵。

三峡七百里，朝发白帝，暮到江陵，川楚荆江的船夫渔民集结成帮派控制漕运，在乱世中求条活路。前蜀王衍亡国后，李氏掌管了川楚八帮。李家兄弟是前朝国舅、蜀地波斯，四郎李玹尤其古怪，喜游历、好摄生，在青城落脚时，曾与众多的蜀中鸿儒一起靠费氏给养。

"既然活下来了，就好好活下去吧！"李玹对她说，"真凶我来找，我会给你一个交代！"哇的一声，费蕊痛哭出声，哭声在荆江彻夜回响，很多人都听到了那整夜整夜悲惨的哭声。

后来，费蕊不哭了。她发现义父青衫并非庸常之辈，他风姿卓著、性格温润，如圣人孔丘周旋于各国，在乱世里教书育人、启迪民智。正因为如此，傲慢如李玹也投奔府上，与他成为密友。费蕊师从李玹继续家学，同时也跟朝光学习琴乐。朝光本来也不叫朝光，只因青衫希望她去蜀国。费蕊告诉她，蜀国的都城人称锦城，城中有座散花楼，太白诗曰："日照锦城头，朝光散花楼；暮雨向三峡，春江绕双流。"于是她发誓要做成散花楼的主人，给自己起名为"朝光夫人"，还将侍女改名为"暮雨"，一并带了过去。

江陵府虽不及青城那般是洞仙府邸，却也是一等一的好地界，李玹和青衫都将费蕊当男儿般抚养，从十一岁到十六岁。不知从哪天起，忽如冰雪融化，费蕊那粉桃脂玉的脸上，眼若秋水，不论是哭还是笑，都那么美丽动人。

几个月前，青衫跟李玹商量，打算让费蕊回到蜀地，伺机安排她入宫。

"青衫没有资格利用你！"临行前，李玹斩钉截铁地告诉她，还交给了她一把雷琴，"希望蕊娘入宫后，以蜀为家，安然度日。刚刚得了这把琴，九霄环佩是夫人的遗物，看看吧。"

"哪儿来的？"费蕊问。

李玹锁着眉，说道："是无意间得来的，顺藤摸瓜抓了几个鹤峰流寇，这是他们五年前从夔门三郎的帐营中偷来的。"

"孟蜀朝廷！"费蕊大惊失色，跳了起来。

李玹明白她在惊诧什么，按住她的手说："江陵是南平国的都城，按理说，蜀军出境，南平王不可能不知道，即便南平王不知道，青衫也一定知道。其中古怪你留心便是，问问这把琴的来处便知。蕊娘，把宣华苑当自己的家吧，那原本就该是你的家。"

"我的家？"

"你是蜀人，自然以蜀为家。青衫固然能想办法安排你入宫，可你在宫中能否有所作为，还得看天意哪！"

李玹的话不无道理，那天，孟昶闯进散花楼的浣花，不是天意是什么！

费蕊想起在花间草庐，皇帝沉沉昏睡的时候，李玹那双琥珀瞳仁飘忽闪烁，喃喃感叹：“乱世里国破常在，一个家族的覆灭又算得了什么？”他郑重其事地交代她说：“难得你从大火中捡回一条命来，要好好地活下去啊！”

一整夜睡不安稳，天刚蒙蒙亮，费蕊便掀被起身。

房中熏过暖香，宝镜金盘拭得闪闪发亮，比起浣花，这里更加富丽堂皇。她踱步走到园子里，池塘中的翠竹错落栽种，暮春时节，牡丹开尽，墙头的樱桃树枝繁叶茂。费蕊自幼闲散，虽然遭遇变故，但是在李玹和青衫的护翼之下不改豁达。她沿着小径，闻着晨露花香，溜达了一圈儿，只见天色较早前更明亮了些，远远看见通往延昌殿园洞前的假山石下有一团灰蒙蒙的东西，走近一看，居然是值夜的小内监鲁富贵。昨夜心情郁塞，费蕊对三位随侍连敷衍都没有，眼见嘟嘴酣睡的小内监，她心中过意不去，将斗篷覆在他身上，提着襦裙朝园洞外走去。

身后传来咕咚一声，原来是小内监醒了，看见费蕊，吓得原地打了个滚儿，匍匐在地上，大气也不敢出。她轻轻笑了笑，刚转身，便听到怯怯的声音在后面唤道：“司记姑姑留步。”

费蕊一愣，醒悟到他在唤自己，于是回过头去，问道：“你叫我什么？”

富贵眨了眨眼说：“司记姑姑……”

费蕊见他年纪跟自己相差无几，便笑着说：“富贵，陪姑姑到园子外走走，熟悉熟悉宫中路径。”富贵依然跪在地上说：“昨夜田公公交代，姑姑这两天留在园子里，哪里也别去，等太后召见。”费蕊不解，眨着眼睛问道：“这是为什么？”

富贵是延昌殿的内监，脑子活络，眼神儿也机灵，他见费蕊露出懵懂的表情，笑嘻嘻地露出谄媚的脸色，讨好道：“外间凉，姑姑随富贵回屋慢慢说。”费蕊站着没动，挑眉问：“沁芳园主位是谁？”

“当然是姑姑您啊！”富贵想也没想便回答。

“既然是这样，”费蕊说，“姑姑觉得凉自然会叫你回屋，先前姑姑问你话，你却没回我。”

富贵心里咯噔一声，赶紧跪下回答：“田公公说，宫里要办事，姑姑可以不去殿前伺候。”

费蕊点点头说：“走吧，回屋！”

回到苑中，费蕊让晴好、烟柳一并到暖阁前，将太后赏赐的锦缎绢布分发给沁芳园的杂役作为见面礼。宫婢晴好的眼力极好，眼见费蕊被皇帝亲自带回宫中，却被太后招到身边做掌诰司记，便隐约猜到费蕊的出身并不高贵。宫墙内，皇宠如朝露，眼下这位司记姑姑似乎只维持着表面的红火。

早膳后，宣徽院使派人送东西来，晴好将礼单请她过目。

“尚功局女红物料，尚寝局燕寝锦褥，尚食局果酒辽参，尚服局钗头袍服，尚仪局和尚宫局的摆饰礼品。”费蕊记不住，索性拿出笔墨宣纸。

“姑姑记不住没关系，日子久了便熟悉了。”

“一定要记住，怠慢谁都不好。”费蕊很认真，看了看晴好和烟柳，又笑起来，铺开新纸，为她二人画了张倚梅图，寥寥数笔，两名娇俏女子跃然纸上，靠着遒劲的梅枝窃窃私语，憨态可掬。

晴好和烟柳又惊又喜，拿着画纸爱不释手。

“从来没人给我们画过像，司记姑姑果然与众不同！”

午后送走几名女史，忽然听到院外人声鼎沸，费蕊招来晴好一问，才知道是几个内监官在园子里栽花木。

“姑姑！去看看那两株新树？”

“你看着办吧。”费蕊有些困顿，这时富贵领了个年岁不大的小内监过来请安：“太后差董禄达前来，问姑姑昨夜睡得可好？”费蕊一听是太后跟前的内监官，立刻请他坐下说话：“烦请公公回禀娘娘，宫中月朗风清，沁芳园翠华香重，蕊娘睡得舒适安稳。”

董禄达默默记下，费蕊吩咐晴好拿出尚食局送来的血燕打赏，亲自送他到园门前。刚走到池畔，看见那处拦着帏幔，一个内监官指挥着几个艺匠正在培土，池塘边的小丘坡上赫然新添了两株枝叶繁茂的木芙蓉。

董禄达见她发怔，笑着说："田公公从宫外收罗了两株木芙蓉，太后吩咐咱家搬到沁芳园里来。"

那分明是浣花的两株醉芙蓉，除此以外哪儿还有这样的品种！

她在池塘边端详良久，才慢慢转身踱步而回。晴好、烟柳和富贵三人在房中将礼物登记造册，费蕊坐在旁边品茗闲聊："宣华苑三十六宫，光咱们咸宜宫便有一百二十人，除了六局二十四司，还有哪些妃嫔娘娘？"晴好熟稔地回答说："天家的娘子位只有贤妃和修仪，剩下三百多位还没有设品阶，加上六局二十四司三百多位，宫中六七百人是有的。"

"贤妃和修仪是……"费蕊没继续往下说，晴好机灵地接口道："贤妃是当朝赵太保的长女，修仪是张阁老的小妹。贤妃娘娘自半月前抱病休养，连太后跟前的日常请安都没来，倒是修仪娘子还赏了礼。"

费蕊轻轻叹了口气，搁下茶盏，心想：原来他们还什么都不知道，贤妃赵氏，在灌州地震的时候，就死在青城山下了。

她没再问什么，意兴阑珊地回屋休息了。刚睡下，便听见北边传来阵阵清晰的钟声。晴好和烟柳跑进暖阁，依在费蕊身边，吩咐富贵到屋檐下听个究竟。过了一会儿，钟声停了。晴好和烟柳扶着费蕊走出暖阁，只听富贵大声说："司记姑姑，是石镜观的钟声！哎呀！是贤妃娘娘，贤妃娘娘宾天了！"

三位宫人呆立半晌，呜呜痛哭起来。

费蕊望着北方的天际，几颗星星垂挂在天幕上，她心想：这位娘娘一定贤良淑德，平日里对宫娥内监们也好，可惜薨殂后被丈人观的天师说成亵渎上真。

翌日起，皇帝下旨辍朝，宫中与外界军民同样穿素服，城中禁屠宰、停乐礼、告太庙，设醮青羊观。因赵妃被追封为贵妃，祭祀便更为隆重，孟昶亲自祭筵，百官丧服于瑞礼门奉辞，赠缢册，行焚黄礼；开茔域那天，六尚司和内官、内使到齐，分别祭坛；发引日，过城门，百官送至路祭所，皇亲公侯外命妇均祭祀一坛；下葬，掩圹，遣官祀后土，迎灵轿至享堂，行安神礼，又遣祭一坛。

虽说得了太后懿旨不能出园，费蕊依旧让富贵在园子里设祭礼，烧楮镪纸蚨。费蕊看着三位小侍，感慨道："本来也想纂篇祭文，却没见过娘娘，唯恐怠慢仙灵，不如简单些，学学乡里人也好。"说完，她恭恭敬敬地拜了几拜。拜完，富贵朝着天际说："富贵还从没见过姑姑这样重情重礼的人，请娘娘在天之灵保佑姑姑！"

因为丧期，宣华苑内的走动暂停，沁芳园安静了数日，内监小董过两天便会前来问候两句，差御食厨每日送些糖蒸酥酪、炖梨羹汤。

天晴日暖，阳光明媚，太后依旧没有行召。

费蕊每天和晴好、烟柳在园子里溜达，无趣至极。从宫仆的口中得知，宣华苑依水而建，咸宜宫更是独享半岛，从沁芳园出去，就能看到整个宫城的摩诃池，大内三十六宫，殿殿临水，宫女们如果不执勤，便约在摩诃池桥上打黄莺、扑彩蝶，过得快活逍遥。

"摩诃池！"她聚神凝望，"坐触鸳鸯起，巢倾翡翠低。莫须惊白鹭，为伴宿清溪。我在民间时，听闻传说那龙池里有条黑龙潜伏，你们见过吗？"晴好正端着一盘新鲜的荔枝过来，听了这话，笑着说："大内已经有条真龙，池中黑龙怕是不敢现身呢！"费蕊大笑，看了看她手中的荔枝，灵机一动，对富贵说："把你的弹弓弩拿出来。"

"弹弓弩？"富贵跳起来，说道，"我，哪有……"费蕊瞥了瞥笑盈盈的晴好和烟柳，又问："真没有吗？"鲁富贵抿着嘴，扭扭捏捏地走出屋外。

彼时费蕊已经换了身剑袖缺胯短衫，坐在院墙上，葱茂的樱桃树挡住了她的身影，晴好、烟柳和富贵手中各提一个竹篓，站在树下轻轻呼唤："姑姑当心！"

"打下十只，今晚便有烤肉吃！"她说着，将黄金弹套在皮绳儿上，凝神注视。只听噗的一声，枝叶翻飞，一只灰羽小雀掉落在地。

"十只了，十只了！"晴好扑上前，抓起灰雀放入竹篓，烟柳在旁边欢呼雀跃。

“嘘！”费蕊做了个噤声的手势，“还有只大个儿的！富贵！”

“接着！”富贵从袖子里掏出几颗黄金弹朝上投掷，费蕊单脚钩着树枝，俯身接过。只见她沿着墙头绕过树枝，藏身到一片更茂密的枝叶下，双眼紧紧地盯着枝头那只通体金黄的黄鹂，屏住呼吸，手一松，黄金弹疾驰而出，砰的一声，随着叶片飞落，那只鸟应声落入院墙之外。

费蕊遗憾地唉了一声，只觉得脚下一滑，眼前光影闪烁，人便直坠了下去。她啊地惊叫了一声，不由得紧紧地闭上了眼睛！转瞬间，身体却陷入一片绵软中，仿佛还有淡香入鼻。她睁开眼，目光落在一张白皙冷漠的脸上，旁边是王昭远错愕的表情。

“陛下！”费蕊屏住呼吸，跳下地来，刚拜下去，只觉腋下一紧，膝盖还未触地，人就被轻轻地提了起来。孟昶身着素衣，头发一丝不苟地束绾在顶，他单手扶在费蕊的臂膀下，漆黑的眼眸沉默地盯着她。

月余未见，孟昶愈发瘦削，微蹙着眉目，显得心事重重。

“没事儿爬那么高做什么？”他手里还捏着那只掉落的黄鹂鸟，幽幽的声音温和沉静，好像古琴泛音，空灵清澈。费蕊满脸绯红，余光四扫，发现自己掉落到沁芳园的院墙外，四下并无他人。她拔腿想走，焦急地说：“容蕊娘先回园子，稍后再跟陛下解释！”

“沁芳园翠华香重，不请我进去吗？”

费蕊心弦颤动，停下来望着孟昶。这时，头顶传来窸窸窣窣的声音，只见富贵趴在墙头，露了双眼睛。他轻声呼唤道：“司记姑姑，摔到没？”话音刚落，他看见院墙外的皇帝，吓得啊了一声，连滚带爬地滚落下墙。

费蕊听见墙那边传来咕咚、咕咚的声音，忍不住扑哧笑出声来。再看孟昶的时候，却见他依然冷着一张脸。

“陛下恕罪，我会好好管教他们的。”费蕊敛了笑意，一本正经地伏在地上拜了拜。

“既然到了，去看看你的园子吧。”孟昶说完也不看她，自顾自朝园门走去。池畔新栽的那两株木芙蓉生得正好，繁茂的宽叶垂至水边，随风摆动。

走进东暖阁，内中温暖而舒适，博山炉里青烟袅袅，刚填好的词稿堆积在案头，软榻的横几上还飘着墨香。东墙上横挂着一幅长卷，题为《玉垒浮云》。孟昶站在画前端视良久，手指抚摩着画中玉垒山下的“离堆”二字，感叹道：“峭壁如削，谷幽水长。蕊儿斧劈皴法、雄峻气格，深得荆浩然的神韵！”他一边说着，一边转头问道：“都还记得吧？”

这席话勾起了费蕊的回忆，玉垒山下常有儒生和狂士聚集，两个小人儿依偎在他们怀中，听他们提着鼓杖边敲羯鼓边喝酒。这是童年的乐园，她怎会忘记！她一本正经地回答说：“记得，蕊娘永远记得。”孟昶笑了笑，从她脸上移开目光，背着手在房中环顾了一圈儿：“少了把琴，九霄环佩呢？是否还留在浣花？”

费蕊心弦一动，问道：“天家一直在找那把雷琴吗？”

“那是你的东西，我岂能夺人所爱？”孟昶微笑着回答。

费蕊追问：“天家见过九霄环佩？”

孟昶说：“我驻守夔门的时候曾有刺史献过一把，后来被贼寇偷走，我回成都府找雷家后人仿制过，却不得精髓，还是你的琴好！”

费蕊见他坦然，不由得心神恍惚，李玹说九霄环佩正是从他的帐营中偷走的。

“献琴的刺史是谁？”

“是施州刺史田行皋。”孟昶不解，“怎么？”

“哦！”费蕊垂下眼眸解释，“蕊娘好奇，不知他从哪里得来的，难道世间的九霄环佩有很多吗？”

“雷家现在是没什么人制琴了，想当年雷琴名满天下，珍藏的人应该不在少数。”说着，孟昶走到书架跟前，拿起一本《水经注》，翻了翻说：“你是太后宫里的人，要看书，可到凝烟阁去取。”费蕊见他说起雷琴轻松随意，似乎毫不知情，心无芥蒂，她心里莫名咕噜噜地冒出一串泡泡，而后又啪啪地破散了。她走上前去为孟昶解下袍褂，说：“陛下的眼圈儿发黑，请你保重身体。”孟昶微微一愣，点了点头，任凭费蕊扶着他坐上长榻，为他拉了靴子。窗台的长条案上摆放着几盆春兰，靠在软榻案头，抬眼就能看到院中的一片浓翠，银杏、桢楠、紫薇与桂花高低错落。

“天家稍候，蕊娘先去换身儿衣裳。”

“不用，我坐不了多久。”孟昶抬起头，伸开修长的手指，“过来。”

“蕊娘想请天家尝尝那几只雀儿呢。”她忽闪着眼睛说。

“尝尝？”

“嗯……尝尝。”

“怎么做的？”孟昶问道，嘴角已经隐约浮现出笑意。

“扬州的叫花鸡，仁赞哥哥记得吗？”费蕊问他。他当然记得，这不是他们俩小时候的约定嘛，他们要骑着仙鹤下扬州，去吃叫花鸡！孟昶的心情有欢愉也有忧伤，但是费蕊却显得格外雀跃：“摘些莲叶，裹了塘中的藻泥在园子里烤。”她比画着，脸上洋溢着明媚的笑容，眸光随着话语欢快地闪烁：“土灶都搭好了，就在小厨后的院墙下。”也不知道为什么，她的心情忽然十分舒畅，不知不觉间话就多了。可孟昶却目不转睛地盯着她，眼神看起来空洞无物，似乎没将她的话听进耳朵里。“啊，仁赞哥哥！”费蕊忽然明白过来，发生那么多事儿，如果放在别人身上，早就垮了，真难为他能撑着，他怎么会像自己这样无聊到打雀儿呢！费蕊感到羞愧，刚想说些致歉的话，孟昶却忽然凑到她耳边来。

“在宫里住得还习惯吗？”他的声音嘶哑，热气哈到了费蕊的脖子里，她不禁缩了缩肩。这个动作在孟昶看来却似万般委屈，费蕊像朵摇曳的花儿一样令人怜惜，他心里像被什么东西猛地一戳，赶紧扭过脸去。

过了许久，费蕊不见动静，从他的掌心儿里抽出手来，发现他竟闭着眼睡下了。这情形仿佛又回到宫外，相处大半月来，天天如此，费蕊也不在意。记得朝光说过，少年的爱来得疾风骤雨，愈是喜爱，愈会迫不及待地将她全部占有，入宫之前需要时刻防备，入宫之后又需用点儿心思争得宠爱。可孟昶自始至终顾念的还是幼时的旧情分，对她比对他人有更多的信任。这信任让她安心，转念想到青衫和朝光的那些话，觉得他们缺乏对孟昶的了解。

记得入蜀前夜，在江陵府沙头渡口的月色里，朝光不同寻常地吟诵了流传在荆江的一首《夔门夜话》，诗曰：

长歌万里风千浪，孤鹤东来酒罢凉；

赤壁叽头公瑾驻，夔门桥上孟三郎。

“孟三郎是谁，有胆跟三国周郎相提并论？”费蕊不屑地耻笑。

“他是蜀王皇子，三年前登基，更名昶。”朝光告诉她那个叫孟昶的年轻帝王，“义父希望你能在新蜀王的护翼下生活，才不枉费父女一场。”

“只在他的护翼下生活，义父与姐姐的恩情如何回报？”随着年岁的增长，费蕊渐渐看到青衫的胸襟，看到他在谋划着更宏大的天下。并非只在大蜀与南平，青衫的羽翼早已渗透到中原朝廷，江淮、吴越、大闵、大汉、马楚、大理都会有他的人相继入朝。

“义父真心待你，时间长了，自然会明白。”

费蕊感动至极，虽然李玹说，青衫不能利用她，但她坚持有恩必报的想法：“姐姐放心！蕊娘自有办法！”费蕊当时斗志昂扬，此刻却热泪盈眶。她在太后跟前主动要求随侍，不过顺势而为罢了，在这后宫中，兑现当日的承诺哪儿有那么容易。

在她的注视下，孟昶猛然睁开双眼。冰冷的、警觉的表情挂在脸上，但只是一瞬，他便已觉察到自己身在何处。

费蕊轻声说：“天家刚才睡着了。”

“睡了多久？”孟昶一边说着，一边翻身下床。

“只是打了个盹儿。”费蕊为他穿上长靴，又从熏笼上将他的外褂取下来整理一番。

“阁老还在金华殿等我。”孟昶拉着她的手，眉头蹙得更深，“如果……”话没说完，又笑了笑，“没事儿。”说着，他召唤王昭远一起离开。

前脚刚走，延昌殿的内监小董又来了，传懿旨宣掌诰司记费蕊随侍晚膳。

费蕊不敢怠慢，换了圆领官袍，将头发扎进软巾幞头里。她第一次走出沁芳园的院门，心情异常雀跃。只见大片的紫薇林包围着庄严宏阔的延昌殿，海棠与石榴间隔栽种，栀子与白藤满径盛放，踏上殿宇的木回廊，前行转拐，又有一大片开阔的水面赫然呈现在眼前。

她心里一跳，心想：这就是传说中的摩诃池了！

午后湛蓝的天际下，水面缥缈着一层薄薄的雾气，远处的离宫别院被水心包围，犹如漂浮在岛上的蓬莱仙阁，水上的石桥和飞廊连接着数不清的殿堂；杨柳夹岸，艳桃灼灼，轻风拂过，似有无限的柔情；水中莲叶田田，菡萏妖娆，几只轻桡弄水，船上穿绿罗裙的宫娥美人相互嬉戏，舟从桥下过，人在荷中行。

费蕊情不自禁地放慢了脚步，痴迷地打望不前。小董回头笑着说：“姑姑别忙看，您要在宣华苑里住上好些年呢！”上了九曲浮桥，来到湖心，四面临水间有一平丘，中心是座亭子，走近细看，飞檐翘角的黄色琉璃顶下挂着“丹霞”二字，力透纸背。亭中的地面上铺着波斯毯，上有毡席，四名内监正跪坐侧旁烧炉煮茶，氤氲的水雾带着茶香扑鼻而来。费蕊置身于这诗情画意中有些忘形，忽然听到身后扑通一声下跪触地的声音，她赶紧转过身来，只见靓影闪动，李太后不知何时已经走进了亭间。

“司记费蕊恭请太后娘娘圣安！”

太后笑盈盈地坐下来，抬手说：“蕊儿起来吧，家人小聚，不必拘礼。”

费蕊刚站起身，就听见远处有长笛声传来，长堤上站着一队彩衣宫娥，簇拥其间的是一个身着缣罗襦裙、云鬟高耸的女人，身边还陪着一个身材高大、容貌秀美的年轻人。远远地，那人跳起来，挥动着手里的长笛，高喊道："太后娘娘！"

李太后眯着眼睛微笑，指向那鲁莽的年轻人说："那是申图，自小就比较顽皮。今日宣太长公主进宫陪我说说体己话，哪儿知道把他引来了。"费蕊心想，申图伊审征任宣徽院副使，这位太长公主必然就是高祖知祥的妹妹褒国太长公主。

太后说着，命小董宣修仪娘子随侍晚膳。

转眼太长公主和伊审征走进丹霞亭。"三郎回宫后整天都在金华殿吗？申图听说娘娘宣召丹霞亭，还想拉着他划船比赛，让他高兴高兴呢！"伊审征说着，目光落在费蕊身上。只见太后翩然一笑，对太长公主道："三郎回宫后，除了每天到我跟前例行请安，便整日待在金华殿中，好多事儿也不讲给我听了。"

太长公主漫不经心地安慰道："三郎操办大丧，心情积郁，在所难免。听说他在宫外结识了什么人，过几天就都好啦！"

"什么人，太后见过吗？"伊审征插嘴问道，脸上露出不可捉摸的笑意。

李太后挑眉反问："申图见过？"

"没有！"伊审征貌似正襟危坐，言语却很轻佻，"听说小娘年方十六，身居散花楼的浣花，要见她的真容还需奉上拜帖，出价千金。"

太长公主皱眉斥责道："哪里听来的闲话，竟在太后跟前乱说！"

伊审征目瞪口呆，太后说："褒国不必斥责！既是自家人聊天儿，我不必瞒你，三郎确实在散花楼留宿。"

褒国故作吃惊，问道："三郎留宿散花楼？娘娘准了修仪娘子省亲，不怕她告状哦！"

伊审征笑嘻嘻地说："三郎这是长大了嘛，从前我跟他说散花楼里有全天下最好的乐师和伎乐天，他都没兴趣听！"

"散花楼的艺伎天下闻名，去年花朝节，我跟着几位诰命妇去看过，有位名叫暮雨的伎乐天，真让人大开眼界啊！”褒国说着，转头拧了拧伊审征的胳膊，佯装谴责：“别是你带三郎去过吧？”

伊审征胡乱地摆着双手说：“三郎不会去的，走马打球和划船他倒是乐意！”

“那他是怎么认识的那位小娘呢？”褒国百思不解。

“过了这么久，他都不肯说，看来是不打算说了！”太后说着，有意无意地看向费蕊，只见她神情专注地将沸水冲入越瓷茶壶中，仿佛刚才的一番对话根本没有入她的耳。

“费司记。”太后唤道。

“是，太后。”

“去金华殿传我懿旨，请皇帝来丹霞亭用膳吧。”

“喏。”

这时，伊审征才再次将目光落到费蕊的身上，起身道：“娘娘，我也去！”

9. 六宰辅

宣华苑的南门驻守着两尊巨大的石犀，因此也叫狮子门。大门连接着宫城的承乾殿和宫禁太清宫，不听政的日子里，皇帝便在太清宫金华殿中召见众臣，处理政务。

此时，他正襟危坐在殿中的龙榻上，旁边是身穿朝服的捧圣控鹤军都指挥使张公铎和太保赵季良。在他遇险回避的这段时日，是赵季良在朝中主持大局，张公铎遥领捧圣控鹤军贴身保护。看着两位忠诚的肱股大臣，孟昶倍感欣慰。

“刑部司仆张继昭沿绵州方向追缉，”张公铎说起宰辅张业的大儿子，“坊间传闻，那名叫柴七的衙仆跟王相衙内的妾室有私情，被抓之后从私刑狱中逃了。”

“坊间传闻就不要说了吧，私设刑狱乃重罪，”赵季良提醒道，“张公可是国柱重臣！”

张公铎搓着手嘿嘿笑道：“这里不就我们三个，说说罢了。张继昭那小子脾气大，他的侍妾名叫荣五娘，是散花楼的花魁，先是他看上的，结果却让王相的衙内给买去了！哪知小娘子却暗中跟着柴七私奔，这事儿换谁不生气啊，他一生气就把衙仆给打进私牢了！”

“张公！”赵季良大声喝止，心想张公铎自从在散花楼认识了一个叫暮雨的艺伎，每每说到这些三教九流的闲话便异常兴奋，“三郎就是让你带坏了，否则怎么知道去勾栏之所躲清静！”他越说越生气，忍不住咳嗽起来。孟昶使了个眼色，张公铎赶紧拍了拍赵季良的后背，安抚道："怪老张多嘴，给太保认个错！这事儿跟三郎没关系。"

孟昶对赵季良说："表面上看起来只是张、王两位衙内争风吃醋，但牵扯宰辅私设牢狱就不同了，三郎想让孟九去城南查查，这样不就知道坊间传闻是真是假了吗？"孟昶嘴上这么说，心里却再清楚不过，张业身为宰辅相公，父子二人为何如此大费周章地追缉柴七。孟昶只装作不知详情，赵季良对皇帝这般安排布置，倍感踏实，他说："各藩镇在京畿都设有进奏院，要查探清楚，谈何容易。孟九办事儿牢靠，这事儿办完，就让他跟在三郎身边吧。"

孟昶喜出望外，孟九是赵季良身边的仆童，贵妃赵氏生前对他如对兄弟般信任。一个月前回宫的路上，他还冒充孟九给荣四送过书信一封。听赵季良终于松口肯把孟九给他，他忍不住站起来，笑着致谢说："相父果然体贴三郎，知道我想他想了好久！"

"张继昭会查到什么吗？"张公铎不放心地问。早前，殿前司为保护孟昶，杀了张业相府十多个人，这事儿不能隐瞒太保，因此孟昶一回宫，他们就找了赵季良商量。

"不会！除非陛下亲口告诉他们！"赵季良肯定地回答，又皱眉问道："你为救那个衙仆，杀了他那么多人，如何跟张阁老交代？"

"相父！当日柴七危在旦夕，他手上掌握着朝中重臣杀人设狱、买田夺地的证据，暗卫出手实在是迫不得已。事情尚未查明之前，还请相父保守秘密，若是冤枉了张相，三郎必会有所补偿！"孟昶垂着眼眸耐心解释，想起高祖当年的霸气，杀人就杀人，扣人便扣人，何曾需要跟某人交代？这些事儿让他难过，并且为自己的境况感到不堪，只是孟昶自有城府，他很快便振作起来，面色一片平和。

"陛下气盛，还需努力控制好心性。臣以为下手不必太重，何必一口气全杀掉呢？"赵季良身为武将，却以忠厚著称。他还能想起孟昶少年时在战场中的样子，从尸山血海中跋涉而来，全身鲜血淋漓，像一头杀红了眼的小兽。他毫不掩饰自己的遗憾："若是在沙场上，陛下杀掉百十来人，是英雄，可是死掉的这十多个人，既是相府衙役，也是社稷的良民啊！"

孟昶嗫嚅着，他十六岁登基，小小年纪便在殿前杀了李仁罕，太保赵季良曾经异常坚定地支持他，赞许他是英雄。

"张府衙役胆敢抗旨，当然杀无赦！否则怎么扣下柴七！"张公铎了解张业的为人，内心深处更维护孟昶，他说："如果不是柴七捅的娄子足够大，张继昭何必搜寻到现在！我听说那私刑狱中炮烙、蒸煮、剥皮、剔骨惨无人道，万一留有活口，后患无穷啊！"

"荒谬！"赵季良怒吼着制止了张公铎，"张阁老是生性豪放奢侈了些，对子女放纵在所难免，但是也不能尽信那些无稽的传言吧！"

张公铎说："太保是没听过坊间童谣，'张公子，马踏华阳禾稻死；王公子，舟行锦江牡丹紫'。这童谣说的就是张继昭和王德均这两个纨绔衙内，成都府内妇孺皆知哪！"

"王衙内平日行为放浪，不太检点；可张继昭身为刑部司仆，是朝中难得的少年英才。"赵季良说着，若有所思地弹了弹袍褂，"也好，将柴七带去旧宅，先听听他怎么说吧。"

孟昶却一本正经地回答："柴七逃跑了。"

赵季良睁大眼睛，高声责问："陛下为他杀了这么多人，却让柴七逃啦？"

"他留下书信说成都府有证据，等有机会呈交朝堂。"孟昶凑近赵季良的耳边，低声道："相父知道三郎人手不够，抓人容易，留人难！"

"哎！"赵季良遗憾地拍了拍大腿，心想：柴七逃跑，似乎说明问题比想象中的严重。

"相父一定要帮我瞒着张相，免得君臣之间徒生嫌隙。"孟昶此刻的模样，真的像个面对慈父的孩子，他耸了耸眉尖儿，低声说："上皇太宗陛下得贞观盛世，不正因君臣之间推心置腹吗？我也是迫不得已，张相似乎还有其他事情瞒着我。”

“君臣之间推心置腹？”赵季良听到这话，叹了口气，对张公铎说：“此事万万不能让张相知道分毫。张继昭擅长剑术，阿九说起他府上的高手，功夫绝不寻常。倘若陛下今次遇到的是那几位，未必能救出柴七。”

孟昶心不在焉地点着头，想到雪恨的日子不知要等到何年何月。

沿着宣华苑的东墙往南，有两个人正一前一后地走来。

“你是太后身边的掌诰司记，本使怎么从未见过你？”伊审征一边走，一边饶有兴致地问。

“奴家在沁芳园，伊使没见过。”

“难怪呢！”伊审征是个头脑简单的人，因为生活条件优渥，面色红润，气质也很洒脱。他是宣徽院副使，平常能够出现在摩诃池的南岸，能时常见到大内的宫女，跟随这女官走来的这一路，他不禁生出跟皇帝讨要她回去的念头。

路边斜开着一道城门，费蕊视而不见。伊审征抬脚踏在城门的石阶上，回头问道：“夹城门可直接进金华殿！司记不认得路？”

“哦！”费蕊若无其事地跟过来，回答说：“奴家很少四处走动。”

正说着，甬道里的几个内监官上来挡住了去路，恭恭敬敬地对伊审征说：“金华殿内有外臣议事，伊使不能从这里进去！”

伊审征被拦，不怒反笑：“天家真的在金华殿，太好了！”

费蕊谦恭地回答：“劳烦公公通禀陛下，太后请陛下移驾丹霞亭。”

那名内监认得费蕊，当日还在沁芳园的池塘边栽过醉芙蓉：“原来是司记姑姑，咱家不敢惊扰圣驾，若是太后懿旨，姑姑还是亲传为好。”

“多谢公公。伊使请跟奴家来吧。”费蕊招呼伊审征，自己带头先行了一步。伊审征眯着眼睛，若有所思地跟在费蕊身后，心想：有外臣议事的场合，没有合门使通报，不能擅进，不知道是这位掌诰司记有特权，还是那位内监官不懂规矩。

夹城门连着一条甬道，甬道的尽头是金华殿的偏殿后门。

后门敞着，想必皇帝也是刚从这里路过。走上层层高阶，转过几道长廊，穿过狭窄的甬道，过了两重偏殿，这才来到主殿高大宏伟的殿柱之下。

王昭远正无聊地靠着廊柱发呆，见费蕊和伊审征前来，他飞身起立，不客气地低吼着："快出去，当我没看到你们！"伊审征认识王昭远，也知道他的秉性，于是耐心解释道："是太后娘娘让我们来的，乞儿，别误事啊！"王昭远并不买账，单手抵在伊审征的胸前，又说了一遍："到外面等着！"

费蕊走到王昭远近前，低声说："太后娘娘懿旨，请天家移驾，我这是来传旨的。"王昭远想了想说："那就在这里等着吧，天家没召唤，绝不能过去。"

费蕊对伊审征点点头，于是三个人便就地坐在廊柱下，巨大的屏风挡着殿堂，看不到个中情形，大殿中说话的声音却断断续续地飘了过来。

好像他们正在聊天儿，只听太保赵季良问："天家这半月每夜都在金华殿中通宵看奏疏，可有觉得三省六部哪里处理得不妥？"

"迄今所阅的奏疏中，相父与各位宰辅的裁断从容适度，没有不妥之处。"孟昶态度认真，据实回答说，"刚才从延昌殿出来，太后还特意交代三郎，要听从相父裁断，潜心学习。先前耽搁数月，如今唯有精湛于勤，功在不舍，三郎不敢懈怠。"

赵季良呵呵一笑，甚是欣慰。

费蕊听他们停歇了片刻，像是已经谈完了正事，整了整衣衫，正准备走出去，只听合门使在殿外禀报："枢密使王处回、侍中赵廷隐、门下侍郎、同平章事毋昭裔、同平章事张业求见！"

孟昶沉声回答："见。"

不一会儿，王处回、赵廷隐、毋昭裔和张业四人身着紫色朝服鱼贯而入。

至此，朝中六位宰辅相公全数到齐。

除张业和张公铎以外，赵季良、王处回、赵廷隐和毋昭裔都已过知命之年，受召辅政这些年，大事都由六位宰辅主持商议，于殿前将批复交于中书，再由门下牵头左右三司分发到各部处理。

毋昭裔递上几本册子，奏报了灌州灾情：“散赈乡村穷民共计二千五百二十户，每户免徭一至三年不等，白金一两已经酌情发放，除去一些无主尸身，剩下的是当日青城山上的捧圣军，死伤大概一百五十人，这是遇难军民和家属的抚恤金，请陛下过目。”

孟昶翻阅着手册上灌州及周边死亡人数和倒塌屋舍的记录，皱了皱眉，问道：“捧圣军死伤这么多？”见几位宰辅沉默不语，他继续说道：“朕游幸不归，导致驻守参军惨遭意外，这些军士抚恤金加倍，均由内藏库出吧，今日起大内的例钱减半。”毋昭裔领旨，张业说：“灾情发生以来，毋相废寝忘食，领左右三司亲赴灾区，实地勘察，灌州没有出现一起灾民外逃和闹事的情况，臣请旨嘉奖。”孟昶点头赞许，毋昭裔却摆手说：“重建未起，现在提说嘉奖为时过早，还请陛下稍后再议。”

孟昶哦了一声，不再说话。

王处回和赵廷隐似乎没有什么要事奏请，两双眼睛直直地盯着张业，殿内的气氛便显得有些诡异。张业在六位宰辅中年纪最轻，虽然体态较胖，却在追随高祖知祥的时候就以勇猛著称。他双眼垂吊，褶皮覆盖的眼瞳发出阴鸷的光芒，给人压迫极重的感觉。孟昶知道该来的总会来，经过一番死里逃生，他的心智比起年初的时候又多了几分坚毅。只见他神清气定地看着张业，缄默不言。

张业确实在等机会，事到如今便不客气了，拱手说道：“今日，先皇在位时的肱股都在，张某旧事重提，久拖不决，恐生变数。”

话音刚落，在座的各位都明白他所谓的“旧事”究竟是什么。

"陛下在丈人观游幸数日，考量了这么久，可有新的想法？"张业的一双眼睛缓缓张开，褶皮覆盖之下的混浊眼眸明亮起来。

二月里，中原朝廷的新皇帝石敬瑭派使臣到成都府，通告自己立国即位，张业跟几位宰辅阁老商请趁机索要秦、成、阶三州事宜，被孟昶拒绝。

石、孟两家都是晋阳人，说起来还是姻亲。高祖知祥的皇后福庆长公主与大唐庄宗是一母同胞；庄宗皇帝死于洛阳叛乱，义弟使臣李嗣源被拥立即位。高祖当年迟迟不肯立国，便是看在戚里至亲的分儿上，直到明宗皇帝李嗣源驾崩才肯称帝。这位石敬瑭是李嗣源的女婿，他造反篡位，新立晋国，以姻亲之好示意大蜀朝。虽然论出身，那晋国新主轻贱而无耻，但在这乱世里，都说英雄莫问出处，皇权更迭也被视为寻常。孟昶据礼回信，并没有提说索要三州。张业想不通，召集了武信、武泰、永平、武德四地藩镇的使节到丈人观大闹一场。孟昶虽然少年老成，但毕竟只有十八岁，眼看半数的藩镇使节逼迫在前，一怒之下脱口而出要收编各地精壮入禁军，顿时被张业抓住把柄，叫嚣着要废黜这个幼稚的皇帝。

经过旁侧几位顾命大臣的周旋安抚，张业扬长而去，但猜疑嫉恨的种子就此种下。孟昶看着张业痛心难耐，没想到自己因此避不回京，他居然会布下天罗地网，要将自己置于死地！

大殿之外，屏风的后面，费蕊抱膝坐在冰凉的地上。廊柱下的风轻轻抚过，将"张业"的名字吹进耳中，她心头一紧，抬起头来，目光试图穿透屏风，屏住呼吸，聚神凝听。

孟昶问："各位阁老，当真想听朕的想法？"

张业说："自然！"

孟昶说："当日在丈人观，朕已表明态度，高祖立国区区三年，邦境稍安，蜀内虚耗，当务之急是要轻徭薄役，与民休息。中原新主无耻之极，提说三州必定挑起战事。朕当时没有急于收回三州，此刻更不会动摇立场。”

“邦境虽安，忘战必危！”张业据理力争，大声说道，“高祖皇帝率领我等马上立国，死了多少人才挣得这些土地！石敬瑭篡权立国，随随便便就跟契丹割地称儿，十六州是中土的屏障啊！臣不过想要回本就该属于我们的三州地界，这很难启齿吗？陛下是大蜀朝的最高将帅，将帅若不能高瞻远瞩，三军便混乱无依；将帅若不当机立断，三军就失去战机；将帅若不能时时警惕，三军将懈怠松散。太公说过：‘凡三军以戒为固，以怠为败。’陛下年轻，你要是害怕打仗，就让臣等代劳怎么样！”

张业的这番言辞激烈至极，不仅有理有据，还咄咄逼人。

孟昶努力地控制着自己的情绪，沉着应对说：“朕十三岁随高祖陛下出征夔州，掌管两川府兵，十五岁便有自己的东川大军，怎么会害怕打仗呢？”孟昶的平静出乎众臣的意料，张公铎对他更是刮目相看。年初他还忍不住任性冲动，让张业抓住把柄，大闹一场，赵季良和毋昭裔担心僵持下去，蜀地生乱，特意从中周旋，提议他暂时留在青城山。想不到短短三个月，他就能有这么大的改变。

张业说：“既然陛下不怕打仗，臣等已为陛下拟好疏议，降旨吧！”

孟昶愣了愣，眸光锁在几位宰辅的身上，只见他们神色迥异。赵季良和毋昭裔皱眉不语，看不出丝毫主张；张公铎在旁边急得冒汗；王处回与赵廷隐揣着双手冷眼蔑视；只有张业，扬着脖颈儿，鼻孔开阖，气势汹汹，咄咄逼人。

孟昶的怒火愤然而升，脸上却挤出一丝笑来：“真是勤于政事啊，连朕的圣旨都拟好了！”

张业铆了很久的劲儿，趁着此时殿堂中的诸位都被他的言辞所感染，皇帝显得势单力薄，他信心百倍，滔滔不绝地说道：“晋国新立，内乱不断。石敬瑭以姻亲示好，用的是缓兵之计，陛下不能上当啊！此间他正向契丹请援，自顾不暇，正是索要旧地的好机会。若石敬瑭敢不答应，臣愿即刻领兵伐晋，打到他答应为止！”

孟昶笑问：“讨伐三州，昭武军和山南西道不更近些吗，何劳武信军出马，张相有多少兵马？是不是早已将府兵都召齐了？”

张业眼神一凝，迟疑了片刻，招募兵马充实武信军是暗地里的动作，既然瞒不住皇帝，索性双手一拱，讽刺地说道：“昭武军镇和山南西道远离京畿，恐怕他们早就忘了行军打仗的本分，正沉溺酒池肉林忘乎所以！正月里不还送了几十位美人入宫吗？”

话音未落，孟昶啪的一下拍在龙椅上，声音不由自主地提高起来：“张相在说什么？你责备朕沉溺酒池肉林，不配为君吗！”

“臣不敢！”

“不敢？你知道这是什么地方？是朕的金华殿！你咄咄逼人、含沙射影，可有半点儿君臣的规矩？”

在张业的眼里，孟昶并非少不更事，虽然时常捉摸不透他成天在想些什么，可一个十八岁的少年能有多大的见识和能耐呢？眼看他怒发冲冠，正中下怀，心想：哪怕是拥有雄才大略的太宗皇帝李世民，也会把虚心纳谏挂在嘴边，不敢在臣工跟前叫嚣规矩。今天不趁早收拾收拾他，日后自己在群臣中的威望就全没了。他恶向胆边生，挥着拳头逼近孟昶，说：“臣冤枉陛下了？陛下没在青城山下虚度光阴？贵妃没在丈人观中衣衫不整？灌州地震当晚，陛下留宿在哪里？这月余来，奔走赈灾可看到过陛下的身影？陛下没有美人在怀、微服踏青吗？”

字字诛心啊，张业果然将他的行踪掌握得一清二楚。

说到贵妃，连太保赵季良也被气得浑身哆嗦。灌州地震当日，赵氏被人下药，燥热发狂之际，散衣解带冲向山崖，当场毙命。虽然朝廷百般掩饰，对外宣称贤妃抱病回朝，半月后才发丧，但民间早已传开了，说赵氏亵渎天尊，被天雷击毙。

孟昶忍无可忍，一把握住张业的拳头，扬手便朝他脸上扇去。

张业眼疾手快，反手挡开孟昶的胳膊，照着他的前胸抬腿便踹。

孟昶躲闪不及，眼看就要被踹翻在地，心中不禁倒吸了一口冷气。须臾间白影一闪，本来应该在龙榻后侍立的王昭远不知什么时候扑了上来，张业一脚正踹到他的胸口上，孟昶趁机后退两步。只见王昭远捂着胸口，憋得满脸通红，就地滚了一圈儿，跳起身来，反手揪住了张业的衣领。

“住手！”赵季良离御榻最近，抢上前去抓住王昭远的手。几乎与此同时，张公铎和毋昭裔也都上前一步，嘴里大呼：“少安毋躁！”

王处回和赵廷隐站在原地没动，目光冷冷地看着他们。

张公铎眼疾手快，对王昭远喝道：“你出来干什么？退下！”

孟昶感觉到事态严重，对王昭远低声喝道：“谁准你出来的，下去！”王昭远委屈地哦了一声，收手退回孟昶的身侧，警惕地看着张业。赵季良铁青着脸斥责道：“宰辅在朝堂议事，闲杂人等即刻出去！”他趁着张业还在恍惚，赶紧喝令王昭远，如果追究起来，擅闯金华殿可是杀头的大罪。

但张业没有将小小的近侍放在眼里，他还准备伺机擒住皇帝。

孟昶并不害怕跟张业打架，只是一旦出手，便是你死我活。张业是卸掉兵刃进来的，要制住他易如反掌，可是制住之后呢？这月余来，他早已反反复复地权衡过，用了最大的毅力才控制住自己杀掉张业的想法。

正在这时，屏风后的费蕊对伊审征使了个眼色，两人大步流星地走出来，高声禀奏：“陛下，臣伊审征、掌诰司记费蕊求见！”

孟昶顿觉有如神助，精神一振，大声说：“准见！”

张业当即愣在那里，其余众臣也都满脸疑惑。张业打量了费蕊一眼，怒喝道：“外朝宰辅议事，内侍宫婢胆敢躲在后面偷听？”费蕊只当没听见，对孟昶俯身拜地说：“传太后娘娘懿旨，请陛下即刻移驾丹霞亭。”孟昶稳了稳心神，抬手说：“好！先在旁边候着。”

“喏。”费蕊答应完毕，这才起身对六位宰辅奏道：“回众阁老，臣奉皇太后懿旨，前来恭候陛下！”说完，她和伊审征不约而同地站到孟昶身边来。

被两人突如其来地搅和了一下，剑拔弩张的气氛立刻消散了，尖锐对立的形势瞬间转变。孟昶看了费蕊一眼，深吸了口气，踱步坐回龙椅上。他稳了稳心神，目光灼灼地看着张业，缓缓地说道：“各地擞选美人入宫，是为融合藩镇与皇家的关系，也不单是昭武和山南西道，张修仪不也在朕的后宫之中吗？”

张业对殿前的形势做了估量，刚才那番话摆明已经激怒了孟昶，两个人都动了手，如果不是伊审征和费蕊突然闯进来，他相信自己有九分把握能够在赵季良的眼皮底下制住孟昶。良机稍纵即逝，他只好退后两步，匍匐在地上，脸上泪如雨下，号啕大哭道：“臣并非责怪陛下，常言说爱护之深、痛惜之切。每每想到受命于先帝，臣便夜不成寐，唯恐托付不效。陛下的所作所为，外朝臣工不敢非议，难道连我等托孤佐臣也不能提醒吗？太保、都统和阁相都是志虑忠纯的老臣，为高祖陛下简拔，都是追随先帝的殊遇，想报恩于陛下的啊！三州乃先帝遗愿，也是张某的心愿。若陛下一意孤行，臣岂敢忤逆，你说什么便是什么吧！”

孟昶见张业服软，心头的一块石头落了地，但他拿先帝遗愿有所指责，自己也不好再说什么。他的目光在六臣身上环顾了一周，最终停在张公铎的脸上，问道：“张卿，你觉得呢？”

张公铎统领捧圣控鹤禁军，还兼任保宁节度使，对张业提出收回三州的提议内心是赞成的，此时听到孟昶问他意见，迟疑了一会儿，回答说：“老张答应过高祖皇帝，什么都听三郎的，要以陛下马首是瞻。”

孟昶再看其余人等的表情，他们都表现出为难的样子，只好咬紧牙关问道：“太保和诸位相公呢？”

赵季良没有发表自己的意见，孟昶和张业的争执他都看在眼里，抛开贵妃仙逝的私人情绪，他认为张业行为过激也是因为孟昶的态度问题。

于是，他拱手回答说："老臣认为此事可以缓一缓，陛下与民休息未尝不可，何不让老臣召集各藩镇节使回京，仔细商榷一番？"

孟昶对赵季良的回答感到失望，心底一凉，身体不由自主地晃了晃。

张业冷笑了声，他理着朝服，漫不经心地说道："太保何时召集节使回京，跟张某说一声，府上还有要事，先走了！"说完他没有行礼便扬长而去。

王处回和赵廷隐紧随其后，面无表情地拱手说道："臣等告退。"

孟昶看着三位宰辅傲慢的背影，独坐在龙椅上，倍感孤寂。殿中还剩下张公铎、毋昭裔和赵季良三位宰辅，只见赵季良也正埋头整理朝服，准备告辞。

"相父！"孟昶看着赵季良痛惜失望的表情，忍不住大喊一声，瞪着一双澄澈的眼睛，唇角因为激动而微微颤动。赵季良觉得皇帝就像个叛逆的孩子，表情很倔强。他抬起头来，态度浅淡地问道："陛下还有话说？"孟昶站起身，说："相父知道！三郎从小尚武，十三岁便随父从军，从没有因为害怕打仗而退缩过半步！"

赵季良当然知道，他认为孟昶不是害怕打仗，他这是故意在跟张业作对。他想了想，语重心长地说道："陛下是大蜀朝的皇帝，更是叱咤风云的少年将军，老臣从未见过陛下对战事有过惶惧之心。张相虽然说了些不中听的话，却句句发自肺腑，陛下知道他素来心直口快，那是深恐有负先帝所托啊！"

孟昶顿时明白了，张业那番言辞深深打动了赵季良的心。他走下龙椅，露出不属于这个年纪的悲悯："相父也曾涉尸山过血海，眼看军队所到之处，民生凋敝，田地荒芜；大战过后，更是和气大伤，荒年成灾。休兵不过几年，又要开战吗？"

赵季良不为所动，说："沙场征战历来如此，是弱者就逃不脱被杀剐的命运，即便胜利了还免不了茹毛饮血呢。臣还记得，高祖陛下曾跟三郎说，如果前方断粮，杀人而食也在所不惜，当时三郎答应说不恐惧这些的！”

“是的，三郎小时候读《史记》，以武安君白起力压群雄为榜样，以胆力绝众为勇者；登上帝位再读《史记》，三郎认为懂得知难忍耻才是大智大勇，白起为秦王平赵国而大肆屠杀，后来被秦王赐剑自裁，这是他的罪过吗？罪过不该是为了得到赵国而发起战争的秦王吗？”孟昶望着殿外说道：“记得高祖初到成都府的时候，蜀中盗匪多得像牛虱，那都是些苦于强征暴政的农民。高祖用了多少时间，选择廉吏治理各地州府，蠲除横赋，罢兵休卒，颁布法令，与民更始，好不容易才使蜀地万民安定下来，恢复生产。现在讨伐三州，十万人的军队出动，每天耗费千金之多。且不说我们的库府是否充盈，即便得胜而回，能称得上是最好的胜利吗？石敬瑭对契丹割地称儿，不得民心。三郎断定，中原过不了多久还会内乱不断，三州归蜀是迟早的事儿，我们何必浪费兵卒远涉讨伐呢？相父曾教导三郎，圣人用兵，是为有利于万物，为的是挽救危亡，而不是用来制造危难的啊！”

费蕊心潮澎湃，想起这番话李玹也曾对孟昶说过。

赵季良愣了愣，先前他被张业一番热血激昂的言辞所激励，觉得他的建议十分在理，不单单是他，就连张公铎和毋昭裔也有类似的看法。所以眼看张业咄咄逼人、肆虐欺主也没有人出言制止。此时，听着孟昶一番冷静的肺腑之言，各位老臣的心好像被什么东西拨动了，赵季良眯着眼睛看着面前年轻的皇帝，看着他星眸朗月的容貌，有若鹰隼初出般风尘吸张；他雄姿英发的体态，犹如桢楠挺拔般矫健堂皇。他在心底感叹自己真的是老了，老到忘记了君子的戒律，血气衰弱时，要戒贪得无厌。如今的他，听到蛊惑便热血沸腾，是不是希望借助战争的胜利来证明自己老当益壮呢？

张公铎和毋昭裔也都静静地听着，口中嗫嚅了几下，最终什么话也没说，默默拱手退出。

等朝臣的身影都消失在殿外，孟昶全身一软，几乎跌倒，伊审征上前扶他，只觉得他的双手十指冰凉，身体像被冷水浇过般大汗淋漓。

“三郎，你的脸色不太好，去后殿休息片刻吧？”

“不妨事。”孟昶挡开，抬眼望着伊审征问：“申图，你怎么来了？”伊审征挠挠头笑道：“想见见三郎便进宫了，谁知道遇上这等事情！”

孟昶转头再看费蕊，见她的一双秋水剪瞳噙满泪光。他笑了笑，觉得方才所受的委屈都不值一提，他能感觉到那泪目中所包含的赞美和担忧，便足够了！

10. 摩诃池的春色

酉时，风朗气清，落霞与亭影倒映在摩诃池中，一片雾霭缥缈。太后和褒国太长公主正在茶香氤氲里私语。

“锦城春暖比起江南毫不逊色，真希望永远不要开战啊！”这是太后对褒国太长公主的肺腑之言。但太长公主与高祖一样出身武将之家，无法理解眼前的风雅，她站起身来，环佩发出一阵叮当的脆响，问道：“太后身边新来的费司记，可是三郎日前带回宫中的娘子？”

“褒国好眼力。”

“褒国可没有这样的眼力，我见申图多看了她两眼，才觉得有些不寻常。”

太后笑道：“哦，原来是申图的眼力好！”

“太后将小娘子留在身边，是不打算放给三郎吧，她的出身确实……”话没说完，褒国就像被蜜蜂猛蜇了一下，倏地住了口，茶盏中的汤花儿也荡漾起来。

论出身，眼前的皇太后不仅谈不上尊贵，甚至还有些尴尬。

当年，先皇后福庆长公主下嫁高祖知祥的时候，她的兄弟李存勖年纪还小，不知怎么一眼看上了长姐身边的奴婢李氏，便讨来做了侍妾。李存勖以胆勇过人显名于世，闲暇之余却极爱填词作曲，混迹于伶人之间。母亲曹夫人的贴身奴婢刘氏也擅长诗词歌赋，李存勖很快移情，将李氏与众妻妾冷落在一旁。开平二年，李存勖即位晋王，受福庆长公主所托，同时也为笼络郎舅，便随手将李氏赐予了孟知祥。李氏常年跟随高祖知祥东征西讨，她的第一个儿子孟仁赞，也就是当今的皇帝孟昶，就过继在福庆长公主膝下抚养。

“不是那样的。”

太后根本没注意到褒国言语中的不恭敬。她的眼睛望向摩诃池的深处，内心颇不安宁。她是过来人，岂能不知正值青春的皇帝看向费蕊的眼光意味着什么。谁会不喜爱那十六岁的少女呢？她是那样地曼妙纯真，即便有着孤苦伶仃的身世，也不能抹杀她与生俱来的高贵和教养。但她是皇太后，身上承载着福庆长公主临终的嘱托和先皇交给她的责任，不由得需要想得更多、更远。

“我是希望孩子们慢慢长大，不要急于求成。”

褒国听不明白，在她眼里，皇太后没有仙逝的福庆长公主那般赤诚，从先皇兄从李存勖的晋王府将李氏带回身边开始，她就从来不知道这女人在想什么。她更不明白，先皇兄和福庆长公主夫妻四十载，伉俪情深，为什么放着亲生的贻矩、贻邺不管，却把江山和皇位给了这个庶出的三儿子。但她粗枝大叶惯了，知道太后愿意同她说体己话，也愿意照顾她和她的驸马，便足够了。此时她更关心自己的儿子，于是接过太后的话，感叹说：“是啊，孩子们都长大了，申图跟天家同岁，今年也十八了，当年三郎不过十五岁便掌管两川府兵了呢！”

太后瞥了瞥太长公主，笑着说：“宣徽院总领诸司及三班内侍之籍，内外供奉都是肥缺，申图还有不满？”

“那倒没有，申图的性情最是随遇而安，从未有过非分之想，只是他头顶上有韩保贞压着，做起事儿来难免掣肘。”

“韩保贞是三郎旧随，在宣徽院挂个虚职，枢密副使掌管宣徽院是祖制，太长公主忘了吗？我看挺好。”

正说着，只见远处石桥下的荷叶翩飞，惊起一群鸥鹭扑棱棱地腾空而起。一只平头小船破水而来，满池的春水波光荡漾，船头立着的正是伊审征。他衣袍的束带已经解开，微敞着前襟，一头长发随意地束在身后，他提着长篙刺进水中的模样，看着还真像是位渔夫。孟昶乌发素衣坐在船尾，身旁是身穿官服的司记费蕊和王昭远。

“娘娘！”伊审征扬起手中的竹篙，嘴里大声呼喊着，还是个任性的孩子。

说话间，小船如离弦之箭般又进前数丈。

“褒国你看，孩子们依然像小时候那样亲密无间，朝堂风浪再大，有你和申图支撑着，三郎便能安然无恙！”

“只是我跟申图吗，贻矩、贻邺、仁毅、仁贽、仁裕、仁操这些宗族子弟不都是太后的孩子吗？”褒国还是像年轻时那样直率任性，说话间咬了咬唇，笑道，“娘娘……其实褒国是懂的。”太后附在褒国公主的耳边低语道：“驸马统领嘉、眉、陵三州政绩斐然，可愿让他回京陪着太长公主，让申图去替任父亲呢？”

褒国的脸色变得有些古怪，她知道太后在提醒自己不要贪心，刚准备下跪，却被太后扶起来：“蜀地安稳的日子久了，褒国也许是忘了皇家的危机。”

“怎么会忘记，宗族大小都记得，高祖陛下平定东川艰难，创业立国不易。”

“先帝从前常常夸你，说褒国和驸马延环素来高瞻远瞩，忠心耿耿。驸马驻守嘉、眉、陵三州粮仓之地，为皇室宗族解除后顾之忧。今年伊始，朝中诸臣立意发兵北上，太长公主可都听说了？”

“是啊，申图提过很多次，朝野上下都说趁石敬瑭登基未稳，讨伐三州势在必行。”

“三郎还未亲政，六军都分散给宰辅兼领着，丰德库的积蓄也不多。各路藩镇愿意倾尽全力也就罢了，但目前看来，几路主战的藩镇，私下早已招募好府兵。这时候出战，能不能讨得三州难说，各路藩镇趁机壮大是肯定的！”

太后一边说着，一边直视着褒国，眸光清湛闪烁。褒国恍然大悟，已然明白太后宣她进宫的深意，只是她也有些为难，回复道："延环没有兵权，出不出粮还是朝堂一句话，难道辅臣发话，他敢违抗吗？"

"伊刺史决意不出，谁敢拿他怎样？"

"其他藩镇呢？"

"按理说这是个难得的机会，可是一来皇帝不想出战，二来朝中有人伪忠狼心。为求社稷安稳，希望驸马牵头游说，若能有一半儿藩镇不战，其他人怎么闹都翻不起浪来！"

褒国沉思片刻，跪下应道："各地使臣桀骜不驯，过去杀使夺帅的事情经常发生，他们在外掌管兵权，朝中又统领卫内，管辖巡防，万一延环处事不周，反而贻害陛下和太后，这也是褒国的顾虑。"

"所以让你过来提个醒儿。老实说皇帝现在大了，有自己的主意，我不能事事为他操办。我们自家人，打断骨头连着筋，无论进退都要捆在一起，凡事要以他为主，对不对？"

褒国终于明白，原来是皇帝要执意阻止发兵，于是她心领神会地答应说："太后放心，我会如实转告驸马，让他回京亲自面圣。"

正在这时，平头小船靠了岸。伊审征玩性正起，与王昭远一道立在船头，朝着亭子施了个礼，便撑着小船继续向荷叶中划去。孟昶一袭素衣走进亭子间，身后跟着司记费蕊。他见到褒国，老远便展眉笑道："三郎给姑母请安。"

褒国迎上去行礼说："陛下九五之尊，臣给三郎请安。"抛开君臣的关系，孟昶是先皇兄最喜爱的儿子，也是她怜惜心疼的侄儿，她拍了拍孟昶肩头的尘屑，说："三郎今天怎么愿意陪我们吃茶了，从前都是你跟申图比赛着划船的啊！"

孟昶佯装要走，说："姑母不想见三郎，我这就下水去！"

"哈哈，"褒国大笑着阻拦，"这怎么行，难得你肯陪我们！"

正说着，御食厨的内监进来，费蕊示意宫娥在廊下铺陈了两排御案。

对岸长堤上有衣裳浮动，两排彩衣宫娥在绿树繁花中缓行，一位身着鹅黄罗裙的娘子漫步着朝丹霞亭走来。

褒国很高兴，看着孟昶说："修仪娘子来了。"

孟昶有些窘迫，但很快便恢复如常，他嗯了一声，团膝坐下，朝费蕊说了声："上茶。"费蕊正好奇地打望着对岸，听到皇帝的声音，回过神儿来，赶忙从手边的红泥小炉上提了铜壶斟茶递上。

"皇帝有多久没见到修仪娘子了？今日我不宣，恐怕你还不记得去看看吧。"太后神色微愠，低声责备。她责备孟昶去青城山清修，独独带着赵氏前往，回宫后置办丧祭，全然将张修仪忘在了脑后。孟昶刚刚经历了金华殿的一幕，看到修仪，心生厌恶，他勉强压制了自己的情绪，慢腾腾地回答说："贵妃丧期未满，我还不想到后宫走动，如果修仪心生怨怼，只怕是德行不够。"

"修仪性情高傲，纵然心有怨怼，也不会在我跟前诉求的，我是担心使相找你麻烦！"太后说着倾身上前，靠在他耳边说："皇帝有在偏殿小憩的时间，何不顺道看一眼修仪娘子？"

孟昶只顾默默地咬盏饮茶，脸上看不出是高兴还是厌倦。费蕊的脸却倏地红了，她跪在边侧，垂眸心想：原来皇帝的一举一动都瞒不过太后的眼睛，外朝情势凶猛，张业根本就没把皇帝放在眼里，他是这蜀朝第一凶悍的权臣，修仪娘子在后宫不知骄傲成什么样子。

正想着，修仪张氏已经进了亭子间。

"臣妾恭请圣安！"声音略显粗陋，但她在做工考究的锦袍的衬托下显得分外尊贵，刻意挺直的身姿和修长的脖颈儿甚至在请安的时候也未曾弯曲。

孟昶温和地说："修仪最近可好？朕还想着今晚去看你呢，平身吧。"

听到这话，张修仪的脸上泛起一阵红晕，唇边的小痣也变得生动起来，僵硬的姿态柔软了许多。她微笑着向太后行了礼，这才回了皇帝说："臣妾好得很，请陛下放心。"

褒国太长公主起身对修仪行了礼，拉着她热情洋溢地说：“你们看，宣华苑的水汽将修仪熏得粉白娇嫩，跟刚入宫的时候可不一样了！”费蕊抬眸看了眼张修仪，见她虽然谈不上天姿国色，但面庞白嫩、五官端正，也是个难得的美人儿。

“太长公主笑话我呢！”

“笑话你做什么？我呀，最疼你啦！”褒国一边说着，一边对费蕊抬手招呼，“中原风大，不如成都府养人，司记把碟子里的糖蒸酥酪拿来，请修仪娘子尝尝。”

费蕊将案上的鎏金蛙耳盘端到修仪近前，张修仪抬着宽袖，掩住口唇，傲慢地推开说：“顿顿都是酥酪，臣妾最不爱这些脂腻的东西。”费蕊冷不防被她一推，手中的蛙耳盘差点儿掉落，赶紧用手护住。张修仪扬着双眉说道：“对了，维州荔枝早熟，兄长差人送了一批到宫中，明日给公主府也送些去！小时候在汴州，一直极爱南方水果，却因战事，陆路不通，还好有兄长体恤……”张修仪一口一个兄长，早把孟昶心头的怒火引燃，没等她说完话，孟昶便打断说：“今日晚膳都是些脂腻之物，修仪回宫吃荔枝去吧！”

“臣妾……”张修仪正在兴头上，听孟昶这么不客气，脸色都变了。她自诩是个争强好胜的人，被皇帝冷落到现在，回家省亲没多说一句，随侍的宫娥看不下去，跟府中嬷嬷嘀咕了两句，第二天张业就差人送了五十箱绫罗珊瑚，另外还有两车新鲜荔枝。她心思单纯，没想过这是兄长在跟皇家示威，只一心顾念娘家人的好处。见皇帝不高兴，又没有旁人解围，修仪委屈得喉头哽咽，红着眼圈儿跪请：“既然天家这么说，臣妾便先行回宫，告退了！”

太后伸手拉着修仪，说道：“你知道他这脾气，开玩笑呢，理会什么。今日晚膳，我命御食厨做了洛阳水席，你啊，就在这儿陪我，哪儿也别想去！”

修仪倔强地看着皇帝。孟昶却咬着唇不看她，也不说话。

“娘子不爱吃脂腻的酥酪，尝尝玉露团！”费蕊从旁开口，微笑着从盘中捻起一枚雪白的雕花，“这是玉露雕花，看着脂腻，入口却清爽润泽，没有奶酪的呛味儿，尤其要配着好茶水一起吃。”张修仪听着这话体己，渐渐软下来。放在平日，司记这样的六品女官是不够格跟她讲话的，可她太需要别人给个台阶，面对费蕊的解围，她心里略略生出些感激，于是挺直身体，用两根手指接过费蕊手中的玉露雕花，慢慢放入口中。费蕊又递上斟好的茶水，看着修仪品尝完毕，歪着头问道：“如何？”

“嗯。”修仪点点头说，“还不错。”

孟昶看着费蕊月牙儿般弯弯的眼睛，想再说什么，却蹙着眉住了口。

摩诃池的水红了，是晚霞映在水中。

褒国看着这一幕，目光落在太后的脸上，若有所思地叹了口气。

此时，中原晋国一片混乱。

新主石敬瑭东巡汴州，臣下一名叫作范延光的使节聚集兵马，露出谋反的迹象。

北境驿亭的快马以最快的速度将这个消息传到成都府，张业等一大批使相大臣心痒难耐，恨不得即刻发兵，上表的奏疏一封接着一封，各地藩镇使节听到太保赵季良召集，都兴致勃勃地拥入京畿。朝堂主战势头勇猛，都说是天助大蜀，机不可失。

赵季良有些招架不住，张公铎和毋昭裔已被孟昶说服，不主战。但枢密使王处回、侍中赵廷隐和张业趁着形势大好，气势汹汹，要求孟昶下旨修书石敬瑭。

“若陛下顾忌姻亲之好，先礼后兵总可以吧！”

“陛下此时讨伐三州，石敬瑭根本没有精力应对，不给也得给！”

“优柔寡断不是陛下的性格，莫不是发生了什么事情？”

“陛下即位不过三年，便安于现状了吗？”

一句句刺耳的质问让孟昶感觉困扰，似乎有某种潮流在引导舆论，若不能尽快压制这股浮躁的流言，社稷将很快陷入混乱。

延昌殿内烛火高照，太后坐在长榻上闭目养神，费蕊已经学会了很好地整理文书，此刻正在为后宫司尚草拟用度预算。张修仪的会真殿修葺了一片荔枝园，添了十位宫娥；教坊中的娘子置办了一批乐器，都头李彦武有新戏排出；皇帝下旨将后宫的月钱减半，增加了的开销要在尚食局和尚寝局的用度中扣减，这些用度开支都需要重新核算。

“司记，皇帝有几日没来请安了？”

“回太后，已经十日了。”

“你去金华殿看看，问问三郎最近安歇可好，膳食如何？”

“喏。”

“若有朝臣议事，你便回来；若三郎独自批阅奏疏，你试着帮他整理一下，让他尽早安歇。”

“请太后放心。”

六名内监官提着灯，簇拥着费蕊来到金华殿。

正殿烛火通明，几位内监在龙榻的台阶下打瞌睡，看见司记费蕊都吓了一跳，连滚带爬地起来行礼：“天家在御书房阅奏，咱家这就给司记姑姑去通禀！”

说完内监领着费蕊去往西配殿，穿过几条甬道，才到御书房外的石矶恭候，过了一会儿，舍人开门请费蕊进屋。

御书房内悄然无声，只有炭炉上的水冒出阵阵热气，几条长案上的奏疏文案堆积如山，半垂的帷帐后面，孟昶端直地坐在案前，聚精会神地执笔批阅。

“先坐会儿。”他头也不抬，沉声说道。

舍人退下，费蕊将手中的食盒抱在怀中，安静地坐在帷帐外，在书房中四下打望。她是第一次来到御书房，看来除了日常读书、听政和批阅奏疏，皇帝还会时常在此间歇息。西窗的画屏后有一张壶门榻，上面铺着赭黄色的绣毯，绣毯上放着一床织锦。案头有宫灯，灯旁是成堆的线书。画屏外的两面墙上密密麻麻地架着各种书，线装的、竹简的，满满当当，数不胜数。她记起幼时的费家家宅，老屋里也有这样的书橱，父亲母亲时常在窗前读书、作画，吟风弄月。她感觉自己的脸渐渐发热，目光不由得落到孟昶身上。幸好他正埋头专注在奏疏中，全然忘了身边还有旁人。多日不见，孟昶像是又瘦了一圈儿，清秀的眉目显得愈发沉稳，乌黑的头发紧束成髻，仅用一根金龙簪子别着，整个人正襟危坐，只有手腕儿在微微转动，那专注的模样宛如无邪的孩童。费蕊忽然觉得，如果听从青衫和朝光的安排，以花魁之名入宫，即便能讨得半日欢喜，恐怕也很快会被抛在某处宫苑备受冷落吧。

“茶。”

“啊！”这声音将她从沉思中惊醒，赶紧起身从脚下的暖壶中斟了热茶递上去。

孟昶随手接过，酌了一口，眉心一皱，抬起头来。他的眼神十分恍惚，待看清眼前人是费蕊时，才咧着嘴笑起来，那明媚和火热顿时照亮了整个书房：“我说茶水怎么有点儿烫！你坐那儿多久了？”孟昶说着站起身来，绕到费蕊跟前。

费蕊将食盒放到案前，施礼道：“没多久。臣奉太后懿旨……”

“这里有什么？”孟昶摸了摸食盒，不经意地打断了她。

“蒸梨。”

“你做的？”

“嗯。”

“我尝尝！”孟昶抬手揭开盒盖儿，一派纯真。

“陛下手上全是墨。”费蕊忍不住笑起来。

“有吗？”孟昶看了看自己的手，放下笔来搁在案前，目不转睛地看着费蕊。只见她弯弯的眉眼如新月，神态别样娇憨。费蕊从盒案中取出香巾，将孟昶的手拉过来，手跟手握在一起，厚实丰润与软糯如酥纠缠，秋水样的眼瞳在长睫毛下扑闪，那触碰像密密麻麻的针扎在手指头上，慢慢传遍全身，痛痒难耐。

孟昶伸手抓去，费蕊却在这时转过身，孟昶抓了个空，手还停在原处。

“嗯？”费蕊递了个白瓷小碗在他手上，“先尝半碗，觉得好再添。”

“好。”孟昶食不知味，舀了半勺儿在唇边，顿了顿，朝费蕊递去，她含着笑避开，眼睛顾盼着堆积成山的文书，问道：“这么多奏疏，陛下每章都仔细批阅吗？”

“嗯。”

“那哪儿还有睡觉的时候啊！”费蕊叹了口气，随手翻开一页，不禁笑了起来。只见奏疏上的墨字歪歪扭扭，错字连篇，孟昶很耐心地用朱砂一一注解修改。

奏疏上报了车官城内的一桩失火案，司舆官当场抓了嫌犯提审，原来是名铸匠想趁着讨伐三州的机会投军建业，被司舆官拦下后说了很多疯言疯语，放火要烧车官城，还好发现得及时，未酿成大祸，落款是“臣陆鸿连谨具启知”。

皇帝御批：“览奏具悉，原来是个疯子。卿家记得找位先生执笔。敕。”

见费蕊乐不可支，孟昶略抬眼皮说：“这司舆官曾在夔州为我挡过一箭，是个打剑造枪的好手，忠厚老实，只是识字不多。”费蕊止住笑意，看着他问：“张业叫嚣讨伐三州，朝中拥护主战者众多，天家近日寝食不安，是还没有想好应对之策吗？”“还好，我自有办法。”孟昶锋芒毕露，他略显苍白的面孔有了亮色。

食毕，漱口。

孟昶见费蕊依然跪坐在案前，没有离开的意思，迟疑地问道：“我这里还有很多事情，你……”

“太后懿旨……”

“太后让你做什么？”

“太后让我问问陛下，需要帮忙的话，臣可留下。”费蕊冷静地禀奏。

“哦。”孟昶察觉到自己失礼，垂下眼睛不再看她。过了一会儿，他对着长案轻声说：“重要的启奏，宰辅都有批阅，你尽管挑出讨伐三州的奏疏，意见相左的分类放好。”

费蕊明白，着手将长案上的奏疏抱到脚下，慢慢展阅。跟在太后身边的这段日子，她已经非常熟悉文书的类别，很快就按孟昶的要求全数排列妥当。

“有李廷的吗？”孟昶忽然问。

费蕊拣了一份儿递上：“是支计院交来的一折，城中布衣状告捧圣军士强暴民女，毁尸灭迹，那军卒已经缉捕认罪，如今关在营中大牢，李廷以都虞候之职奏请军法杖毙，以儆效尤。”

孟昶接过去。

费蕊不解：“这桩案子跟三州无关，支计院上表兵部经由刑部复奏，相阁已经阅准。”

孟昶蹙眉不语。

费蕊又问：“陛下为何对这等小事儿上心？”

“小事儿吗？”孟昶眯着眼睛说，“在朕的禁军军营里，这样的事儿不是小事儿。”

他将奏疏拿在手里，提笔在相阁的批语下赞誉了一番，说了些“闻卿庶事存心，深慰朕怀”等话，而后笔锋一转，感叹捧圣营为六军楷模，为彰显朝廷律法并摒除支计院徇私嫌疑，应按刑律将人犯移交成都府复审结案，以慰民情。并将此奏疏转呈都指挥使张公铎复阅，酌成都府尹欧阳炯亲自办理。

依刑律，京畿之地凡涉及死刑都需经成都府审理再交刑部复核，重大难决的案子还需三司汇报，奏请御批。费蕊心想成都府尹在朝中地位不高，这案子才没有通过成都府，而直接由支计院交兵部经刑部复奏以军法处置。通常，此类奏疏皇帝睁一眼闭一眼圈上即可，却不知孟昶为何大发感叹，还亲自简拔重新审理，如此这般小题大做。她脑中一闪，想起在锦官城驿，当时皇帝自称“孟九”，给那位叫“荣四”的汉子出主意，让他到支计院找都虞候李廷递诉词。莫非这就是他的办法？她心念一动，正想细问，孟昶却将羊毫湖笔一扔，扑在了案头上。这段时间，他的心弦已经绷得将要断裂，李廷的奏疏终于到了，可谋事在人，是否成事还需天意成全。

费蕊见状，大惊失色地叫了声："仁赞哥哥？"

孟昶没吱声。

费蕊在他额前探了探，正想转身去叫内监官，衣袖一紧，已被孟昶环抱过来，脸贴在她柔软的腰上。

"蕊儿……"声音嘶哑深沉，隔着绵软的布料，费蕊也能感觉那情焰在烧。"唔！"孟昶将她的脸捧起，那双噙泪的明眸盯着他，火一般的目光在水中撩人心魄，那精巧的鼻子和润泽的红唇，美得不像人间的珍馐。无法遏制的情爱让孟昶站起身来，将她按在案上用力亲吻，徐徐呵护，如同她是他舍不得享用的美食。费蕊如娇花般颤抖，分明是渴望，却又害怕得不知所措，这就要陷落到醉人的芬芳里去了吗？她想。

可孟昶作为成年的男子，此刻体现出他最大的毅力，太后告诫的话字字诛心："若要恩宠也需绍天明命，德才配位，否则便是自寻灾祸。"

案牍上的文书哗的一声倾倒，费蕊一惊，见皇帝仓皇地跌坐在地上，红着眼凌乱无措。

"我带你入宫，做错了吗？"孟昶嘶哑着声音问。

豆大的泪珠兀自滚落，费蕊觉得肯定是哪里错了，她却听见自己在说："能进宣华苑，是蕊娘的荣耀，陛下没错。"孟昶怒道："我强行带你入宫，却任由母亲将你留在身边，你觉得荣耀？讨好妃嫔，强颜欢笑，你觉得荣耀？到现在，见我一面也难，你也觉得荣耀吗？"费蕊很难回答。过了许久，只听她低声说："如果蕊娘待不下去了，仁赞哥哥会放我走吗？"这话冷不丁地像猫爪子在孟昶的心口上刮刨，他摆着手，胡乱说道："放心，你放心，朕不要你走！朕要你开开心心地在宫中住下，哪儿也不要去。"

11. 花间词人

“阁老可看到陛下御批？”

这天，成都府尹欧阳炯拿着文书前来求见张公铎。

张公铎正在擦拭一柄青色长剑，他抚摩着雪亮的剑锋，对欧阳炯说道：“捧圣军军法严明，出了这样的丑事当然要查个水落石出，既然军士已经认罪，就请府尹按大蜀刑律，将原告请来秉公判罚便是。”欧阳炯却小心翼翼地问道：“虽说手持圣谕，可耿介贸然前去捧圣军营提人，是否会让李虞候难堪？”

张公铎若有所思，他挺直腰身，还剑入鞘，垂着眉眼问道：“耿介如此顾虑，是否勘察过此案？”欧阳炯回话说：“不瞒都统，这案子去年已经递到成都府衙，因捧圣军直属御前，耿介曾请李虞候协助，但他回说捧圣军自有军法处置，不劳成都府出面。后来那原告停止纠缠，诉词便压在府衙。若不是皇帝御批，耿介还不知原告已经直接告到了支计院，李虞候既已结案，耿介是否还有必要判罚，特请都统示下。”

“要不是原告给支计院递了诉词，恐怕李廷连奏疏都懒得写。”张公铎作为捧圣控鹤军都指挥使，自然知道麾下的脾性，他体谅欧阳炯的难处，说：“你先行回府，我为你找个人。”

隔天，枢密院副使韩保贞走进成都府衙，欧阳炯大喜过望。

果然不出所料，李廷面对差票毫不理会，他态度蛮横，说：“本虞候已奏请兵部执行军法了！”欧阳炯大惊失色，携韩保贞持御批入营，直闯支计院大牢，将正在执行仗罚的军卒扣下。解下刑台时，人已奄奄一息，韩保贞大怒，却无可奈何。都虞候掌管纠察军纪，做的都是自己职责范围内的事，追究下来无非行为过激而已。

欧阳炯顾不得理会，命人将那军卒转到成都府衙关押，再传原告上堂。

偌大的成都府，原告荣四却失踪了。

欧阳炯只好差人张贴告示，并四处寻访。这并非一桩疑难大案，只因皇帝过问而显得比较重要，欧阳炯希望将它办得圆满一些，好在御前交差。原告无故失踪，让欧阳炯颇感郁闷，夜晚微热的熏风更让他难以成眠。

府衙后园，朦胧的月色分外妖娆。

已经到子夜了，欧阳炯睡不着，干脆提了一壶酒来到花间独酌。

在他还是中书舍人的时候，就常和臣僚一起在散花楼喝酒纵歌，席间总少不了刑部司仆张继昭和王处回的衙内王德钧。张继昭是朝中新秀，喜好结交，每每欧阳炯有新词推出，便会召来头牌歌伎弹唱。有一次，王德钧环视房中的歌伎，不高兴了，踢着房门大吼大叫："五娘呢！叫荣五娘出来！"散花楼的荣五娘刚被点中花魁，拜帖应酬数不胜数，吏役催促几次才姗姗来迟。还没到席间，王德钧便提着酒壶浇了她一脸，扯开她的衣领说："五娘，忘恩负义呀！没我点你，谁敢做花魁……今天当着各位爷的面，怎么罚吧？"荣五娘狼狈挣扎，雪白耸立的胸脯袒露在外。欧阳炯不忍，说："算了，人都来了不是。"正值寒椿盛放的季节，荣五娘将头上的山茶花折下，低声下气地说："五娘给王公子赔罪。"旁边的张继昭见了不乐意，嚷着"五娘偏心"，扑到她怀中也要一朵。酒醉的臣僚乱了套，纷纷指责五娘，在她的身上乱蹭乱摸。欧阳炯看不下去了，拿出新作曲词《巫山一段云》，请她坐下弹唱，这才算解了围。过后不久，荣五娘特意拜谢，言谈中颇为高兴，说是要离开散花楼，跟着情郎去梓州了。欧阳炯见她能够折券从良，深感安慰。没想到，她却被一个捧圣军的军卒强暴焚尸，香消玉殒。

“小皇帝御批此案，到底是心血来潮还是别有深意呢？”欧阳炯慢吞吞地喝着酒，暗自思忖。他历经三朝，如今更是到了不惑之年，大蜀立国时，他曾拟作白居易《讽谏》诗五十篇上呈皇帝，可惜本朝被高祖的肱股把持，他这样的前朝遗臣并不受重视，成都府尹在区区支计院的都虞候眼里，根本不值一提。他一边灌酒，一边自语着吟弄风月的艳词：“春去秋来也，愁心似醉醺。去时邀约早回轮，及去又何曾。歌扇花光黦，衣珠滴泪新。恨身翻不作车尘，万里得随君。”

“哼，原来是个酒囊饭袋，诳我专程赶回来，恶心！”

一个冷冰冰的声音突然入耳，把欧阳炯的酒震醒了大半。只见是个身穿黑衣的青年站在冰凉的月下，双手抄在前胸说：“府衙差人到处寻访，我来了。”欧阳炯一听，按捺住心中的怒火，摇摇晃晃站起身来：“你是……哦，不！原告荣五娘的哥哥，不是你这般模样。”黑衣人铁青着脸不回答，欧阳炯略作寻思，恭恭敬敬地说：“耿介趁酒酣发发牢骚，让郎君见笑了。郎君半夜到此，可是有话对耿介讲，不妨坐下详谈。”黑衣人见欧阳炯这般谦恭，坐到花下来，毫不客气地接过酒壶道：“摆明的案子，也值得府尹彻夜难眠，看来是犯案人太厉害！”

欧阳炯笑着没应声，反问他：“郎君将诉词递给成都府衙，为何又告去军营呢？既然郎君熟悉门路，为何在我判罚之时反而失踪了呢？”

“如果你当初肯着力彻查，我何必煞费苦心！”

“案犯是禁军军卒，当然应由都虞候来审，成都府衙不过按程序结个案，上呈陛下，下告黎民，如此而已。”

“府尹不信荣某。”

欧阳炯翩然一笑：“郎君踏夜而来，不呈名帖谒拜，何曾又信得过耿介？”

黑衣人挥着手，粗暴地说：“荣某踏夜而来，自有不得已的苦衷。这案子审不了啦！那军卒不过是只替罪羊，真凶逍遥法外，府尹想在皇帝跟前交差可就难了。”

欧阳炯一怔，心想果然如此。眼下该不该继续问呢，如果要问，问什么好呢？权衡一番之后，想到自己已经年过不惑，自诩是个久历风浪的人了，当下拍着大腿决定问，问个清楚明白！

于是，欧阳炯问：“真凶是谁？郎君如何得知？”

黑衣人说：“五娘被摧残得何其惨烈，府尹可见过？”

欧阳炯说：“状纸上写得明白，五娘尸身已被焚毁，除了人犯口供，并无其他实证。”

黑衣人说：“看来府尹并未实地勘察，只凭捧圣军营的卷宗便想草草结案！”

欧阳炯说：“由支计院军法审好的案情移交到成都府衙，我只需核实案宗，如果没有实质的新证，便没有推翻重审的道理。除非明日那军卒醒过来，翻了供。”

黑衣人说：“五娘是北方人，身材高大，你见过那小军卒了，十二三岁的小猴子，如何将五娘强暴，还要碎尸焚毁？府尹不重新勘察，怎么得到新证呢？”

欧阳炯听着他的话，站起身来，正色问：“你到底是谁？”

黑衣人没回答，又问：“府尹只道五娘是歌伎，荣四是个普通庶民，除此以外呢？”

“难不成你们还有其他身份？”欧阳炯蹙着眉头，夜风已经将酒意全数吹散。

“五娘被王德钧买回身份文牒，是府中妾侍，荣四也因此在王处回的相府做内务。所以我们兄妹其实是王相府的人。”

欧阳炯问道：“状纸上不提，为何在这里讲？”说着，自己倒先叹了口气，心想能够劳驾小皇帝亲自过问的案子，哪有寻常的。“既然你是王相府的人，查找真凶不是更容易吗？”欧阳炯这句话还没说出口，后背的冷汗早已潸潸而下，一阵啸叫掠过他的脑海，眼前不停地闪现着御批上朱红的字迹，那字如游龙般扭曲延展，像张开的血盆大口，转眼间又羸弱缥缈，似沉浮在弱水上的救命稻草。李廷是个明白人，难怪他草草结案，眼见公差上门提人，立即要将疑犯杖毙，希望一了百了。现在轮到欧阳炯做选择，他的手心里冒出汗来，转念一想——不，不，也许这黑衣人是枢密使派来考验他的细作呢！

“荣四”斜睨着欧阳炯，目不转睛地盯着他，似乎已将他的五脏六腑全数看穿，过了一会儿，他呵呵笑着说：“荣某今夜便要离开成都府，临走前侥幸来看看，如果府尹愿意，我便将来龙去脉跟府尹讲一讲。”

“你讲。”

“荣四”说：“府尹一定听过张公子和王公子的童谣。”

“市井谣言，入耳即忘，不必过于在意！”

“那倒是，府尹位高权重，是不屑听信那些粗言秽语的。不过因为荣某久居相府，知道些原委。刑部司仆张继昭与五娘纠缠多年，却让衙内王德钧捷足先登，给散花楼立下婚契，带回府中。两个衙内一合计，竟将五娘丢在城西的进奏院中，囚禁在那里，供他们凌辱玩乐！”

听到这里，欧阳炯若有所思地说道：“‘王公子，舟行锦江牡丹紫’，如牡丹绽放的娘子遇到了王公子，也会花容失色，残败不堪。原以为荣五娘能与情郎远走高飞，可惜啊！”

“荣四”冷笑着说：“都虞候李廷素来攀缘张业和王处回，自然草草结案。如果欧阳府尹惧怕权臣势力，像李廷那样，说不定也有机会结好呢！”

欧阳炯不以为然地说：“你何必羞辱耿介，今夜试探我什么目的，直说吧！”

“荣四”一听这话，立刻收敛起讥讽的神情，正色说道：“蜀中才子欧阳先生，为人正直，荣某在各府走动也有耳闻，可惜你是前朝旧臣，无人肯在皇帝跟前提说。纵然你胸怀远大，陛下如何得知？朝臣有谁服气？再说你时常醉入花间，以艳词闻名，皇帝更不敢重用于你。我为府尹献上计策，不如放手彻查这场人命官司，秉公断案。我敢断言，案断之时，便是满朝文武对你刮目相看之日。”

这些话触动了欧阳炯，他不禁愣在那里。他少年成名，前蜀王衍时便任中书舍人，蜀亡归唐后仕庄宗皇帝，依然任中书舍人，到了孟蜀这朝还是个中书舍人。掌侍进奏，参议表章多年，小皇帝才升了他的官，任成都府尹，却因为生性耿直，行为散漫，到现在连个都虞候也不把他放在眼里。

他静下心来，慢腾腾地问道：“你不是荣四，你是谁？”

“荣四”笑着说：“我不是荣四，何必夜访府衙，讲这么多废话？”

“五娘入府不过偏居别苑，荣四怎会在那么短的时间内知道这些内情？五娘惨遭横死，可是耿介并未在你身上看到半点儿悲怆，有的只是义愤。”

“荣四”大笑，眼神却冷清得如同今夜的月光：“既然府尹的心像明镜那样透亮，寻找真相必然不在话下，荣某话多了，告辞！”说完，他便双手一拱，转身踩着花枝跃上墙头。

“郎君留步！”欧阳炯挥手叫喊，可是那道身影如离弦之箭，攀上墙头，跃过房脊，消失在茫茫夜色中。

此刻，欧阳炯的酒意已经消散，他望着黑影消失的地方，眼瞳微微一凝，自言自语地说道：“欧阳耿介只好将家眷送至眉州，拜托驸马照顾周全。臣孑然一身，正好谨遵陛下旨意，秉公办案喽！”

菖蒲临水，榴花盛极，天气日渐炎热，转眼五月已过。

自那夜金华殿侍奉，费蕊便被安排与几名尚仪女史侍候御前，做记录事宜。外朝承乾殿上，文武百官分置两侧，张业正在殿下请旨。晋国在安抚那位名叫范延光的逆使，封其为临清郡王，眼看时机在争执中流失。整整一个月，张业或言辞灼灼，或涕泪横流，让主战的将领保持着雄厚的战意。孟昶虽疲惫不堪，但依然极力周旋，在表述休养生息的重要性时，也不忘对主战的热情予以隆重的赞美和回应。这不是虚与委蛇，也许连他自己也无法意识到背后有多少是心机、多少是诚意。在费蕊看来，他故意弱化自己的气势求得更多的认同与理解，哪些是机巧，哪些是本性，又有什么关系呢！

月余来，连太保赵季良也看得出，年轻的孟昶在朝中失控的时候越来越少，反而张业常因争执和不耐烦而口出狂言，流露粗鄙的一面。太尉赵廷隐看出颓势，他说："没想到孟三郎年纪轻轻，便被磨砺得如此沉稳，张使相怕不是对手。"张业每次下朝便会怒发冲冠，赵廷隐这话更像扔进炮房中的火，让张业一下子爆发了："孟三郎不识抬举，软的不吃，就得给他来个硬的！"枢密使王处回不动声色，他等张业这话等了许久，当天三人便商议集结南境的武泰军和成都府周围的武信、武德两镇来一场兵谏。

孟昶与众臣通宵不眠，费蕊也跟着大半月未曾好好休息，这天回到沁芳园，恰逢晴好从房中端了一盘菱粉糕过来，眼见她神情呆滞，便俯下身来低声询问。

"刚发生的事儿，这么快便在宫中流传开了，这事儿又是谁说给你听的？"费蕊问她。晴好据实回答说："我猜的。太后宣我替了几天值，听说武信、武德两路府兵在大玄门下集结了半个月，请愿要打三州。王处回、张业和赵廷隐的人都动了，太后拍了桌子，说这是在逼宫！今天外边刚下朝，见修仪娘子到太后跟前又求又哭，心里也就猜到八九分了。"

"是啊，今天在御前当值，也是肝胆俱裂，心都蹦出好几回了。"费蕊说着，端起茶水猛喝了一口，"张相在殿前气势汹汹，要求天家亲赴大玄门，安抚城下府兵！你想，一旦去了大玄门，城下群情激昂，出兵北境便势在必行，按也按不住的。"

晴好不屑地说："那就不去呗，谁还敢架着天家去不成？"

费蕊回答："话是这么说，但他们既然敢将驻军聚集城下，未必不敢破城而入。伦常已经崩乱，好多藩镇节使就是这样过来的。气氛正僵持不动的时候，成都府尹欧阳先生站了出来，他居然也鼓励天家阅兵，说是军心所向，也是民心所盼。陛下于门楼振臂高挥，羊马城外三呼万岁，蜀中百姓和军中将帅得以目睹陛下英姿！随着连番的鼓动，天家一激动就答应了。”

晴好哎哟一声，大叫“不好”，将茶盏往桌上一搁，说：“这是连环激将法，天家中计啦！”

费蕊笑笑，继续说：“欧阳府尹趁机又提出有要事禀奏。天家正在兴头上，就准了。”

“啥事儿啊？”

“捧圣军营的一桩旧案。”

费蕊话音刚落，晴好就目瞪口呆，问：“城外有驻军逼宫，这府尹也太不合时宜了吧！”

“可不是，都还当他是个见缝插针的小人呢！”费蕊笑着，眼前浮现出殿前的情形来。

当时殿堂之上，阶下群臣也都如晴好这般，只有都虞候李廷萎缩着身体，几乎要把自己隐没在台席之下。皇帝看着欧阳炯，强忍怒意问道：“捧圣军营的刑案？”

“是经由刑部复奏，转呈成都府重审判决的案子。”欧阳炯提醒道。

“既然刑部复奏，你重判便是，用得着在朝堂禀奏吗？”孟昶不悦。

“臣在复查时发现了些不寻常，重新勘查现场后，发现捧圣军奏请军法处置的军卒是受人胁迫、替人顶罪的。”

“替人顶罪？”孟昶龙威虎踞，板着脸厉声喝问：“是谁？谁这么胆大妄为？”群臣也都窃窃私语，大都对这个案子毫不知情。欧阳炯将袖中一卷牒状摊在手中，交给殿前女史呈上御前。一时朝堂上悄然无声，所有人都仰着脖颈儿望着皇帝的脸，只有李廷微微弯曲着身体闭目不语。

孟昶一路看下来，脸色暗沉，眉心锁成一团。

“王处回、张业，你们做何解释？”

铿锵之声，隐隐蕴含着雷霆震怒，孟昶全无平日的风雅和煦，他拧着牒状抬手一挥，眼中的光华似被掩蔽，让人看不出究竟来。张业和王处回浑身一震，见那卷牒状犹如飞花落叶般从欧阳炯的身前飘到阶下。

王处回眼疾手快，从台席上挺身而起，他捡起牒状端详片刻，忽然全身颤抖，大声惊呼道：“犬儿冤枉！”张业从王处回手上抢过牒状，眼皮上下翻飞，只见上面赫然写着王德钧与张继昭合谋囚禁妾室荣五娘，毁尸灭迹并滥用刑部职权顶包替罪的事实，正待暴怒反抗，忽然看到囚禁地址在城西进奏院的刑狱中，他脑中嗡的一声，有刹那的空白。

他的面颊不停抽搐，想到与孟昶较量至此，白刃见血，直后悔当日心慈手软没有将他收拾干净。更没想到看似默默无闻，一贯明哲保身的欧阳炯，顷刻间出手便揭了他的老底。他觉得自己忽略了什么，这个人是什么时候站到了自己的对面，又是什么时候查证了这么多的实据来，他居然毫无头绪。他的心态与王处回截然不同，王衙内王德钧胸无点墨，沉溺淫邪，枢密使早已对这个儿子失望透顶，任他胡作非为。可他张业的长子张继昭自小随军，年纪轻轻便已拜为刑部司仆，是他的左膀右臂。张继昭爱与高官为伍，更好习剑弄枪，在朝臣年轻平辈中早已崭露头角，卓尔不群。

这份牒状，分明是釜底抽薪，要断他后嗣啊！

张业顾不得满头大汗，扑通一声跪下：“陛下！陛下明鉴！吾儿张继昭克勤守礼，勤奋好学，年前还在金华殿得陛下召见，他年纪轻轻便得重用，肯定是遭人妒忌陷害，他一心一意为社稷效力，哪有空闲去做那样荒唐的事情！牒状所称刑狱酷吏，收押盗匪，老臣闻所未闻！”

王处回一听这话，便彻底明白了，先前猛然间恐慌失态，但他对自己儿子做出这等荒唐丑事并不意外，放在平常，花些财帛封口，就能了结。看今日这般情形，皇帝是有备而来，跟欧阳炯合着唱戏给众位臣工看，志在声东击西，围城打援。

只见孟昶捏着眉心，为难地说：“牒状所述的案情复杂诡秘。民女惨死为表象，不仅张、王衙内牵涉其间，还有杀人顶包、私设刑狱、养匪为患诸多事件，理应请张、王二位阁老暂到御史台避嫌，可城外驻军聚结，朕倒为难了，到底哪一头重要呢？”

朝堂上臣工各个呆若木鸡，噤声不语。

张业方寸大乱，他遭遇过无数凶险难堪的境地，每次都能被亲随护得平安。今天毫无准备，不知深浅，就像剪了翼的鹫、戳了喙的鹰，势力再大也容不得实据摆在面前。好在知道内情的人不多，卷宗不能继续放在成都府衙，张业愤怒地嘶声呼吁：“欧阳炯祸心不小，臣这就自请回府，绑了犬子前往御史台。恳请陛下将此案交由刑部彻查，还我一份清白！”说着，也不等皇帝下旨，他就走到赵廷隐台席前一揖：“张某此去自证清白，还请太尉主持大局！”

眼看张业和王处回离殿，孟昶慢悠悠地问道：“此案当然要交由刑部彻查，御史台、大理寺均要介入，等证据查核，再行三司会审。只是城外驻军迫在眉睫，嗯？”他眯着眼睛问：“请诸位卿家为朕分忧，谁愿替张相张罗阅兵事宜呢？”

接替张相，其实是替他收拾烂摊子。孟昶此话一出，无人应答。皇帝抬头望了望蜷缩在台席后的李廷：“李虞候怎么不说话，此案经你审理，为何提了个军卒替罪便想结案，怎么解释？”“陛下！”李廷跪在殿中说，“是臣办案疏忽，急于领功，请陛下责罚臣下勘察不力，贪功冒进之罪！”孟昶扬了扬手，气愤地说：“治罪，当然要治罪！现在朕要你领朝廷观察使，替代张相行权准备阅兵事宜，不得有误！”

“臣领旨谢恩！”李廷硬着头皮领旨。

“陛下！”这时，许久未曾说话的赵廷隐从椅凳上站起身来。

“赵卿，你还有话说吗？”孟昶问。

赵廷隐难得看到张业惊慌失措，看来牒状所言是实，他大势已去般地叹了口气说：“此案曲折诡秘，朝廷辅臣深陷污垢，是社稷之忧，臣以为讨伐三州之议可暂时休停。”孟昶终于等来了这句话，但他却没有丝毫的喜悦，反而叹道：“也好，朕想看到王衙内和张司仆早日洗脱罪责。”

赵廷隐说：“李虞候领我命令，武德军即刻返回军镇，不得有误，至于其他藩镇，陛下可命枢密院副使韩保贞负责回撤事宜。陛下本来就无意出兵，不如全力彻查该案，早日洗清辅臣嫌疑，以告慰朝廷百官与蜀中百姓。”

孟昶抬起头来，宣召讨伐三州之事不再行议，遣张公铎为钦差，欧阳炯和李廷为副使，让刑部、大理寺和御史台听其差遣，彻查此案。

朝堂闹了这一出，出兵的事便搁置下来，藩镇府兵各自打道回府，讨伐三州的事不了了之。

12. 太虚阁的流萤

前前后后又是半月，这日孟昶下朝后，径直来到了西配殿。

费蕊和几名女史等候在侧，用含雾的双眸目不转睛地盯着他，浑身洋溢着明媚的气息。宦官田敬全奉上茶汤，孟昶不接，与费蕊擦身而过时，心不在焉地点了点头，一脚刚踏入御书房，转身道："费司记随侍御书房，其余人等没有圣谕不得入内！"

屋中两位宰辅已经等候多时，见皇帝前来，赶紧从椅子上站起施礼。

"太保和毋相久等了，坐吧。"

费蕊将帷帐放下一半，跪坐在帷帐外的红泥小炉边煮茶侍奉。

三人在帐后坐下，赵季良首先禀报说："陛下放心，有禁军驻守四门，大玄门下的府兵已经撤完了。"孟昶点点头，转向毋昭裔，问道："毋相这边呢？"毋昭裔略略迟疑，说："成都府衙的卷宗和证物今日上呈刑部，张继昭结交甚广，左右三省及各部都有顾忌，张公这趟钦差不容易啊！"

孟昶怒道："区区刑部司仆，在朝内竟有这么大的势力！"

赵季良说："张使相执掌禁军多年，身兼宰辅之职，权倾一时。他出镇武信军后，朝中大臣对他依然趋之若鹜，自然会对张继昭有所照拂。"

"张业……"孟昶眯着眼睛想了想，问道："太保和毋相可清楚他在遂州夺了多少地？进奏院刑狱司规模到底如何？非亲眼所见恐怕你们都不能想象。"孟昶此话意在试探，想听听两位宰辅对擒获张业的想法。

毋昭裔显然没有想法，他说：“没想到武信和武德两路府兵胆敢军临城下，实在出乎我的预料，他们欺负天家年轻，胆子越来越大了。”孟昶惨淡一笑，若是高祖还在，如当年李仁罕那般，他早就被拿下了，毋昭裔并非出乎预料，只是不想明说，六位宰辅任意牵出一族都能轻易抗衡天家。

赵季良问：“陛下可想好如何处置李廷？”

孟昶回答：“李廷是先皇旧臣，既然迷途知返，密报有功，等尘埃落定再行赏罚吧！”

赵季良说：“所幸他陷入不深，陛下既然已经考虑周全，臣等就不再多事了。”

三人并没有谈论许久，赵季良侧头问道：“司记怎么没上茶？”

“是！”费蕊低着头，赶紧端上糯米小糕，为三人置了茶盏，浇上茶汤。房中立刻散发出清淡甘醇的茶果清香来。赵季良若有所思地看了看孟昶，捧起茶盏呵呵一笑，吟诵道：“将火寻远泉，煮茶傍寒松。归依向禅师，愿作香火翁。臣已经想不起上一次围炉聊天儿是什么时候了，想不到今天在三郎的御书房得空，真是惬意！”一席话让毋昭裔有了共鸣，他笑道：“臣跟随高祖征战的时候，也常想安邦定国以后，赏花吟诗、煮茶听雨……把世间琐事化为素茶清心、一把蒲扇、几册线书，藏迹于红尘深处，过白云悠悠、晴耕雨读的生活。”

孟昶叹道：“两位阁老这是要把三郎弃之不顾呀！”

两人哈哈大笑，愈发放松下来，赵季良说：“三郎读道藏，知民重，社稷次之。百姓是国之根本，为人臣时身不由己，但倘若有朝一日，我与毋相都能放下朝堂大事，如愿以偿做个寻常百姓，过着晴耕雨读的日子，说明三郎治理的天下民心安稳，用不着我等劳心奔波，陛下更应开心畅怀才是啊！”

孟昶微怔，忽而浅笑：“魏徵曾说过，那些既能辅助主上获得声誉，又能子孙相传、福禄无疆的臣子是良臣；而那些自寻杀身之祸，陷主上背负杀戮忠良恶名，使家小社稷都遭受损失，徒留空名的臣子是忠臣。

盛世之君得良臣，末世之君多忠臣。方才听闻阁老所言，三郎这是一举得了两位良臣呀！”

“哈哈哈！”赵季良和毋昭裔忍不住鼓掌大笑起来，“不错，大蜀在三郎治下，必定能开创盛世！”

孟昶没笑，正色说道：“三郎想起一件要事。李唐丧乱后，宫室焚毁了很多藏书，还有不少流落民间。毋卿嗜好藏书天下皆知，听说你自己还拿了钱出来营建学馆。三郎心想朝廷不能落后，也要在成都府恢复学府，邀请天下士子会集于三馆，雕印典藏，如何？”

“三郎有这样的想法，是百姓之福，蜀国之幸啊！”毋昭裔感叹道，“臣小时候家穷，想跟朋友借本《文礼》都借不到，于是发誓有朝一日有钱了，一定大肆刊刻典籍供人阅读。”

一席烹茶畅谈，君臣尽欢，赵季良和毋昭裔撩衣告退。

费蕊陪着孟昶慢慢踱出御书房，千言万语却化作无声，眼看这几日朝堂上跌宕起伏，皇帝表面嵬然，内心一定受尽煎熬。甬道里寂寂无声，只有两个人的衣袍窸窣作响，费蕊开口问道：“蕊娘这几日在丹阶下心神俱裂，天家你没事吧？”

“没什么，”孟昶回望了她一眼，狭长的眼睛幽深难测，“顺理成章而已。”那声音沉静而安稳，倒像是潺潺的流水在安抚费蕊莫名紧张的心。

“天家以磅礴之势碾压忤逆，风浪再大也会流于平静的。”费蕊情不自禁地赞叹说。

孟昶停下脚步，缓缓问道：“司记是在跟朕讲话吗？”

“嗯。”费蕊眨了眨眼，使劲儿点头，一颗心在胸膛中怦怦乱跳，那眼波晶莹剔透，神态蕴情脱俗。孟昶深沉地看着她，甚是痛楚，他伸出宽大的手捧起她的脸，忽然闭上眼睛深吸了一口气，将她鬓角的发丝理了理，转身出了西配殿。

田敬全领着皇舆早已候在丹樨下。

"摆驾咸宜宫，费司记不必侍驾了。"

说完，孟昶看也不看她一眼，便由内监女史簇拥着去了咸宜宫。

费蕊愣了愣，独自默默地回到沁芳园中。

晴好见她最近每天回来得都很早，紧挨过来轻声说："修仪娘子又在太后跟前呢，天天如此。"

费蕊淡淡地哦了一声，脑中浮现出修仪张氏在御前骄傲的模样："王德钧与张继昭合谋杀害良家女子，固然影响主战讨伐三州，但是对使相和张府宗族到底有多大的影响还难说，你觉得太后和天家会怎么安抚修仪娘子？"

晴好比费蕊年长，在咸宜宫的时间更长，她说："后宫的娘子，得主君的临幸自然是最好的安抚，如果还有子嗣的话，就更好了。"她一边说一边望着费蕊，小心翼翼地问："赵贵妃仙逝，留下尚在襁褓中的皇长子。如果修仪娘子也有了子嗣，以使相在朝中的地位，位列夫人，恐怕太子之位未必能轮到皇长子。司记你呢，你真的从来没有想过吗？"

"想过什么？"费蕊反问，她在想以张业对孟昶的所为，事情未必会如晴好说的那样发展下去。晴好见她不以为然，叹了口气说："看来司记真的没想过位列娘子位。倒也是，修仪娘子有子嗣的话，使相定然全力拥戴陛下，朝中很多事情更好商量，也会比现在推进得容易些吧。"费蕊觉得这样的想法未免过于天真，晴好的话在她的心底轻轻掠过。

位列娘子位？

瞬间的惆怅涌上了心头，她想起李玹对她的期冀："你是蜀人，自然以蜀为家，如果有机会为蜀境的百姓做些事情，也不枉你这身家学，不枉大火中捡得的一条命来。"可事到如今，天意弄人，她没有思量的机会，更没有选择的权利，命运就这样推搡着她一步步地朝前走，她只能靠着皇家的怜悯在宣华苑中待下去！有时她真想见见朝光和暮雨，但又隐约期盼着永远不要见面为好。

晚间无事，四人围坐后庭饮酒打马。一圈儿结束，费蕊遣了众人睡去，独自提着风灯在园子里走着。来到池塘边的那两株醉芙蓉树下，借着星光抬头看去，两株高木又发出了更多的新枝，掌叶垂到水面，显得愈发婀娜。

夜空晴朗，繁星如织。

她抚摩着新叶，眼眶有些湿润，这是孟昶特意从浣花带回宫中栽种的。如果不是乱世，她不会沦为乐伎，孟仁赞也不会成为孟昶。心系江山的人岂能快意潇洒呀！她固然可以体会那番真意，却不能代替彼此的哀恸。

费蕊不知不觉走出沁芳园，来到摩诃池边。离宫别苑环绕着宫城，远处的太虚阁闪动着隐约的灯火，队队内监宫娥提着风灯跌跌撞撞地进进出出。

今夜，又是修仪张氏承宠太虚阁。

费蕊眼中的泪顿时凝结，仿佛看到江陵的无边烟火浮现在太虚阁上空，荆江的尸山血河遍及摩诃池的水面，她想，一个背负家仇的孤女，岂能沉溺在闺阁情愫中不能自拔呢！

太虚阁，太虚阁的灯火啊，夏夜的风吹得酒意上涌，让人愈发迷醉。

只见一大群流萤在风中萦舞，从远处嗡嗡地飞过来。

“原来不是灯火，是萤火虫……”

她终究是个豁达的人，看着眼前的景致美得不可方物，顿时将闲情抛诸脑后。

费蕊在这陌生的宣华苑内过完了整个夏天，眼看庭前的银杏叶落纷飞，转眼便到了年尾。冬月十四是明庆节（孟昶生日），孟昶下旨亲在不言寿，只乘步辇在宫禁内苑的道观佛寺散香，而后与朝臣去到神武殿马场打球。

太后设宴招待几位有诰封的外命妇。

没有觐百官设伎乐，也免去了隆重的仪式，这天的宴席设在太虚阁。按规矩，太后南向升宝座，张修仪与众位娘子进酒谢主隆恩。

太后分外高兴，三品以上命妇和皇族宗亲的公主也都来了。费蕊头戴幞头、身穿官服，双手微垂站在侧旁，定定地看着那群身着青鸾朝服的夫人出神。

“宁郡夫人请起，听说张都统的鸾胶新妇艳绝京城，百闻不如一见，这身段儿容颜果然盖世无双！”太后夸赞人的本事也盖世无双，费蕊从未想过暮雨有朝一日竟能身穿襦裙大袖站在殿前，还是那熟悉不过的身姿，乌发拢结，凤冠巍耸，九钿梳篦在阳光下闪闪发光。听到夸赞，暮雨的下颌轻轻抬起，一双漆黑的眼睛坦诚含笑，她凝望着太后说：“臣妾在民间的时候，就听闻太后老祖宗是一位巾帼英杰，您追随先帝策马西川，社稷平定后幽居深宫，宽仁雅致，比得上垂范后世的光烈皇后！”秉德尊业为“烈”，光武帝的皇后阴丽华谥号“光烈”，史称一代贤后，刘秀更为她留下“娶妻当得阴丽华”的千古美名。费蕊听暮雨将皇太后比作阴丽华，推崇她以大局为重，心中暗自叫好。果然，只见太后爽朗一笑，牵着暮雨的手久久没有放下，同是英雄相惜，莫问出处，不仅男儿如此。

“啊！太后可知，宁郡夫人在民间红极一时，她可是成都府最好的伎乐干闼婆呀！”泰郡夫人高声说道，是否赞誉另当别论，说的倒是真实而贴切。信郡夫人好奇心顿起，问道：“难道比国伎还好吗？”这两位夫人，一个是王处回的家眷，一个是张业的正妻，两人你来我往间，将暮雨的出身交代得一清二楚。

“百闻不如一见！宁郡夫人愿为太后献上《婆罗门曲》吗？”泰郡夫人睁大眼睛问暮雨说，“我去年花朝节有幸看过一次，如果能沾着太后的光再看一次就好了！”

久居深宫的娘子对这位出身风流的诰命夫人颇感好奇，纷纷交头接耳。费蕊沉下脸来，暮雨却毫无芥蒂，那笑容风和日丽，如同三月春光。她从侍女手上端了越窑莲花盘往太后跟前一送，亲昵地笑道：“臣妾今次入宫没带行头，娘娘若许，我去宣徽院换装，为娘娘献舞一曲又何妨！”

“哎！坐下！”太后从花盘中捻了块酥酪，朝她示意说，“她们说笑话呢！”

“修仪娘子呢？看看吧！”信郡夫人见太后没有阻拦，便愈发得了势，转身询问。张修仪不置可否地笑了笑，她今天特别安静，脸上容光焕发，嘴角小痣温和地伏贴在唇边，显得格外温柔。

“宁郡夫人大展才艺，让我们也开开眼多好啊！看看到底是国伎的霓裳羽衣好，还是夫人的婆罗门技艺好，啊？”泰郡夫人十分踊跃，在后宫娘子的打望中哈哈大笑。

“好！娘娘没见过民间伎乐天，只有夫人见过。来！来！来！少了拧衣服、跑堂腿儿的缺了民间趣味！”暮雨单手托着花盘，穿行到泰郡夫人身边，拉着她站起来，侧身回头对几位诰命笑道：“夫人陪娘娘和修仪娘子说说话，我带泰郡去去就回。”暮雨一边说着，如清风摇曳的细柳，浓烈妩媚，惊鸿翩翩。泰郡挣脱不得，窘迫地涨红了脸，她用力甩开衣袖，喝了声：“放肆！”话音刚落，只听啪一声，花盘应声而落，酥酪点心散落在地，吓得宫娥内监赶紧跪地收捡。

暮雨傲然而立，不动声色地一字一句问道：“夫人，我放肆了吗？”

费蕊目光灼灼地看着泰郡夫人，幸灾乐祸地想，瞧瞧什么是真正的风流世家吧，散花楼这套嬉笑怒骂，毫不拘泥，可是蜜糖暖风，也如投枪匕首！李太后的双眉紧蹙了起来，张修仪斜眼一瞥，出言斥责道：“泰郡好生无礼！”这些诰命妇哪里领教过暮雨的人来疯，情急之下忘了礼法。泰郡自知失言，眼神中透着慌乱，跪在阶下微微颤抖：“臣妾失礼，望太后宽宥。”李太后颇感扫兴，站起身说：“摆驾神武殿，看看皇帝打马球。”说完又对张修仪道：“你就不必跟去了，将息一下吧。”修仪领旨，跪送太后和一干命妇仪仗前往神武门的马场，留泰郡夫人在阶下不知所措。

“荣五娘是散花楼的人，她的案子还在张公铎手上，你招惹她做什么！”修仪蹙眉埋怨。

“臣鲁莽了，原想着在太后跟前杀杀她的锐气，谁知道遇上个破落户呢！”泰郡的年纪比修仪还大些，此时却委屈得滚下串串泪珠，她放声大哭道：“娘子在宫中深受恩宠，现今又有了龙嗣，不知外间情形艰难！张公铎对你我两家不依不饶就罢了，连他新娶的小妾也敢当着太后的面让我给她拧衣服、跑堂腿儿，让人如何咽得下这口气！”

张修仪冷笑道：“他可不是娶小妾，那是明媒正娶的续妻，有天家亲授的诰书！”

泰郡抬头看着张修仪，脸上张皇失措：“难道，真的没办法了吗？”

“你安分些，便是好办法了。”张修仪说完，拂袖离去。

一乘板舆和长队仪仗沿着龙池过了神武门，一路旌旗招展。神武殿内亲王近臣、藩镇使节、刺史都尉早已聚集上百人，场中欢声雷动。除了朝臣文武官员，还有不少外藩驻派使节参加。神武殿的前方是比赛场，场中平地如削，新刷的油料让地面看起来很亮，像镜子一般。二十匹紫骝马由身穿深浅两色衣服的骑士驾驭着在马场疾驰，波澜壮阔，雄奇奔放。

孟昶手持偃月球杖，分外惹眼，他头戴幞帽，脚蹬皂靴，身着深褐袍衫，胯下的紫骝马驰骋腾跃，众骑士尾随其后，浪潮似的欢呼声此起彼伏，红色鞠球被他控在空中炫舞，受惊样地忽上忽下。

“吼！吼！”

“有包抄！”

“三郎先上，我来断后！”

骑士话音刚落，身着浅色长袍的都统张公铎率领另外两名浅衣骑士从侧面包抄过来，偃月球杖横杆扫荡，鞠球在半空被夺去。场外擂鼓震天，管弦高奏，欢呼声一浪高过一浪，所有人都伸长脖子望着球场。

孟昶率众策马迎击，紫骝马的尾巴上红缨婉转，球杖在空中犹如电光相逐，东西驱突。御驾紧追着张公铎，两骑超越交错的瞬间，孟昶猛地侧身，贴在马腹下，手臂一转，啪啪的声响像惊雷炸响，一阵马嘶伴随着狂呼呐喊，红色鞠球应声落入东球门的网袋中。

“万岁！万岁！万万岁！”场中擂鼓与笙箫齐鸣，响彻云霄，呐喊与山呼共响，撼天动地。伊审征将日月旗插到西门阶下的架子上，回头高舞着旗杆儿，呼呼作响。

费蕊见太后笑靥灿烂，附在她耳边柔声请示了几句，转身朝殿外走去。

太虚阁濒临龙池，一排巨大的古银杏沿湖栽种，金黄的落叶铺满便道，花园的架子上，假山的石峰间开满了绚烂夺目的秋菊。

暮雨在水边伫立多时，听着内场中时不时传来的擂鼓呐喊，她望着远方的亭台，不知道在想些什么。

“司记费蕊见过宁郡夫人。”

暮雨充耳不闻，目不转睛地注视着承乾殿的方向。

“夫人在看什么？”

“暮雨看看承乾殿是不是伏龙卧虎，以蕊娘的见识才情，何以才坐到六品司记？”

“皇城内苑，岂不是藏龙卧虎？”

“这么说皇帝以龙虎之躯，识破蕊娘居心不纯，以至你才华难施，落得这般田地吗？”暮雨说着，终于转过身来，嘴角微努，眼光嗔视。

“哪般田地了？”费蕊憨憨地笑着，那双充满智慧的眼睛让暮雨再也没法装出高冷的架势，只好伸出手去捏了捏她的鼻子。

银杏和芙蓉花枝遮盖着水池边的身影，鼓乐声淹没了细碎的人声。

费蕊正悄声地问暮雨：“陛下想借王德钧和张继昭的案子彻查两位宰辅，趁机削藩吗？”暮雨奇怪地看了看她，说：“司记姑姑御前行走，应该暮雨问你才对啊！”

“一件证据确凿的杀人案到现在还在调查取证，张都统领衔钦差，调集三司，肯定不只坐实凶犯这么简单。只是两位宰辅岂是砧板上的鱼肉可任意宰割的呀！蕊娘的确不太清楚，但有张都统在，宁郡夫人肯定知道详情。”

“不清楚！说得多轻巧，你进宫做什么呢？”暮雨手腕儿微转，塞了张丝罗在她手里。

费蕊放在鼻下闻了闻：“好香！”说着便将丝罗放入袖中，笑问道：“姐姐是在责怪蕊娘不思进取吗？”

暮雨说：“你有没有不思进取我不知道。不过暮雨听说，蕊娘若再这般装痴卖傻，不肯及早投入张相麾下，恐怕连六品宫婢也难保全。”

“张相的能耐真大呀！”费蕊叹了叹气，说，“难怪修仪还能长宠不衰，蕊娘无依无靠，只好在宫禁内苑任人摆布了。”暮雨自诩了解费蕊，明白她的心气儿是高上天的，听着她这般口吻，感到格外难受：“怎么说出自暴自弃的话来了，暮雨出身寒微，尚知道自爱，何况蕊娘你呢？不管怎么说，你是有恩于皇帝的。”

正因为有恩哪！对皇家来说，只有施恩，岂有受恩之理？费蕊想着皇帝对她的疏离，太后对她的客气，什么话也说不出来。她知道暮雨很早就倾心于都统张公铎，如今求仁得仁、风光大嫁，才是值得庆贺的事情，她拾起笑靥，轻快地说：“蕊娘还未恭喜姐姐呢！既成全了自己，也不忘义父栽培，一心二用，一举两得，真让蕊娘佩服！”暮雨听她话里有话，神情便端庄起来，问：“蕊儿以为我是什么？依附着将军，像个小人那样左右逢源吗？”

费蕊半垂着眼眸，随手扯下一片秋菊，冷冷地问道：“是依附，还是利用呢？义父养育了你，你要报恩；都统诚心待你，你怎么做？你能违背他的意愿，做他不喜欢的事情？”

“嗯？”暮雨问，“我为什么要违背都统的意愿，做他不喜欢的事情？”

费蕊说：“义父周旋各国，察事采控（搞间谍活动）不都靠着我们这样的人吗？暮雨姐姐，你别告诉我，朝光带你来蜀国什么都没说。义父需要你赴火蹈刃，你在张公和义父之间可怎么选呢？”

暮雨细眉高挑，意味深长地看着费蕊，嘴角抽了抽，似乎忍俊不禁，终于她哈哈大笑起来，说：“我怎么听着，蕊儿好像还未得天家专宠，便已动了心，怕对不起他了？”

“我没有！”

“回得这么快，怕是真没有。”暮雨笑着，伸手又要揪她的鼻子。

费蕊黑着脸躲开。

暮雨敛了笑，缓缓说道：“蕊儿，你我姐妹一直投缘，听姐姐说句推心置腹的话吧。”暮雨露出前所未有的温柔和庄重，说道：“我在朝光身边长大，能拿得出手的也就是这条命了。可是你看，我手上没有染血，有违本心的事，我不想做。都统下聘那天，我就在朝光跟前起誓：‘果真没办法两全，暮雨以死明志，报答朝光与义父的养育之恩！’”

费蕊觉得震撼，她提高声音叫了声：“暮雨！”

“暮雨已经选了，从未想过回头；蕊儿却有李玹和皇帝，你还有的争！”

费蕊皱着眉头问：“义父一直做的，是否是不义之事？”

“如果青衫遵循天道，何谈不义？”

“蕊娘要走姐姐这条路，义父和朝光岂不白白养育了蕊娘……”费蕊不知说什么好，陷入更多的惆怅之中。暮雨见她迟疑，说：“你入蜀前夜，李玹和青衫大吵，还踢翻桌子拔了刀。他们谈别的都好，一说到大蜀朝廷，便大打出手，够得上拔刀了，我估计你的日子不会大好。想办法找李玹，他会帮你的。”

费蕊不解：“为什么？”

暮雨说：“你不了解青衫，他一向依附大势。”

“什么意思？”

“说明天家势小可欺，青衫让你入宫，心意跟李玹全然不同！按理说，他们争执，我无论如何也该站在青衫这一边，可不知道为什么，这么多年我使着全身的劲儿，找呀，爬呀，就想避开散花楼。我想避得远远的，最好像你一般，才能让他们对我无能为力。暮雨早已昧了良心，我在江陵那些年，眼看李玹待你，才知道什么是人世间的好。”

“李玹待我……”费蕊心想若是父母健在，不也是如此待她。从她启蒙开始，四郎李玹便在府中教习，这么多年他待她如师如父，亦兄亦友。费氏府邸的幕僚那么多，比比皆是，她以为寻常的担待，竟是暮雨眼中人世间的好？想着那些过往，她心灰意懒，喃喃说道：“旁人眼中的好都是靠不住的。”暮雨不忍见她伤心，看了看天，准备离开，临了笑着安慰她说：“司记姑姑如果需要，遣人到府上知照宁郡，我会帮你想办法的。”

费蕊心事重重地回到神武殿，她没想到暮雨是为了要远离朝光和青衫才嫁给张公铎的。

13. 锦心难离

时至腊月初八，天寒地冻，宫内各殿忙着岁尾迎新，太后领着众妃嫔去大圣慈寺礼佛诵经、布施粥糜，费蕊没有奉召随行，而是留在了金华殿内。

张公铎领欧阳炯例行密报，孟昶遣内侍去殿外守候，独留费蕊在御书房内侍奉。房中火盆内焚着崖柏香、百合草，二人赐座后，连茶水也顾不上便亟亟禀告。

那名替罪的军士于日前莫名暴毙，控鹤军寻找柴七、荣四无功而返。孟昶显得格外激动，连声发问："一个人也没有吗，床榻被褥呢？花锄香烛总会留下一些吧？"

张公铎黯然摇头。

"找不到仆童做证也不要紧，朕即刻下旨抄家！务必在年尾抓到实证，城西进奏院的私刑狱不会一干二净，那么多禁军守着，难道他们统统埋到地下不成！"孟昶心烦气躁，语调也有些高亢起来，"休沐结束，开年人日后，便把王处回、张业二人押下大牢，逃亡在外的柴七、荣四必会纷纷回返，后续证据手到擒来！"

张公铎摇了摇头，他不能理解孟昶为何如此失态，两位宰辅重臣啊！岂能说抄就抄！欧阳炯倒是常年醉卧花间，自然懂得分辨，随着皇帝的目光看去，是侍奉一旁焚香煮茶的司记费蕊，他犹豫了一会儿，启奏说道："彻查进展比之前预想的慢，张相和王相是先皇的开国肱臣，门生故吏遍及朝堂，各位臣工顾念旧情缄口不言，集中三司之力也不够，只有荣五娘这事儿算得上铁证。”

费蕊手捧百合香料的手顿了顿，然后继续往火盆里投放香料。

孟昶按着眉心，原地转了两圈儿：“府尹不用瞻前顾后，速战速决，错过年尾，张、王二人的爪牙趁着休沐之际四处走访撺掇，再抓证据就难上加难了！”

一时，张公铎和欧阳炯都沉默了。

费蕊看着孟昶那般模样，忍不住打破房中的寂静，轻声问道：“陛下，可容臣说两句？”

“你说！”

“张、王二氏的门生散播于天下，各路英豪、盗匪甚至死囚招揽于进奏院豢养是惯例。禁军冲进别苑，会有什么后果呢？”

孟昶眯了眯眼，问：“什么后果？”

费蕊回答：“城西别苑是武信军的进奏院，是联络朝廷藩镇的场所，强行捣毁的话……”

欧阳炯说：“强行捣毁而没有实证，其他的进奏院自危，群臣反对。”张公铎拍着大腿，粗声粗气地说：“谁敢反对？京畿之内设立其他刑狱司，这是什么？《律典疏议》中记载，除大理寺和成都府衙，其余台寺监卫皆不设狱，私设刑狱司，定个谋求禅代的罪名也不为过！”

孟昶没理会两人的唱和，定定地望着费蕊问：“不止张业一人私设刑狱？”

费蕊点点头说：“成都府的街坊谁人不知呢。老百姓的要求并不高，一条命活，一口饭吃，足矣。蜀中百姓醇和，对朝堂争执向来自安，知道也未必会大惊小怪。”欧阳炯同为蜀人，这话让他颇有感怀，情不自禁地点了点头。孟昶皱眉道：“难怪《诗经》有云，‘先人有言，询于刍荛’，广开言路难在君心而非事难。如果朕早早领悟的话，就不会事到临头才仓促应对了。”

欧阳炯看在眼里，未及弱冠的小皇帝能有这样的觉悟不易，他说："高祖开国立蜀，得到各地藩镇使节拥立，功不可没。陛下如自家人那般为他们着想，他们还在私下招揽豪强，侵田夺宅，这样的朝臣是国家的脓疮，非挤破不可。然而脓疮成群结队，陛下该当如何？"

"破之失去朝臣拥立，不破失掉民心护佑。"孟昶微阖双眸，沉声回应。

"如何改变呢？"费蕊问道。

孟昶站起身走到紫檀书橱前，想了想说："孺子驱鸡，讲究的是方法；时苗留犊，留下的是规矩。改变现状并非一朝一夕，引导多数人尤其需要坚持和耐心，本朝官员也要遵循驱鸡之理，留犊之规，才能慢慢改善朝堂风俗，齐心挤破脓疮之疖，如此，君臣共修德政。"

"陛下心澈如镜，所差的只是形势啊！"欧阳炯叹了声，被皇帝的话语所感动。孟昶回答说："朕不是开国之君，没有高祖的威望，也时常在想是不是自己所做太少，以招致臣下怀疑。"欧阳炯历经三朝，也常以他不惑之年的年纪来审视这位少年天子，此时，他不禁由衷说道："陛下一直在身体力行，长此以往累积成势，定能有所作为！"

孟昶摆摆手，阖着双眼沉思了许久，缓缓地说："张卿、欧阳府尹，那案子不宜再牵连广泛，这两天便结了吧。"

张公铎问："王、张二郎如何判罚呢？"

"判得越重越好，在年底再行大赦！"

"嗯，恩威并济，如此甚好！"

言谈至此，张公铎和欧阳炯领旨离开，剩下费蕊和孟昶二人留在御书房内。

费蕊寻思着，自上次太后懿旨侍奉御书房后，他们就再也没有单独在一起的时光，今天机会难得，或者能趁机讨个示下。

"蕊娘！"没等费蕊想好如何开口，孟昶已靠近火盆，他握着她的手，指尖在她掌心里摩挲，"朕急躁了，原想尽快了结此事，免得你等太久。方才你提醒得对，朕心中甚感慰藉。”费蕊下意识地缩回手说：“陛下圣明，自有论断，蕊娘也没说什么。”

“蕊娘。”孟昶趁机凑近她耳边，声音因为兴奋而变得蛊惑，“我跟太后讨个旨，翻年后立你为妃。”他没告诉费蕊是在明庆节那天，讨得太后应允，她答应等张、王这事揭了篇，寻个恰当的时机跟赵季良和毋昭裔商量，掌诰司记文藻出众，安静寡淡，是否考虑拜妃晋封。

“立妃？”费蕊睁眼看着孟昶。

“除了你，我想不到还有谁配坐上妃位。”

“陛下三思！”费蕊转身下跪，冷不防撞进孟昶的怀里。

“……不愿意吗，蕊儿！”孟昶顺势将她抱起，费蕊却在他怀中闪躲：“陛下，请放开我！”孟昶充耳不闻，抱着她走向西窗，太后的应允让他信心百倍，即便时机还未成熟。

壶门榻上铺着丝滑的绣毯，房中弥漫着百合清香，他的脚步沉稳，眼光也不再凌乱。

只是，费蕊的情丝已在太虚阁的灯火中熬断了，他竟毫无觉察。

“请陛下收回成命。”她请求的声音在孟昶耳边回荡，他反而收拢手臂，将她抱得更紧。他明白她伤了心，可朝中形势不许他分神，他那么急于了结此事，不就是想补偿她吗？他相信只要她看到他的心，看到他倾其所有，她就会转忧为喜，甚至喜极而泣。他将她放在丝织的锦被之上，温柔地说：“蕊儿，朕要封你为妃，以后还要当朕的皇后，皇城就是你的家，知道吗？”房中温暖如春，清香满颊，孟昶一边说着，一边抬手揭了她的幞头，一头乌黑的长发如瀑布般散开，映得那小脸像冰雪般洁白。

费蕊挣扎着，说话的声音变得急促起来：“陛下的心意，蕊娘感激不尽，可现今不是立妃的时候，还请陛下保存实力。”

“我的实力不错。”孟昶轻佻地说出这句话来，扯掉袜履，分开双尾分垂的绯带。

“不……”

“为什么？”孟昶的意志荡然无存。

“修仪娘子待产在即，陛下应多加关怀，立妃之事先放下吧。”

如闷雷擎空，孟昶顿时停了动作，额头一股冷汗滋滋地往外冒，从御书房到太虚阁，现实的话如剜刀划过，真相血淋淋地翻吐出来，让他痛楚难当。但这痛苦却因身体的震荡而异样，他眼角发烫，在仓促间拼命补偿，他想着将来还有一辈子的时间。随着冲撞一次又一次地加剧，孟昶倔强地说：“相信我，朕可以！”

费蕊睁着双眼，大汗淋漓，她没想到所谓的床笫之欢，竟如此痛苦。她牢牢地咬着唇，眼前人的面目因动荡而模糊，只是那双眼珠子，却亮得像天上的星辰。

“蕊娘入宫以来，蒙太后和陛下关怀备至，”她的声音平静，字字清晰，“只是蕊娘福薄，自幼骨肉离散，如今，家仇未报，原想恳请太后，几次三番总也开不了口，今天，还请陛下容蕊娘斗胆告请！”

“嗯？”孟昶像被抽了一鞭子，双手撑在榻上，垂头看着她，“你想说什么？”

费蕊咬紧牙关，两行热泪无声地流下来，孟昶忍不住嘶了一声，全身打了个冷战。她说：“蕊娘入宫以来，尽心服侍太后，从未违抗半分，得陛下恩宠如此，本该肝脑涂地报效。蕊娘向陛下提出不情之请，出宫寻回柴七，今生今世为陛下保守秘密。”

“不，想都不要想！”这话像冰刀戳进孟昶烈火焚烧的心房，逼得他暴怒，他声嘶力竭地吼道：“做朕的妃子比肝脑涂地还难吗？”费蕊被他的疯狂吓了一跳，身体在蛮暴的惊飞腾跃中，竟有一股说不出的奇异感。她索性横下心，大声说道：“蕊娘只求来世生在寻常人家，与仁赞哥哥相持一生！若是不信，我便即刻落发，前往大圣慈寺修行……”

“蕊儿！”孟昶仰天大叫，他阻止她说下去，只见费蕊双颊通红，那双宛若琉璃的眼眸倔强地与他对视，悸动中的飞升近在咫尺，那是他渴望抵达的地方，可是当下，他要的是她留下来，永远留在他身边，什么千秋万古，什么江山社稷，哪怕是命呢，他都愿意赔上！“我何尝不愿，可是，可……”一口气上不来，已是全身颤抖。突然间山崩地裂，竟是此生最强烈的雷滂电泄，在嘶吼和烈焰的尽头冲向无边空寂……虚空中，他扑倒在费蕊的胸前，眼泪猝不及防地滚落：“一条生路也不给我吗？”

费蕊冷静而端庄，仿佛万物未生。

这让他感到屈辱，他捏着她的下颌缓缓说道：“若我不准你离开又如何，你能怎样？”

“我能怎样呢？陛下。”费蕊艰难地咽了咽口水，“后宫的娘子都属于陛下，身体任你驱使，陛下还对人心动粗吗？”

孟昶猝然无言，泪水顺着下颌滴落在费蕊的胸口，滚烫而哀伤。忽然，他扭开头去，冷笑起来：“连后宫的人心都未曾收复妥当，我就想着杀臣立威，亲政削藩，想必在蕊娘眼里，朕是极其幼稚可笑的吧！”

孟昶很少如此灰心。一股锐利扎得他颤抖，费蕊想说些什么，最终紧闭了嘴巴。她知道一旦开口，便会袒露真心，她觉得自己已经后悔，已经舍不得离开他了。

正在这时，孟昶翻身坐起，从案头拿了块龙纹暖玉放入她手中说：“拿着这枚龙纹扣，出入皇城便无人拦你。”费蕊怔住，只听他又说：“找到柴七便立刻回来！”

“我……”费蕊迟疑不答。

孟昶挥挥手不再看她：“下次不要这样，拿着大棒子等在半道上，打得措手不及！”

费蕊眼眶一红，颤声说：“蕊儿从未想……”

“我知道。”孟昶背转过身，手指抚摩着被褥上的那团鲜红，嘶哑哽咽着说：“不要跟太后请辞，要走便快走，否则，如果我后悔了，你就再也出不去了。”

费蕊愣了愣，看着孟昶没动。

“传旨，谁都不准进来，朕在这里坐一会儿。”

清晨，费蕊裹着一身狐裘出现在朝光眼前。

“暮雨入宫，我猜想你会想办法回来见我一面的。”朝光的脸上笑意翩翩，伸手接过费蕊递上来的丝罗。

费蕊说：“蕊娘辜负了义父，我看孟昶并非预料得那般简单，他心硬如铁，无法掌控，与其荒废才情，不如认输离开。”

“哦？”朝光感到意外。

“姐姐说过，世间事都可强求，唯有感情无法勉强。蕊娘不想老死深宫，做个白头宫女。”

朝光感到扫兴：“当真高估了你！其实你何必急着离开，张修仪想为孟昶产下龙胎，恐怕还看张相公允不允许！”

费蕊一惊，问她什么意思。

“回江陵去吧！李玹帮主会找你的。”朝光也不回答她，转身走了。

当费蕊回到浣花，却是烟柳和富贵等候多时。

一见费蕊回来，他们便簇拥上前，在她怀中失声痛哭。

“司记姑姑到底犯了什么错，天家为何将你逐出大内……今日我们在御前发下重誓，今生今世跟随姐姐寸步不离，姐姐去哪儿，我们便跟去哪儿。姐姐生，我们便生；姐姐死，我们同死！”

费蕊皱眉问道：“晴好呢？”

两人面面相觑，默默地摇了摇头。

14. 沙头古渡

十二月，戊申（三十日）。

孟昶大赦，改次年年号为广政。

广政元年（938 年）正月十九。大概是刚刚过去的一年血腥气太重，宫廷的演乐曲声、霓裳羽衣舞很快便在摩诃池上褪尽。元宵节休沐后，一年的朝政开始，孟昶坐在承乾殿的御座上，看着议论纷纷的群臣，向着心腹宦官田敬全颔首示意。

田敬全宣读圣旨，张业晋封为左仆射兼中书侍郎、同平章事、枢密使，主管军政大权，使相变为阁相。王处回枢密使一职被撤，保留武泰军镇，另加兼武信节度使、同平章事。如此一来，君臣间争斗得水火不容的传闻不攻自破。

烧尾宴中，朝贺的群臣看到宰辅依然深受皇宠，心态上却有了微妙的变化；深谙为官之道的臣子自然清楚，这一切都是妥协的结果，张业和王处回两位宰辅的儿子被判重刑后遇大赦沦为庶民，他们居然还能心平气和地接受皇帝的加封。这一局你来我往，各有胜负，但如何落子，均由孟昶主导着，他以一种极具风雅的姿态了结了恩怨。

张业终于发现，小皇帝从来不是简单粗暴的少年将军，他早已让人无法藐视。

这年端午，蜀国东临的江陵府锣鼓喧天，人潮如织。九曲回肠的荆江北岸坐落着铁壁铜关的荆州城墙，那是武信王高季兴掘墓取砖所建的。

南纪门有南门楼，因右相曲江公被贬任荆州长史时，常于楼上南望大江，置酒赋诗而名冠一时。在南门楼上看去，江陵府扼守长江天堑，西陵峡的群山峰峦叠嶂、烟岚迷蒙，在苍茫的水天之外，隐约可见。

从城门外三里直到御路口码头，一路堆积的百姓里三层外三层，大家都在翘首以盼盛传于世的龙舟赛。龙头早已从屈子祠中抬出来，沿途又是喧嚷不断，热闹异常，原来南平王高从诲现身江陵御路渡口，为赛事祭文，并为龙头开光。

“没想到巴掌大的小国讲起排场来也不输咱天家啊！”富贵和烟柳趴在阁楼的窗边，嚼着手中的糖葫芦，打望着江上的盛况。因为中原战事，襄邓百姓和两京衣冠都投身江湘西蜀，使得这荆南小国竟然比开邑时大了十倍不止，加上江中赛龙舟，南门楼被旅客挤得满满当当的，掌柜费尽唇舌在费蕊的包厅里又安置了一拨客人。

桌上的人吵吵嚷嚷，正围着两轴画卷比对鉴赏，一个说自己手中这幅精工艳丽，另一个反驳说不及自己的那幅气韵潇洒，总之各说各的好，争执不下。费蕊忍不住凑上前，见是两幅形态不同的雪竹，只是一人的雪竹旁多了几只文静休闲的禽鸟而已。

手持文禽雪竹画卷的是个身穿绯袍的少年，腰上别了根盘龙棍，精雕细琢的黄花梨木分外惹眼。他一见费蕊走来，便高举着画卷招呼道：“你来评一评，怎样？”

听到少年招呼，拿着竹林积雪画卷的翠袍青年让出道儿来，眯着眼睛抬手示意说：“郎君请。”

费蕊身着鹅黄团花襴袍，头系皂色幞头，手中提着折扇，一副斯文郎君的扮相。她走上前，眼睛落在两轴画卷上，目光陡然璀璨。她对少年说：“你手上的文禽雪竹长于用色而短于用笔，这位郎君的竹林积雪则长于用笔而短于用色。若单论技法，文禽雪竹小笔精妙，的确精工艳丽；但说到气韵，竹林积雪没有半点儿狂躁骄横，所画枝叶朗朗风骨，卓然独立，整幅画看起来气息更沉郁浓重。”

众人听得频频点头，旁边青衣襕袍的中年旅客尤其雀跃，脸上笑逐颜开："郎君慧眼精妙，在下佩服！"绯衣少年却哦了一声，对中年旅客说："丢了两幅珍品，成都府的孟天家怕是没空缉拿你吧！"

他话音刚落，趴在窗边的富贵机警地跳下窗台："难怪眼熟呢，原来是贼娃子偷来的！"

"这是江南布衣徐熙的弟子，"少年指着中年客官，挑眉解释说，"雅盗。"

"贼就是贼，懂不懂？再文雅也是贼！"富贵没好气地说，"大内宫禁是常人想去便去的吗？"

中年旅客毫不掩饰自己的得意之情，却躬身对富贵拜了拜，谦逊地说："郎君说的是，范某让师父蒙羞了。"

费蕊一听他是名师徐熙的弟子，又见他谦和守礼，口气便软了下来："原来是黄荃、徐熙两位宗师的画作！"

"是啊！我在金陵学画，听说画花鸟须以蜀国黄家体制为准，心中不服。前段时间机缘巧合进了蜀国大内，顺了师父和黄荃的雪竹图，准备带回江南让人评说。"

富贵哼了一声："吹牛！大内戒备森严，你凭什么能进去？"

范生赧颜摇头，他说："蜀王皇城收藏名画、墨宝最多的地方是宫禁太虚阁，平日确实进不去。二月间碰巧遇到宫中奇事，才有机会跟随青羊观的天师入宫。"

"奇事？"费蕊还未说话，富贵直瞪瞪地望着他问："什么奇事？"

"成都府传得沸沸扬扬，罗城百姓关门闭户，惊慌失措了一月有余，你们不知道？"

"我们离开蜀地半年了，怎么会知道呢？快说！"

"难怪！据说宫中娘子生产，居然产下一条妖蛇，大内乱成一团，蜀王命青羊观天师入宫，我随天师弟子进太虚阁驱妖除魔，直到上月才离开。"

“什么？！”

“原是个寻常死胎，不知怎么传得越发离奇，都说后宫妖孽丛生，内监官查抄宣华苑，撵出去百十来个宫娥内侍。”范生眼见面前的人神色怪异，他们的样子跟蜀中百姓一样，张口结舌、目瞪口呆，便兴奋地继续说道：“当天夜里我们就被传召入宫，只见蜀主面白如纸，宫人在龙池边跪了一溜，那位修仪娘子只看了一眼血肉模糊的死胎，便昏了过去，不吃不喝，没几天就薨了。”

孩子没有了，张修仪也薨了！

费蕊想起朝光的话，寒意从脚底层层升起，冲向脑际。

绯衣少年一直在关注费蕊，神情随着她的表情而变得有些复杂。这时，只听楼下欢呼声此起彼伏，原来龙舟赛结束了，南平王回宫。绯衣少年意兴阑珊地收起画轴，拉着翠袍青年和范生同费蕊一行拱手告辞。

等包厅内的客人散尽，烟柳才回过神儿来，喃喃念叨：“老天哪！修仪娘子居然产下妖怪，这可如何是好！”

“姐姐你说，谁能将寻常死胎变成妖物呢？”富贵问道。

费蕊眯着眼睛没作声，她一副风轻云淡的样子，坐在窗前，思绪却如浪潮咆哮，孟昶滴落在胸口的泪像种下的蛊毒，烙得心疼。这疼痛让她恍惚，或者他在那时候就已经意识到了什么，尽管措手不及，也同意她离宫的请求；他也一定是意识到了什么，才会在修仪产下死胎之后，如此迅速地将计就计，清理后宫。

“除了孟三郎自己，谁还有这能耐？”

慵懒带笑的声音传来，在富贵耳朵里却无异于晴天霹雳，唬得他跳了起来。

“是你！”烟柳大呼，瞪着倒挂在阁楼翘檐上的绯衣少年。

“去而复返，还真是调皮！”费蕊话音刚落，只见绯衣少年提着盘龙棍翻身入内，长腿一跨便坐到费蕊身旁，撩开绯色八团倭锻袍，露出脚上青缎鹿皮的小靴。

“上茶！”

他的声音不大，却自带威严，漆黑的双眸任性地转动着，生机勃勃。富贵将桌上倒扣的越窑小盏端起来参茶奉上，好奇地问：“小郎君从大门出去了，为什么又翻窗进来？”

绯衣少年向费蕊眨眨眼，潇洒地架起双腿说：“可不能让他们知道我跟蕊娘认识！”

“我们认识？”费蕊垂眸一想，心中已猜了个八九分。

她抬起头来，朗声笑道：“赵匡胤，江湖人称‘香孩儿’！”

少年笑嘻嘻地掰着手指头，看着费蕊说：“义父说起他的弟子，我称第二，没人敢称第一，看来，蕊娘当得起第三。”费蕊也不介意他自吹自擂，抬手道：“烟柳、富贵你们过来，见过义弟赵匡胤。”

“赵小郎君！”两人齐刷刷地躬身行礼。

“蕊娘好大的气派！”少年换了个姿势坐直身体，摸摸身上说：“我没带见面礼。”

费蕊笑道：“记下，日后要你补上。说吧，从汴州偷跑过来，为什么事儿？”

“闲逛逛，能有什么事儿。”赵匡胤眼梢上翘，凑近费蕊说：“孟三郎整肃朝纲，热闹得很，太保赵季良和毋昭裔、张业分判三司，一个管户部，一个管盐铁，张业主管度支。听说那宰辅张业跟周边使节暗通款曲，这次他从鄂州购得的一批军备让南平王劫了。”

“还有这事？”费蕊看着他，诧异这少年看起来岁数不大，所思所虑却如此大气。

“是啊，我不明白张业已经掌管了军政大权，孟昶为何还让他接管钱粮度支？”

费蕊想也没想便说：“主管军政的臣子再掌度支，易生贪腐，此乃高峰深壑之势，日后收拾起来，把柄更多些吧。”

“哦！”赵匡胤将空杯往桌上一掷，恍然大悟，“我也问过朝光，她就认为孟三郎跟蜀汉刘禅有得一拼，做起事来毫无章法，蕊娘竟一眼看穿他先纵容再捧杀的伎俩。此人帝王心术，深不可测呢！”

费蕊斜睨了他一眼，不以为然地说：“朝光姐姐说得有道理。闲谈而已，何必当真。”

“大蜀的龙椅让蕊娘来坐，说不定也能坐成个太平盛世！”赵匡胤咧着嘴笑起来，少年的自然做派，让两人亲近了不少。

“岂不又是一个武后乱政？”费蕊也是兴起。

“也有人说那是贞观遗风，昭昭于世！”赵匡胤脸上挂着笑，眸子里却流露出若有若无的落寞，“自古世家掌管大势，没有武后开创的武举、自举和试官，寒门子弟哪儿有机会一展才华？”费蕊微微一愣，见他还未到束发之年，所思所虑竟高屋建瓴，于是问道：“香儿觉得孟君的所作所为是妥当还是不妥当呢？”

“义父说过，天下未治时，衣冠百姓需要安稳，蜀地是个不错的选择。”赵匡胤眯着眼睛沉思了一会儿，旋即拍了拍手，站起来说：“不过那人荒诞不经，不值一提！”见费蕊哑然，赵匡胤侧过头来一字一句地说：“以后不谈他了！”费蕊抬头，与赵匡胤目光相接，只见那双炯炯有神的眼眸蓄怒而笑，虽嗔视却含情，露出与这年纪不相符合的精湛光芒，还有些不可捉摸的火焰，似燃非燃，如秘瓷般细腻的面皮就像敷了一层紫红的轻云，“明日太子舍人宴请川楚八帮，李玹帮主不在，我们一道去看看热闹怎样？”

费蕊想了想，看着赵匡胤热切邀约的目光，点头同意。

翌日，风轻云淡，九曲荆江在沙头变得异常平缓，一叶扁舟翩然而行，船头少年迎风伫立。身着团花缺胯的郎君，杏眼微垂，锦绅束发，纤长的手指握着一把白玉骨绢折扇。从背后望去，瘦削的身形英姿飒爽，两根逍遥巾带随风而动。在他的脚下，仰躺着一名绯衣少年，双手枕头，正闭目养神。

舟停沙头渡口，早有宽轿等候多时。为首那人名叫高从义，是南平王高从诲的兄弟，太子舍人的叔叔，今日宴请的宅邸便是他特意挑选的地方。

“有劳先生亲自迎接。”费蕊客气地拱手作揖。

高从义面白须长，笑语翩翩：“听闻国师的两位阿郎光临寒舍，高某怎能不亲自来迎。”

沙头古渡是江陵府的第一大渡口，出川入蜀的商船客旅大多在此停歇，沙头十里长镇繁华喧嚣，设宴的府邸地处长街尽头，掩映在密不透风的古镇宅院中。

宽轿从正门入内，早有各部的头领降阶相迎。费蕊话不多，倒是赵匡胤小小年纪便同各人寒暄，礼数周到。时至巳时三刻，两三百位客人如潮水般从大门涌入，均是川楚八帮各个香座堂口的护法长老。赵匡胤如鱼得水，在四进天井中穿梭，不停地招呼引见，一时间，府中大堂喧声一片，笑语不断。

厨夫仆役摆了百十来桌，有戏班杂耍助兴，酒至酣畅已是午夜。

夜风朗朗，双星伴月。

朦胧的天幕中，长庚与岁星异常明亮，陪伴在如钩的新月之下。

“来啊！川楚八帮的兄弟们干了这杯吧！”

“对酒当歌，人生几何！譬如朝露，去日苦多！”

“寻巢的鸦雀已经绕树三匝，哪里是我的栖息之所啊！”

“不要拦着我！”

“燕雀安知鸿鹄之志呢！”

……………

赵匡胤醉了。

眉目清秀的少年郎端着雄黄酒摇摇晃晃地来到费蕊跟前：“蕊姐姐，跟香儿干了这杯酒吧，干了这杯，我带你北上，回我的故乡去，好不好？”费蕊低声哄着：“香儿别喝了。”说着顺了他的酒杯，走上前跟高从义告别。

高从义未做挽留，将费蕊送至门口，两顶小轿停在石狮旁。轿夫扛着醉至蹁跹的赵匡胤，像毛巾那样挂在肩头。

小轿刚起，大门便轰的一声关上，费蕊听到轰隆门响，心中没来由地咯噔一跳。

抬轿的轿夫如同脚下生烟，没命地朝着码头狂奔。“慢着，怎么回事儿？”费蕊撩开轿帷，冷冷地喝到。轿夫不答，只是一味地飞跑。

这时，空寂的长街传来一道尖利的呐喊。

“走水啦！”

只见长街尽头红光一片，设宴府邸的上空火光大作，锣鼓声雷动四邻。紧接着便传来小孩儿哭闹声、妇孺呼叫声、汉子狂吼声。犬吠汪汪惹出一大片，整个十里长镇的犬吠声和人声交织，在烈焰中格外清晰。

“停下！”费蕊大呼。可那轿夫充耳不闻，更用力地朝前奔跑。

“嗖嗖嗖——”

“哧——”

有箭矢从费蕊身旁掠过，只听几声惨叫，旋即一阵晕头转向，她从轿子里跌落出来。

“香儿——”

费蕊趴在地上，看见身旁躺着的轿夫身上插了好几根箭镞，已经气绝身亡。这时，火势被夜风刮起，顺势蔓延，不停地发出噼里啪啦的爆裂声。风声大作，哀号求救的声音从火场中传出，接着，房屋倒塌的声音、抢东西的声音和泼水的声音不绝于耳。

火光闪烁中，扑来一道热风，一双柔软的手抓住了她：“走！”

是赵匡胤！几乎与此同时，噌的一声，一支利箭从旁边掠过，栽进石缝中。

“小心！”赵匡胤抱着她就地一滚，那双清澈的眼睛近在咫尺，哪有半点儿酒醉的样子，“跟我走！”赵匡胤将费蕊护在身前，朝着江岸奔去。黑夜中，乱箭从四面八方射过来，赵匡胤将手中的盘龙棍抡得团团转，利箭纷纷跌落。

长夜在黑暗中被火光撕裂，热浪裹着啸吼袭来，火势顺着他们狂奔的方向蔓延，不论怎么跑，总有乱箭紧追不舍。沙头这片长街，白日里繁华喧闹，夜间动静如此之大，四周的屋舍却紧闭不开，若非事前部署，怎会这般怪异。

费蕊想到赵匡胤装醉离开，一股带着寒意的怒火便燃了起来。

“想不到你小小年纪，使计耍滑竟然这么熟稔。”费蕊气喘吁吁地怒斥道。

“我自小熟读《史记》，鸿门宴还是知道的。”赵匡胤也不恼，神态专注地扫视周围，说话间，手中的盘龙棍又挡开了一支箭。

“鸿门宴？”费蕊眉头一拧，停住脚步，失声问道：“你是说今夜意在血洗川楚八帮？”赵匡胤蹙着眉没回答，抓着费蕊的手顺着疾风而行。

费蕊气急，猛地甩开他的手，正待转身，听见黑暗中又是嗖嗖几声尖利的啸音，她被全力扑倒，耳边传来压抑地“嗯哼”声。“香儿，没事儿吧？”恼归恼，费蕊见他这样，不由得软了心肠。赵匡胤放开她的手，刚站起来又趔趄着跪了下去，嘶哑地吼了声：“上船再说！”

没等费蕊回答，又听见轰的巨响，燃烧的房屋倾斜过来，瓦砾崩塌。

“小心！”赵匡胤一把推开费蕊，举起盘龙棍迎上塌墙。

咔嚓一声脆响，长棍断成两截，赵匡胤倒在地上。

“香儿！”费蕊大惊失色，这才发现他的后背居然插着一支箭，箭镞深深地没入衣襟中。“别管我，快跑！”赵匡胤在火光中颤动，声音越来越小，“富贵他们……”

费蕊全身剧烈地颤抖起来，大火在四周蔓延，噼啪作响。热风烤在脸上、灼在皮肤上的感觉如此熟悉，仿佛回到那个惨绝人寰的月夜，四处的犬吠变成亲人的呼叫飘荡在耳旁。

费蕊绝望地抬起头来，漆黑的天幕中，是双星伴月的天象。

她想：也许自己命中注定是要死在这里的，那一年就该死了，活下来到底是为了什么呢？李玹说：“既然活了下来，就要好好地活下去。”“可蕊娘怕是活不成了！”她低声呢喃，朦胧中，那星星和月亮慢慢变成了孟昶的脸庞，沉静温柔地看着她。

——在皇城的萧墙下，亦是这般。“不了，我们回家。”

“陛下要蕊娘入宫？”

“我不会不管你的。”

——沁芳园中，他抚摩着玉垒山下的“离堆”二字，“峭壁如削，谷幽水长。蕊儿斧劈皴法、雄峻气格，深得荆浩然的神韵！”一边说着转过头来，亦是这般。

——御书房里，他的声音嘶哑：“我带你入宫，做错了吗？”

“我强行带你入宫，却任由母亲将你留在身边，你觉得荣耀？讨好妃嫔，强颜欢笑，你觉得荣耀？到现在，见我一面也难，你也觉得荣耀吗？”

“放心，你放心，朕不要你走！朕要你开开心心地在宫中住下，哪儿也不要去。”

——锦被之上，亦是这般。“蕊儿，朕要封你为妃，以后还要当朕的皇后，皇城就是你的家，知道吗？”那眸光就像天上的星星，在一次次的闪烁中，他倔强地说：“相信我，朕可以！”

“我何尝不愿，可是，可……”他仰天大叫，胸前有他滴落的眼泪，还有那绝望的喘息，“一条生路也不给我吗？”

——渐渐地，星光泯灭，他挥着手不再看她：“下次不要这样，拿着大棒子等在半道上，打得措手不及！”

…………

“仁赞哥哥，蕊儿没有下次了！”费蕊呼唤着，濒死之时，她看清了自己的心，原来情根的深处，虽已终结，却想回头，道是今生，还望来世。“蕊娘啊，从始至终放不下的那个人，是你！”费蕊微笑着，感到绝望而哀伤。

“嚓嚓嚓——”

一股巨大的力量将她从火堆里提了出去，幞头散落，肩头也出现了几道细微的伤口，看起来极其狼狈。但意想不到的是，她居然从那大火中挣脱出来。

烟柳抱着她，“姐姐、姐姐”地低声呼唤。费蕊全身僵硬，眼前像蒙上了一层薄纱，她望着几道黑影消失的方向，泪流满面。

“离去的，是天家的暗卫……”

一名身穿翠袍的青年站在旁边，拱手作揖：“在下江陵茶商郭荣，与香儿约好在此接应。”费蕊想起来，昨天在南门楼鉴画的时候见过这个人。

赵匡胤昏迷不醒，被郭荣抱上小船，他叹了口气说：“如此逞强，当是个教训吧！跟我走。”临危不乱的言语安抚着费蕊一行的惶恐，在郭荣的指挥下，富贵手执船篙，小船破水而下，将十里长街的熊熊大火和滚滚浓烟抛在身后。

沙头下游有处山村叫柳庄店，郭荣将费蕊一行安置于此。

“啊——”幼兽剥皮般的嘶吼划破夜空，赵匡胤身中的箭矢从后肩背刺穿前胸，被郭荣强行取出，鲜血洒了一屋子。“香儿，没事儿……”费蕊抱着几乎咬断牙槽的赵匡胤柔声安慰。血窟窿用草灰堵住，费蕊写了药单交给郭荣，烦请他去寻来。

“你早就知道，为什么？”费蕊怕他脱力昏迷便再也醒不过来，不停地说话。

“南平王高从诲……他劫了张业的军备，要嫁祸给荆江的船夫。”赵匡胤猛咳两声，痛得几乎昏厥，“……没想到高从义，我竟以为他能救下川楚八帮……今夜一过，川楚八帮毁灭殆尽，恐怕再也无力跟朝廷抗衡，荆江段的漕运就到了高氏手中。”赵匡胤牡丹样的唇色早已煞白，闭着眼睛，全身发抖。

中原割裂以后，大江的漕运被帮派掌控，朝廷与江湖争端持续多年。

前蜀乞降于唐，遗臣李氏执掌川楚八帮，只要备好钱财请他们做担保，经过的船只便会万无一失，各堂口每年收入颇丰，帮众对李氏推崇备至。

“师父他……”费蕊想到李玹的苦心经营毁于一旦，眼泪如断了线的珠子一样滚落下来。赵匡胤揪着被褥，直瞪瞪地望着费蕊，漆黑的眸瞳露出痛苦而愧疚的神色。“你怎么这么傻！”那倔强的样子让费蕊倍感心疼，他年纪还小，换成其他人，早就滚到母亲怀中痛哭流涕了，而他只是死死地咬着牙。

“睁开眼睛，不要睡！跟我说话吧。我会禀明义父，他会做主的！”

赵匡胤沉默了许久，直到费蕊以为他又晕了过去，这才听到他低声说：“螟蛉有子，蜾蠃不负；杀以为饲，以饲其子。青衫义子遍及天下，少几个又算得了什么……高从义血洗川楚八帮，若没有青衫授意，他敢吗？李玹帮主如果知道，绝不会轻饶，又怎么肯放我们走呢！”

“义父？”费蕊大惊失色，不相信温润如玉的青衫会如此毒辣。

“青衫与李玹，二人不合已经很久了。”

费蕊记得暮雨提过，因为争执，李玹很少回到江陵总坛。

正想说什么，富贵端了熬好的药汤进来。

“蕊娘……”赵匡胤咬着唇，声音越发低迷，“等我好些了，我们离开这里，跟我一起回汴州好不好？江陵不是栖身之所。”费蕊看着那双藏在浓密睫毛下的眼眸，扑闪着犹豫不决。这个时候，赵匡胤才变得像这个年纪的模样来，她怔忡片刻，柔声哄着回应道：“……等香儿好了，想去哪儿姐姐都陪你……”

过了七八日，赵匡胤勉强能够下地，费蕊陪他四处走动。

柳庄店三面环水，池塘沼泽菱荷飘香，两人一路走走停停，不知不觉间来到村东头，费蕊见他神情疲倦，便提议到石桥上休息。

赵匡胤捏着断成两截的盘龙棍摆弄不停，费蕊惋惜地说：“这么称手的东西，断了真可惜。”赵匡胤笑笑不语。费蕊忽然想起一个人来，从他手中接过断棍说：“我知道有个打铁制枪的好手，姐姐帮你找他接上铰链，好不？”

“嗯，两截断棍可用铰链焊成齐眉棒，使用得当的话，威力还大些。”

“等你好了，我们去蜀地找他。”

“你不是答应陪我回汴州吗？”

费蕊一怔，摸着盘龙棍的断口说：“姐姐陪你一段时间还可以，但是不能永远陪你。其实姐姐也有重要的事情要做，跟香儿想做的事情一样重要。”

“你知道我想做什么？”赵匡胤冷冷地问。

“你想做什么呢？”费蕊微笑地看着他。

赵匡胤听她反问，动了动唇角，没有回答。沉默了很长时间，才听他低声问：“那天……是他的人吗？”

“嗯。”赵匡胤聪慧过人，费蕊自然知道他指的是谁。

“他身为一国之主，自然有能力护你，而我只有这根棒子，现在还断了……”

“不是这样的，香儿。”

“蕊娘不愿跟我走，是想回到他的身边，对吧？”赵匡胤露出一丝玩世不恭的笑，他从费蕊手中拿过盘龙棍，骄傲地说：“我在汴州的时候，也曾遇到相面的僧人，他说此郎有福，往北定有知遇，不仅把全部盘缠给我，还送了我这根精雕的盘龙棍。”

“你偏往南走？”费蕊笑起来，“那僧人说得有道理，北方乱世，英豪辈出，而南方是避祸的安逸之所。香儿若有志向，的确该朝北方走。”

赵匡胤没有笑：“蕊娘真的不愿跟我走吗？”

凉风吹过水面，几只翠鸟拍打着水面飞离，好像彩色的流矢。费蕊没有回答赵匡胤的话，她望着那一闪而过的掠影，问道：“香儿可曾仔细看过花梨木上的雕刻？”

…………

“手柄上有战国七雄终结于秦的浮雕，方才握在手中细看，仿佛还能听到金戈铁马的铮铮响动。英雄血战沙场，男儿志在四方，不是吗？”

…………

“费蕊一介女流，手无缚鸡之力，怎么随香儿四处漂泊呢？”

“是借口吧！”赵匡胤将两截黄花梨木插回腰间，冷冰冰地说，“我不服气，因为我生得迟了。那人荒淫无道，不过占了君王的先机，便让你念念不忘。若换成是我呢？若是赵匡胤坐镇成都府，我一样能够派手下跟在你的身后保护你，但孟三郎肯用自己的命来换你吗？如果是这样，你选择的还是他吗？你……”

啪的一声脆响，费蕊毫不犹豫地扬手给了他一巴掌。

赵匡胤偏过头去，当他再转过来时，眼中一片赤红，咬着牙倔强地看着费蕊。

“我打你，不是因为你说那个人的不是。”费蕊蹙着眉，感到无比痛惜，“我打你妄自菲薄，竟然说出如此没有骨气的话来，不仅侮辱了我，也辱没了你自己！”

…………

“青城费氏与你赵氏一门累代仕官，什么时候都不会做出苟且攀附的事儿。如果不是真心赞赏，不是情同知己，那该让人多么不齿啊！而你，你凭什么假设坐镇成都府？你是有丰硕的战绩功勋吗，还是有多少追随你的死士，或者是提携你的将领？

…………

“生得太迟是你的机会，怎么成了不作为的理由呢？”

…………

“如果，仅是为了跟某人争个高下，就把我当成输赢的筹码，我会考虑刚才的巴掌是不是打得不够响！”

…………

赵匡胤怔怔地看着费蕊愤怒地起身，扬长而去，捂着隐痛的胸口倒吸着凉气。

“说得好！”啪啪的掌声从桥底传来，只见郭荣赤着双脚站在水中，正玩味地笑着。

“郭大哥，你偷听！”赵匡胤怒极，面皮涨得通红。

“分明是我在桥下乘凉睡觉，被那谁吵醒的好不好！”郭荣跃上桥头，双手搭在赵匡胤的肩上，诚恳地说道：“她说得不错。香儿好好想想，跟我走吧！”

赵匡胤扭头不答。

接下来的半月，费蕊对赵匡胤礼数周到却态度疏远，让赵匡胤感觉十分无趣。

这天，天气炎热，费蕊在屋中给赵匡胤清理疮口。门外响起马蹄声，只听郭荣的声音在高喊：“香儿开门！”

费蕊打开房门，微微一怔，眼睛直盯着柴荣身后头戴帷帽的客人。

郭荣扶起赵匡胤，手里高扬着一根用玄铁铰链焊起来的齐眉棒，说：“走，出去看看！”

待两人走出房门，那人下跪施礼道：“柴七见过费娘子！”说着揭下帷帽。费蕊说：“果然是你，李玹师父呢？”

这个名叫柴七的汉子，曾是张业身边的仆童，因得罪张继昭获罪潜逃，在峨眉获救以后就和柴婆婆一起跟了李玹。

“我杀了高从义，李玹帮主赶去施州了。”阳光从屋顶的缝隙中洒下来，照在柴七的脸上，那茂密的髯须上滴落着水光，“家主知道费娘子在找我，命我前来见你一面。”

费蕊站起身来，她是要为孟昶找回柴七的，去做证人。

柴七说：“天家将张继昭贬为庶民，反升了张业的官职，案子了结，我回蜀地没什么意义，家主让我去施州做更重要的事情。”

费蕊感到迷惘，道：“张继昭为了杀你，曾在绵州一带搜寻了数月。”

“费娘子放心，张继昭现在不过一介庶民，已经没能耐杀我，说不定还得用我。”柴七胸有成竹，说完转而问道：“你可知此次祸起的源头？”

费蕊想了想，说：“是高从诲想掌控荆江水路，这才起心抢劫张业的军备嫁祸川楚八帮。”

柴七点头说不错，“截取张业的军备，是孟天家跟南平王达成的交易。”

“还牵涉川蜀朝廷？”

“不错。张业以往走私军备，都是从鄂州经峡路入蜀，靠施州刺史田行皋保护。孟天家的特使，将张业行船的线路交给高从诲，并许以巨资希望他帮助截取。高从诲早有掌控荆江水路的贼心，但碍于家主的面子不敢动手！这老贼，一边将张业的私货据为己有，一边嫁祸川楚八帮，既给了天家面子，又不得罪田行皋和张业，还顺手把荆江漕运收于囊中。可恨家主兄弟十年心血，竟这般付诸东流！”柴七说着，气愤地捶打着桌案。

“啊！”费蕊没想到此事牵涉竟然这么深，“难道青衫不知道？他竟然……”

“青衫不满家主暗中匡扶孟天家，他迟早都会铲除川楚八帮的。”

“师父让你去施州做什么？”

“我去施州投靠田行皋，此人原是鹤峰土司，在高祖平东川的时候归顺了大蜀，任施州刺史，实际上却受张业控制。张继昭已是庶民，他一定会来投奔田行皋的，我正好能想办法重新取得他的信任。”

费蕊一时想不起来在哪里听过“田行皋”这个名字，她摆手说：“不不不，这太冒险了！就凭你跟荣五娘的关系，他一定会杀了你的。”

“张继昭知道我跟五娘并非传闻的那种关系，当初荣四求我救他妹妹，没想到惹怒了张继昭，他将我丢到私狱，母亲买通狱卒才得以逃脱。他们四处缉捕，一是因为神苍术的秘密在母亲手里，二是不愿我们走漏城西进奏院的消息。现在案子已经了结，张继昭孤身犯险投靠而来，身边没有任何亲信。我毕竟从小在他家长大，要重新获得信任不容易，但他不会轻易杀我。”

“话虽如此，你要小心。”

“柴七知道了。”

…………

转眼到了八月。

赵匡胤的身体早已痊愈，但他刻意避免和费蕊碰面，时常同郭荣逗留在外，每每半夜才回到农庄，即便回来也显得心事重重。

这日酷热难耐，蝉鸣不歇，富贵摇着蒲扇坐在屋檐下，他盯着院坝中练拳的赵匡胤已经很久了。难得没有出门，两截齐眉棒在他手中上挑下砸，耍得浑然一体，他从清早一直练到正午，汗水从额头飞流直下，一点儿没有停歇的意思。

费蕊关着房门独自在阁楼上看书。

烟柳偷偷地扯着富贵的衣服，两人在杨柳树下窃窃私语。

“赵小郎不对劲儿吧？”

“看来，赵郎长大了，心存不轨呢！”

…………

这时，赵匡胤停下来。只见他披了件单衣走到费蕊的门前，双手撑在门框上，始终下不了决心敲下去。只有他自己知道这是第几次了，好几回他站在这个地方，看着抬起的手，总觉得如果任由它敲下去，两个人就变成永别。

正在这时，只听吱呀一声，门从里面打开了。

费蕊迎着正午的阳光出现在门口。

一袭月白襦裙，云鬓高耸，艳丽的容颜让简陋的门楣顿时增添了无限的光彩。赵匡胤怔怔地站在门外，喉咙里好像堵着什么东西，咽不下去，又吐不出来。

“香儿找我？”费蕊眉目沉静，双眸如波，说话的声音好像溪水潺潺，轻柔而澄亮。赵匡胤顿时羞怯起来，心里涌起一股五味杂陈的味道。他控制着步履的节奏，走进厅堂，端正地坐下。他的身躯经过煎熬磨砺，思想上也经过深思熟虑，这让他稳重了许多。

“蕊娘照顾香儿这些时日，香儿已经大好，特来感谢。”

“是大好啊，什么时候比蕊娘还高了！”费蕊看着赵匡胤，明媚的目光像丝绵抚慰着他阴戾的情绪。

他感觉好受了许多，紧绷的心情一松懈，声音也温柔起来：“这些天，我在想……”说到这里，他停顿了片刻，看着费蕊和煦的目光，想到石桥上的那一巴掌，一咬牙说道：“我在想，是时候跟蕊娘告别了。先回汴州告慰父母，然后北上。”

“嗯，好。”

他在费蕊的鼓励声中继续说：“赵匡胤年少无知，毫无建树，更谈不上大展才华。功业要脚踏实地一步步做出来，说出来不算，只能靠自己做。只是，香儿一直舍不得跟姐姐告别。”

“香儿能这么想，我就放心了，”费蕊的手搭在赵匡胤的肩上，“香儿舍不得道别，我也舍不得。可是聚合不由人，我们终有分开的一天，你能战胜这股懦弱之心，必将成其大事……”费蕊有些哽咽，觉得难以说下去。

赵匡胤忽然任性地抱住她，断断续续地说道：“是的，香儿明白……这就同姐姐告别，若有一天我来接你……你一定要跟我走……”

费蕊被他抱着，只闻到莫名的香气萦绕着屋梁，久久不曾散去。

农庄外的杨柳树下，郭荣牵着两匹白马等候多时。

赵匡胤走出门来，身后还跟着富贵和烟柳。他从郭荣手中接过缰绳，飞身跃上白马，在杨柳树下兜了一圈儿，向农庄外送行的人拱手告辞，而后，径直迎着日头朝村东飞奔。

富贵望着白马离去的影子，竖起了大拇指：“好小子，是个真英雄！”烟柳扬着脖子附和：“说不定，他真的能跟咱们天家那样，打下一片江山来呢！”

村东的桥头上，赵匡胤勒缰回头，他望着远处的杨柳树，停歇了片刻，忽然朝着白马胯下狠狠一抽，大喝一声：“驾——”

那马奋力嘶鸣，扬起前蹄拼命张开，马身高高竖立，在阵阵长风中显得威猛而雄壮。须臾间，赵匡胤掉转马头，迎着正午的烈日飞奔而去，只留下一片烟尘。

15. 美人如玉

蜀地青山隐隐，绿水昭昭，水陆码头货殖繁兴。

每天清晨，成排的辇车在大街上穿梭，捧圣骑兵的红鬃烈马沿萧蔷巡弋；唐国君主送来的白翅仙鹤偶尔起落，每每出现时，皇城便被一片祥云笼罩。近来，人们常说成都府地界烟波毓秀，人杰地灵。彼时晋国狼烟滚滚，中原名士纷纷避祸于此。石敬瑭已经身故，义子石重贵在权臣拥立下登上帝位，瞬间与契丹爷爷翻脸，御驾亲征于戚城血战，战死的人马尸身层层相叠，断箭积起数寸之厚。

这是颇不平静的一年。

散花楼后苑有道高墙将荷塘一分为二，通向浣花的圆洞门前常年苍苔满地，人迹罕至。好事的客人们发现，不知何时那门洞被修葺一新，一到晚间，沉寂多年的浣花内会有隐约的灯火透来，间或还能听到悠扬的曲韵。

“浣花是否有了新主人？”

“曾经有位绝世美人，就在那里被当今皇上临幸呢。”

“难怪朝光夫人要将那处封存起来。”

“美人如玉，恍如一梦啊……”

费蕊回蜀两月有余，待在浣花足不出户。

这天清晨，终于有辆双辕辇车从浣花后园驶出，沿着繁华阜盛的大街来到一座肃穆府邸，三间兽头大门巍然耸立于前，列戟十四竿。随车步行的年轻人向东角门呈上拜帖，不一会儿便有几个衣帽周全的小厮抬了顶小轿前来。帷帐掀开，翠霞裙底探出绛紫色的云头锦履，一柄青绸油伞递上，年轻人挽着身披红色羽缎鹤氅的女子走下车。领口的白狐毛衬着银盘样白皙的脸庞，双眼像水杏盈动，红唇如绛珠润泽，尤其那小巧的鼻子，显得秀气端庄。

小轿缓行步入府邸，透过纱窗往外看去，一座空寂的相府，只有朝向皇城的闫武楼，匾额上苍劲的御笔题书“功名贯天”，还残存着往昔的威严雄姿。眼见曾经客盈满门的府邸所掌家丁不足百人，费蕊的心头涌起难言的苦涩。

闫武楼的顶端有向外延伸的飞廊，暮雨刚遣开随侍，费蕊便迫不及待地挽着她亲昵厮磨，仿佛又回到还在江陵的年少时候。此时的暮雨，面色透亮，宽大的常服也遮盖不住臃肿的身姿，一头乌发盘曲交卷，发髻前插梳篦，髻上的金钗步摇端庄华贵。

“整整七年，你随四郎游历各国，制药卖香悠游快活，还回来做什么？”

费蕊迟疑了片刻，回答说：“当年我任性出宫，没有想好该如何与他相处，经过这么多年，想来是能了。”

“为何是现在？”

“这七年，蜀国强大，今非昔比，盛极之下极需扩张，他或许正在彷徨，不知该何去何从。”

暮雨捻了颗青梅在手，慵懒地说道：“蕊儿大了，暮雨看不透你。”

“姐姐痴心不改，蕊娘也是一样。”

“你可知道，这些年他变了很多。”

“知道。”费蕊转过头去，只见凝烟阁的殿瓴高耸入云，花重成城。时值宰辅张公铎被皇帝罢免军职三年有余，这三年，均是暮雨伴着他在相府度过几多漫长的不眠之夜。“姐姐心里痛恨？”

“痛恨！怎会不痛恨呢？”暮雨站起来，望着繁花缭绕、绿荫遮蔽的明煌一角，眼中却满是寒意，“都统多年主持保宁军兼领禁军，对孟三郎的赤胆忠心，天地可鉴。受诏辅政哪次不是他力挺少主；孟三郎被人欺辱，哪次没有他出言维护！他倒好，一句节度使兼领禁军，委托幕僚管理留职，政事治理不善，民众无处申诉，便罢了他的军职！”

费蕊目光灼灼地盯着她，小心地提醒道：“同时罢免的，不还有主持武德军的赵廷隐，武泰、武信节使王处回吗？”

“够了！孟三郎下得一手好棋，却让都统憋屈了三年！”暮雨说着转过头来，眯着眼睛质疑道：“蕊娘游历在外，对蜀中动向也了如指掌？”

费蕊笑起来，一双水眸灿若明星，她打量着暮雨，说道：“宁郡夫人久居侯府，忘了我们是做什么的？”

“怎么会忘呢，我以为你跟四郎行走江东，寄情山水，看来是错了。”

费蕊看着暮雨冷冰冰的脸，谨慎地答道：“姐姐提醒蕊娘的话，我都记得。这七年，青衫放任我们四处游历，看似大家都抛开了恩怨，蕊娘可以做到，李玹却不能。蕊娘已不是当年那个懵懂彷徨的御前小侍，此行回蜀思量再三，还请姐姐助我。”

“助你？如果说李玹想借蜀国的势力铲平荆南、报复青衫，你存什么念想？”

费蕊摇头道：“蕊娘不敢隐瞒姐姐。我跟李玹都是蜀人，生于斯长于斯，青城费氏乃西川旺族，李玹更是贵为前朝国舅，助蜀王振兴，更是帮助家族复兴，利国利己，未有半点儿叵测。此间契丹入寇，在中原大肆屠戮，唐主李璟忙着趁闵国二王互斥排挤之际出兵，恰好有个小小的机会或许可为皇帝解忧。所以前来求助都统替我带信入朝。”

“算了吧！也就是我，才容你说出这些话来，换旁人你试试？”暮雨烦躁地挥了挥手。费蕊没动，面不改色地坦然相对。暮雨不由得慢慢软化下来，接着苦笑着问道：“怎么助你？你都看见了，靠这破败的侯府，还是靠都统沉疴的躯体呢？”

“暮雨……都统是大蜀柱国将军，如果由他致信皇帝，相信事半功倍。”

“三年前或许可以，今时不同往日。”

“都统恼恨至今，仍不肯面君吗？”

“恼恨？我巴不得他能恨呢！”暮雨咬着牙，愤恨地说道，“都统为人清白自律，军功累迁靠的是出生入死，跟赵廷隐和王处回那样机巧的权臣如何比？将不领兵，就是玉困于土，金钗雪埋。三年来，都统隐忍难言，谁关心过他的郁结，谁知道他的痼疾久治难愈呢……孟三郎害都统不浅啊！”

“我知道，朝光都告诉我了。”

“你知道？知道还跟我说这些！”暮雨气得双肩颤抖，眼中的热泪滚滚而下。

“暮雨……姐姐保重自己！”费蕊从身后抱住她，眼泪亦顺着脸颊掉落在她的肩头，她感觉心痛更觉痛心，“姐姐怎知都统不是以大局为重呢？”

暮雨怒了，拂开费蕊的双手：“大局，什么是大局？是他孟家万代的江山社稷吗？还是你们这些累世公卿的百年门楣？”

费蕊知道暮雨的脾性，说服她很难，但她还是决定试一试。

“大局即民生。”费蕊说，“这些年我踏遍大江南北，眼看中原各地百业俱废。社稷原是土谷之神，却被那些人用来满足私欲，君王任用的大臣，也不是什么饱学经史的鸿儒。汉唐盛世能够存续百年，只因推恩削藩，外儒内法，兴经学，举孝廉，培植忠于皇室的文官以对抗各地藩镇。三郎看到重武轻儒导致民风不淳的危害，采取这样的措施整肃朝堂风气。都统所顾及的大局，定然也是如此。”

“没错！”暮雨冷笑，“三年前孟三郎撰《官箴》颁于朝堂，他说朕念赤子，宵衣旰食；他说下民易虐，上天难欺；他说尔俸尔禄，民膏民脂；他说为人父母，罔不仁慈！他言辞凿凿，振聋发聩，令多少忠虎志士热泪盈眶，以为总算有位明君，能在偏安之地保有一方净土！谁知道一转眼，他却将谗佞的张业等人捧为中书令，剥夺布衣肱股忠臣良相的爵位，这是哪门子的仁慈？孟三郎此举蚕食多少寒门武将，你可知三年来，六军大肆扩充，多少旧臣解甲归田，藩镇使节更换成什么样？这就是孟三郎所谓的大局吗？暮雨不相信他！”

“等等！”费蕊抬手打断了暮雨的话，“现在主持各地藩镇的使节都有谁？”

暮雨不屑地说道：“有谁呢，不过是些手无缚鸡之力的文人，像翰林承旨李昊、散骑常侍刘英图、谏议大夫崔銮、给事中谢从志、将作监张赞，甚至连身边的内监田敬全也领了个永平节度使！”

“那就是了……这几位文官并不都昏聩无能，即便办不了大事，至少不会坏事。”费蕊面色温婉地看着暮雨说，“中原朝廷用虐杀手段打压武将，哪里具备一个国家应有的展望和战略啊，天家这么做是对的！”

“我说不过你！”暮雨哼了哼，转过身去，“暮雨读书不多，戏文中的‘狡兔死，走狗烹’，说的就是都统。你跟孟三郎到底是一伙的！”

“六军兵强马壮，藩镇使节由文官主领，三郎这是在慢慢收紧兵权嘛！”检校官张公铎不知道什么时候走上楼来，背负双手站在门口，微笑地看着她们。

“张公！”费蕊惊喜地行过万福。

“费司记！”

听张公铎口称自己“费司记”，费蕊不由得愣了愣，很多年没有听到这样的称呼，自己都忘了。

“六军也好，藩镇也罢，总之跟夫君没关系，咱不操这份心！”暮雨说着，缓步上前将张公铎脖子处的绫巾理了理。

“太保致仕以后，朝中大事都倚重张业、赵廷隐和王处回三位宰辅，张业更是把控着库府钱粮的度支。但三郎也在增强自己的实力，藩镇使节换成了没有战勋的文官。说他年轻任性吧，又如此勤于参政，这七年频频出使，结好契丹、唐国和周边；近来陆续走完蜀中五十二州，下旨轻徭薄赋，躬身劝课农桑，各地官吏百姓都一改对客籍朝廷沉浮自安的态度，三郎威望日渐高盛，朝中积累也非比寻常。费司记在外多年，想必早有耳闻吧。”

费蕊看着他笑盈盈的脸，多年前那个直率鲁莽的都统将军已经面目全非；张公铎着一袭紫地金锦襕锦袍，瘦削单薄，双鬓微白，坚毅的容颜显得憔悴而灰暗。

唇角微咸，不知何时已经落下泪来。

“契丹入寇已到黄河！”

“石重贵御驾亲征戚城二次失利，战况惨烈，所有俘虏都被施以酷刑。”

“陛下可有圣意？”

最近，皇帝孟昶在朝堂上听到的最多的便是这样的言语。

这一年孟昶二十六岁，大蜀立国十年，勃勃雄心在他心底发酵，现实却承载不下日渐丰满的梦想。朝臣都记得，七年前皇帝如何果决打压请战的将领，随着老将陆续解甲，只要宰辅不提拓边事宜，便不再有人敢于提说。无论后宫还是朝堂，众人早已习惯他的沉静，不动声色，让人看不出端倪，自然无人知晓他犹如困兽的痛苦。

抱恙许久的张公铎忽然求见于殿前，呈上一份帛书。

“阶、成二州义军指挥使王君怀因受排挤而心怀不满，愤然率部千余人投奔蜀境。”

终于来了！

孟昶看着信笺，眼中散发出灼灼光彩。

“这王君怀向朕表明忠心，答应率部为向导，带蜀军袭取阶、成二州。张公献此良策，朕即刻下旨弹冠复职！”他一边说着，熟稔的疆域早已铺陈在脑海。那片自古称为陇右的区域，既收两川兵力，又能直捣关中。八百里秦川汇长安，渭河滩上风流着历朝历代最显赫的帝王。自从秦公出陇右，入秦川完成了统一大业；诸葛亮也六出祁山效法，却不能囊括，终成蜀汉之患；曹魏大将邓艾正是绕道陇右突破阴平险隘，才席卷汉中出昭武，直抵成都。七年前，皇帝以一己之力按兵不动，被朝野诟病，这七年来，他手执禁军，兵强马壮，内藏银粮充盈丰硕，其实力已跟当年不可同日而语。

“是天助大蜀！令沿边将帅接应王君怀，速取阶州！”

孟昶刚下旨，司空张业便黑沉着脸，讽刺地问道：“陛下还有何人可用？”

禁军右匡圣都指挥使高彦俦毫不犹豫地走上前来，自行请命：“臣是高祖在晋阳时的旧部，陛下可酌张公在京畿遥领指挥，臣请领兵一战。”

高彦俦话音一落，立即被侍卫司指挥使安思谦和捧圣军指挥使李廷等人附议。不料，却遭到张业的异常反对：“十年没打过仗了，高将军在先帝在的时候就没什么建树，拿什么担此重任？”枢密使王处回和太尉赵廷隐也都提请皇帝另外斟酌人选。

孟昶问：“众卿可有合适的人推荐？”

张业似乎早有考虑，他看了看赵廷隐和王处回，说：“陛下执意要出兵的话，臣推荐兵部尚书田行皋领北境行营讨招使，户部司储赵季礼为都监！”

众臣在御前交头接耳，金銮大殿内响起嗡嗡的议论声。

毋昭裔执笏跨前，反对说：“赵季礼是户部文官，行军跋涉没有经验，田尚书刚刚由施州调任兵部，还需要熟悉新地政治，此时离京充任讨招使不合时宜。”

毋昭裔的话受到众多朝臣的赞同。田行皋样貌草莽，他听不得这些话，站起身来正准备启奏，却见安思谦上前一步，不客气地对张业说道：“高将军素来心高气傲，对司空有些不敬之处，不过现在看来，只有他是最合适的人选。司空是俊杰，抛开成见，以大局为重，怎样？”

张业和高彦俦的嫌隙大家都略知一二，如今却让安思谦当众说了出来，两人的脸上都没什么光彩。张业挥动着衣袖，恼羞成怒：“安统领说的什么话！臣既然许陛下驱驰，必然以皇帝马首是瞻！身为司空，为国事得罪的人那么多，还能一个个都记下不成？如果陛下也认为我是个公报私仇的小人，就当我什么也没说，你们愿意怎么就怎么吧！”

皇帝见他动怒，圆场说道：“安思谦此言不妥，司空不要放在心上。”

他沉思后酌情妥协，责张公铎遥领，高彦俦任山南西道节度使，率兵接应王君怀；张业筹措粮草，户部司储赵季礼负责屯运。下朝后，孟昶请宰辅暂留御书房商议，考虑到国家战略的转移，决定恢复以将帅遥领节度使的旧制，以备将来应战所需。

夙夜不休忙了半月，这天，孟昶忽然宣召宣徽院使伊审征侍驾。

自张公铎带来成、阶二州的消息，孟昶便彻夜难眠。孟九领暗卫出宫七年，已在年初回宫述职。张公铎久不上朝，除了呈上这封书信，并没有告诉他消息来自何人，不过信笺骑缝上，熟悉的字迹让他的心神荡漾不止。

终于挨不过去了，他要去浣花看看。

七年间他曾来过多次，每次只在漪澜桥上看一眼便悄然回返。这一次，他远远便看到门洞的藤蔓被修剪一新，琉璃般清朗的天空下，虬枝盘旋在门楣上方，脚下碎石铺就的甬道苍苔全无。

“门后是什么，陛下？”伊审征是第一次跟孟昶来这里，却将来意猜了个八九分。

“看看。”孟昶表面上若无其事，手指竟微微颤抖。

池边的垂柳轻拂，刚过完一个冬天，樱花树的枝梢直直地刺向天空，灰白两色的矮墙显得更加明亮，青砖上的“浣花”二字经年累月，依然逸态横生。

院门大开，宁静而安详，仿佛还能听到鸟雀的鸣叫。

孟昶一脚已经踏入院中，又收了回来。

“申图，去通报。”

“整个蜀境都是天家您的，还需通报吗？”伊审征笑着跨入院中，只见一个八九岁的女童提了个竹篮走出来，手里还拿着一把铜锁。

“你们是哪个？这院子不许外人进！”女童瞪着杏仁大的眼睛，怒气冲冲地拦住伊审征。

“啊，我们可不是外人。”伊审征一本正经地回答说，“可否向院中主人通报一声，我们有大事求见呢！”

“你叫什么名字？”女童见他们二人穿着阔边镶沿的寻常襕衣，言语间颇有礼貌，于是消了怒火，却依然有些爱理不理。

“我是朝廷的宣徽院使，你就说宣徽院使伊审征前来就好。”

“一身针咯，可惜娘子不在家。”

“你家娘子去哪儿了？”孟昶迫不及待地打断了两人的对话。

“我不晓得。”

“其他人呢？”

“都不在，朝光娘子命我来守屋的。”

孟昶心中失望，仍然不死心，又问道：“他们什么时候回来？”

“说不准，可能不回来了呢！”

孟昶的身体微微晃了晃，心里空落落的，心想她有手持的龙纹扣，却将书信交张公铎转呈，这么多年不愿回宫，怕是不想回来了。

“天家，我这就命人驻扎监控，费司记一回来便立刻带回宫，好不好？”从散花楼回返的路上，伊审征见孟昶情绪低落，故意搭讪。

“不必，”孟昶皱了皱眉，自言自语般低声说，“过了七年，想必变化很大吧。”

转眼到了七月，酷热难当。蜀境四周高山耸立，层峦叠嶂，是天然密闭的盆地，每逢阴云密布，大雨将下未下之前，便湿热憋闷，像置身于蒸笼之中。

接应王君怀的将领是高彦俦，边奏来报，推进的速度并不如想象的快。不知是不是天气的原因，孟昶莫名火大，他盯着边奏一个字也看不进去，便又召集王昭远和伊审征侍驾，三人再次微服前往浣花。

穿过荷塘，转入门洞，只见水边垂柳氤氲，茂密的樱花树枝遮蔽着低矮的院墙，远远听见院内传来嘻嘻哈哈的笑声，吹皱了满池的碧水。

伊审征伸长脖子大声呼唤：“有人在吗？”

孟昶控制不住欢喜，一脚踏入院门中。

红裙晃动，一个身穿大袖衫的女郎回过头来，瞥见来人便咯咯笑着藏入假山后，不见踪影。矮墙上传来噗的声响，孟昶微微侧头，一颗黄金弹从浓荫中掠出，擦过耳畔，落入草丛。王昭远噌地飞上矮墙，几乎与此同时，有只体态肥硕的黄鹂鸟掉落在孟昶的脚下。

这似曾相识的一幕让孟昶又惊又喜，他俯身捡起那只肥硕的黄鹂鸟，抬头朝院墙的树荫看过去。只见一个穿窄袖胡服的年轻人被王昭远架着，手持弓箭坐在那里一动不动，不知是受了惊吓还是被箍着脖子，光瞪眼睛不说话。

伊审征大怒，指着墙头道：“大胆！有客来访，跪下！”

话音刚落，隐在假山后的女人呜咽着跪倒在地，矮墙上的年轻人也连滚带爬地下到地上，高声哭喊着：“臣烟柳、臣鲁富贵恭迎陛下！给陛下请安！”

孟昶抬手说：“朕安啦！好久没见，都起来吧。”

烟柳和富贵一骨碌站起来，拥着孟昶进了前厅，放垫子的放垫子，煮茶的煮茶。烟柳将孟昶的漆纱幞头端下来，拿到窗前的熏笼上熏香，又执了把孔雀羽扇给他扇风。孟昶四处张望了一番，问道：“朕路过这里，顺道看看，你们什么时候回来的？费司记人呢？”

富贵回话说：“司记近日不在浣花。”

“不在……”孟昶心里一空。

“宁郡夫人待产，司记隔些时日便去相府，臣这就快马通报，请她回来！”富贵说着便要起身，孟昶摆手制止。

“不用，朕坐会儿便走。”

“哦。”

“你们回蜀多久了？”

“二月里回来的。”

“有这么久了……”

烟柳这时走上前去，抽泣着说：“司记姑姑，她每天都遥望皇城，思念着天家和太后娘娘，只是……”

“朕明白。”孟昶喉头一哽，摆手让她住口，“回头你告诉她我来过便是。”

烟柳瞥了瞥皇帝的脸色，垂眸退下。

从浣花出来，孟昶心不在焉地绕着东面的瑞鼎门，慢腾腾地进入罗城，伊审征与他并辔而行，凑上前来笑盈盈地问道：“三郎想登楼看看不？城墙上的帏幔还没取呢，天家不下旨，我便没叫人取开，何况才七月，还早！”

“再说吧。”孟昶恹恹地说。

伊审征忽然指着前方说：“天家你看，铜台阁后就是闫武楼，张公自去年冬月里添了无名寒症后，便很少出门。最近遥领阶州战事，病体劳顿多日，陛下要不要顺道移驾，驻跸相府慰问一番？”孟昶不悦，自顾自朝着皇城扬鞭策马。銮舆入宫，刚到狮子门便有内监官禀告说检校官张公铎已经来了好几个时辰了，在金华殿外候着。

“怎么不早说！”孟昶下了銮舆，一边跺脚一边扫视着丹樨下的内监官和祗候：“张公在哪儿？”

“回陛下，张公在此久立，感到非常疲惫，正在花厅休息。”

孟昶心中黯然，想不到解罢军职三年多，张公铎便病到如此地步，还指望他能领兵拓边西北呢。进了花厅，只见一名内监小史在焚香，椅子上有一个人歪斜地坐着，双目紧闭。小史一见皇帝进来，咦了一声，正要请安，孟昶做了个噤声的手势示意他出去。

张公铎睁开眼睛，发觉自己身上不知何时披了层薄丝衾，窗台席榻上有个人正在看书。他噢了一声，正准备起身行礼，孟昶已经上前将他扶住。

“臣不知不觉睡着了，不知陛下驾到……”

“张卿不必多礼，你病了这么久，我没到相府看望，还劳你亲自到殿前汇报情况，我心里不安！现在怎样了？坐回去吧……”

“去年陛下不是为臣诊治还开了药方吗，寒痹之症。年初时，娘子找了位江南神医，跟陛下所诊趋同，也说是往年行军打仗时的旧疾引发寒邪伤络，这段时日温经散寒，好像恢复了不少。”

“宁郡夫人找来的医师必定手段了得，如果缺了药材，只管跟内藏库索要就是！”

张公铎眼神悠远地看着孟昶，脑中浮现出多年前和高祖孟知祥一起并肩作战的场面，小小的行军司马每时每刻地跟随在身后，经过这些年的磨砺，愈发稳重可靠，他的心头涌起一阵感慨，忍不住热泪盈眶。

“臣近日时常回想往事，回想着当初与高祖和陛下在东川征战的情形，臣以微末之身，与先帝轰饮谈笑，真是叫人怀念啊！”孟昶看着张公铎灰白的面色。心里难过，只听他又说：“如今生死有命，不足挂怀，只是有些心愿未了，臣想跟陛下表明心迹！”

孟昶连忙站起身来，握住了张公铎的手：“张卿你说！”

“七年前张业领众将请求陛下发兵三州，殿前百般羞辱，陛下亦不为所动。说实话，老张很多年都想不通，直到年初，在家中听到有人说起，臣这才突然明白陛下为何要推恩削藩，兴经学，举孝廉，培植文官。原来陛下不为偏安自守，真是难为你年纪轻轻便忍辱负重。”

孟昶淡淡地说：“你能不怪我就好。”

“哪儿是我能想到的啊！臣虽从未腹诽陛下，终究没能与陛下心意相通，也不是明白你的那个人。”

孟昶不以为然地笑笑，转移话题说：“高彦俦去了几个月，报朝堂的边奏好像又拔了几个寨。”张公铎脸色微变，吞吞吐吐地问：“陛下想要拿下阶、成二州，事前所抱胜算过大，要是拿不下来怎么办？”

“中原石重贵跟他契丹爷爷打得不可开交，个中虚耗多不胜数，拿不下成州，拿下阶州也好啊！”孟昶支着头，眼里带着一丝轻蔑，“中原探子回报说晋国的库府都空了，派了三十六个专使到各地收括民财，甚至带着刑具威迫。就这样，州县吏役还乘机为奸，给河南府的额度是二十万，有人居然中饱私囊增加为三十七万；随便抓个守藏使，只取一个库就满足了十万数额。在这样狼狈的形势下，我们都拿不下成、阶二州吗？”

“臣有负陛下重托啊！”张公铎就势靠了靠，又黯然说道：“受命此战之时，臣就觉得力不从心，只是领军作战是臣的职责所在，义不容辞。”

“什么？”孟昶像被人抽了一耳光，蓦地抬起头来盯着张公铎。

“这几月高彦俦败多胜少，恐怕撑不过月底。”张公铎被他逼视，索性把话说开了，“臣看着陛下长大，苦心经营了这么多年，刚把兵权握在手里。跟七年前相比，国库充沛，各镇使节又都是亲信，按理说取下区区阶州应如探囊取物。”

孟昶双手按在桌上，拖长了声音问：“按理说？”

“高彦俦在边奏中只字未提，咬牙死撑，一来是气盛，二来是所受到的各方压力不小，陛下力排众议受命于他，他也志在必得，想报答陛下。我在京畿遥领，看到不该败的仗也在败，就命督军回来听他讲了几场战事，臣觉得还是先让陛下心中有所准备。”

“什么？”

“据预算，两万人日耗两百金，听起来阔绰，可惜前方将士却没能享受陛下宽厚，要不是昭武还有八十万斛存粮，恐怕高彦俦早已溃不成军。”

孟昶不由得瞪大眼睛问道：“粮草不济？钱呢？”

张公铎摇了摇头：“张相掌管度支，怕是……”

孟昶双手啪地拍在案上，厉声道：“大胆张业，居然下绊脚？”说着，他手指殿外大呼：“传！传——”

“陛下息怒！”张公铎站起身，见他眼睛都红了，不禁有些担忧。

“他要逼尽君臣缘分的话，朕大不了御驾亲征！”

“天家尚未亲政，御驾亲征的事稍后再议吧，现时要紧的是督粮。若能确保高彦俦用粮，命小股队伍在黄阶岭切断何重建的后路，粮道一断，就算不战，饿也饿死两州部将了。北方战事紧急，中原朝廷无暇顾及沿边城寨，这才是不战屈人之兵，投诚的晋军会更多！何重建我了解，如果他能投诚，便是秦州也一道归蜀了，这才是大胜！”

孟昶颓然坐下来，沉默了良久。

张公铎低声问道：“此役失利，陛下如何打算？”

孟昶眼里怒火燃烧，他咬牙切齿地说：“七年前张业领衔索要三州被我阻拦，他是存心报复，让我在朝臣面前丢脸，若我治他克扣军饷粮草之罪，他便要反咬我急功近利，用人失察。他在前面挖着坑，等着看朕怎么往下跳呢！”

张公铎已经久未上朝，不好说什么，只躬身道：“陛下放心，臣自当竭尽全力，为社稷分忧！”孟昶听着张公铎这话，感觉两个人生分了许多，心里闷得慌，脸色便愈加灰白一片。

16. 硕鼠的胃口

孟昶见张公铎疲倦，便准他先行告退，独自靠在花厅小憩。迷糊中觉得有什么东西在舔他的手，睁眼一看，原来是八岁的皇子孟玄喆依偎在他的胸前，用粉嫩的脸颊蹭着他的胳膊。

“父皇！”玄喆见他醒来，赶紧端端正正地站立起身。

孟昶心里骤暖，将他抱起来放在腿上，仔细端详着，问道：“怎么一个人，玄珏和阿娘呢？”

八年前贵妃薨殂，玄喆尚在襁褓。广政三年（940 年），宫婢晴好在御前凌舞一曲被他临幸，不久生下二子玄珏，便还了她本名李艳，赐其家人钱财十万，加封昭容。

“阿娘在外间，孩儿见父皇睡着了，前来恭候。”玄喆刻意讨好，显得有些紧张。孟昶深感愧疚，正想安慰两句，只见昭容款款进来，削肩细腰，面白如粉。太后常跟孟昶说，晴好谨慎勤勉，是个可靠的人。只是玄喆小小年纪便养得这般木讷拘谨，让人倍感遗憾。

李艳施了礼，说：“玄喆和玄珏在含光殿看黄学士画仙鹤，等不到天家心急。臣妾看陛下劳累倦怠，不如歇息一会儿再去吧。”

孟昶起身，拉着玄喆的手说：“歇过了。走吧！”

刚到殿外，便有合门使传话，赵季良的肩舆已过了狮子门。他便将玄喆的手递给李艳，说：“太保已经致仕多年，不知道有什么要紧的事。艳娘先去，朕过一会儿再来。”

李艳二话未说，遵旨走了。

娘儿俩前脚刚走，赵季良便慌慌张张地进了花厅，身后还跟着门下侍郎毋昭裔。没等站稳脚跟，他便撩开衣袍扑通一声跪在地上，痛哭流涕，颤着声音高呼着："老臣愚钝鲁莽，请陛下降罪吧！"孟昶微微一怔，不知赵季良何以如此慌乱，顷刻间一颗心像被绳索紧勒着，提到了喉咙口："难道连相父也瞒着朕，朕还可以相信谁？"

毋昭裔唉了一声，对赵季良说："陛下还未治罪，太保何必把责任揽上身，先把详情说说，看看能否补救一二吧。"

赵季良遂抬起头来，一五一十地禀告皇帝。

户部司储赵季礼是他的兄弟，一直以来嫌官帽太小，兄长提携不力，便投在张业门下。方才赵季礼赤身露背绑着荆条跪行到府上，砰砰地直磕头，大声哭嚷着说对不起兄长，石阶都被鲜血染红了。赵季良意识到事态严重，赶紧入宫觐见："臣弟虽然人微权轻，但他经手粮料司，做下这等贪赃枉法的丑事，臣无理摆脱干系，只怪平日教导无方，让他见钱眼开，耽误了朝廷经略陇右的大事！"

孟昶已经料到是什么事情，他强忍着愤怒，皱眉问道："阁老可知具体数额，他从中捞了多少？"

"有……有二十万缗……"

"二十万缗！"啪的一声，孟昶将桌案拍得山响，"昭武三处盐场一年课税才七万缗，他几个月就捞了二十万缗！"

"陛下！"赵季良跪在地上不知说什么好，双手握拳，恨铁不成钢。

"难怪高彦俦久攻不下，所拨军饷居然没有一分用上，你们……"话没说完，只觉眼前一黑，几乎跌倒。毋昭裔见皇帝脸唇无色，知道是气急攻心，赶紧上茶安抚说："天气闷，陛下不要动怒。先对付前方战事要紧，免得让人抓了把柄。"

"朕酌司空张业筹措粮草，他居然至今未报，不是朕驭人失察吗？"孟昶全身的血都在往外冒，牙齿咬得咯咯作响，"阶州战事要紧，毋卿即刻调度文州和绵州的粮草接济，保证高彦俦能在黄阶岭死守！”

毋昭裔领命，孟昶问赵季良：“这二十万缗都在赵季礼手上吗？一个人独吞的？”赵季良道：“臣请先将赵季礼关入刑部大牢，再行审理。”

孟昶摆手问：“赵季礼现在何处？”

赵季良忙回道：“臣弟现时还在府中，我让下人看着。”

孟昶嘴边挤出一丝冷笑，说：“好，让朕亲自审审，看他到底是如何从粮料中克扣出二十万缗的！”

酉时，夹城门外的蜀王旧宅昭圣宫内，孟昶头戴冕冠端坐在龙座之上，朱色下裳外罩玄色冕袍，双目清澈有神，双手稳稳置于金丝楠木的龙椅靠手上，气度雍容。

户部司储赵季礼跪在殿前，不敢多看一眼龙座上的皇帝。

“为了这二十万！你就忘了君臣大义，累得诛子灭族，值吗？”那声音潺如流水，毫无斥责愤懑，仿佛在为他疏导情绪，指明方向。

…………

“趁太保和毋相在，若你能将个中委屈细数一二，或许朕还能帮你。”

…………

“上了朝堂有军纪律法，有文武百官的眼睛看着，没人能保你，就连朕也无能为力。”

“臣……臣……”赵季礼满头大汗，他发现无论怎么措辞都很难让人信服，区区户部司储哪有能力挪用全部粮料钱款。当阶州战败的消息传来时，他就急忙去了张相府，张业却说：“你想让本相担待，可知这是诛子灭族的大罪！”赵季礼苦苦哀求，张业威逼利诱说：“你若能一力承担，本相自会记恩于心，朝堂上据理力保；若是不能，我的门生故吏遍及朝野，未必不能全身而退！”他平素献媚张业和王处回，总是不得要领，这次被宰辅大臣高看一眼委以重任，寻思着能让兄长开开眼，没想到事败后却被弃之如履。张业要他一力承担，他认为除死之外别无出路，痛悔之余来到兄长府邸负荆请罪。此时，兄长虽然将他带至御前，但他知道张业的手段，背恩叛主的人哪有什么好下场，不仅身败名裂，还会累及妻儿手足。

他干脆横下一条心来，打算死扛。

“臣贪婪无知，以致阶州将士无功而返，请陛下降罪。”

“哦，你知道战况失利，想到朕会追究渎职，于是到太保跟前认个错，求他保你，对吗？”孟昶微垂眼眸，风轻云淡的表情让赵季礼看不出端倪，只好低头不答。毋昭裔已然明白皇帝的真正用意，于是跺了跺脚，从旁敲打说：“阶、成二州虽然重要，但这么多年未归我朝，陛下也未曾受到丝毫影响。两万金在他人眼里或许数额巨大，但朝廷库府充盈，陛下弹指挥一挥也不值这点儿数！你能好端端地跪在御前，是陛下仁慈，给你说实话的机会。”

…………

“可是若有丝毫隐瞒欺君，杀你易如反掌！”毋昭裔的话轻描淡写，赵季礼听后十分害怕，仿佛皇帝早就洞悉他们串谋的一切。赵季良心急如焚，使劲儿地敲打着兄弟的头颅，恨恨说道：“陛下顾念贵妃皇子，看赵家一门忠纯，不忍让你白白被人利用，否则你一小小司储哪有机会面圣，直接诛杀即可！”赵季礼在赵季良的捶打之下，凄楚地笑起来，心想自己从小在兄长眼中就是个无用之人，即便死了也无足轻重，眼下总算被张相惦记，还是有些用处的：“是，是的……还是让陛下杀了微臣吧！”

孟昶看他破罐子破摔，起身说：“也好！就当杀鸡儆猴，明日早朝再慢慢治察吧。”

赵季良咕咚一声跪在御前：“陛下！臣请陛下开恩，给臣弟一个机会！”

毋昭裔从旁求情道：“臣请陛下三思，杀了赵季礼，不正遂了某人的心愿吗？”

“放肆！”皇帝拍着龙椅大声训斥，“北境军士浴血沙场，后方却有硕鼠啃噬国本，两万金钱粮事小，朕不修其政事大，你们都是国之梁柱，居然为一个贪婪畏惧的小人求情！来人——”

话音刚落，侍卫司应声入殿，手持佩刀站成一排。

当赵季礼听皇帝说要拿他“杀鸡儆猴”时，心下便震了震，现在又听他将自己比作“贪婪畏惧”的小人，顿时红着脸大声吼道：“臣确有知情不告之罪，但赵家没有贪婪畏惧的小人，若就这么把臣推出去杀了，臣死不瞑目！”

“哼，知情不告之罪更大，难道你想袒护谁，博个忠贞不渝的美名？告诉你！当年朕执杀李仁罕时毫不手软，你以为再杀一大家子很为难吗？”

赵季礼听到“李仁罕”三个字，忽然顿了顿，低声求请：“陛下，容微臣想想……”

孟昶遣退侍卫司，冷冷地说道：“赵季礼，不要以为朕在摆布什么，自己想清楚，自己拿主意，想死没关系！即便你死了，这件事儿也绝不会就此算了！”

“陛下能怎样……”赵季礼恍恍惚惚像明白了些什么。

“成、阶二州拿不下，朕也会效法诸葛武侯，经略陇右，拓边西北。杀了你正好做给某些人看看，任何人用任何下作的手段都没有办法阻挡朕的决心。七年前不可以！现今同样不可以！”

赵季礼被孟昶的怒火震慑，他终于明白过来，张业明面上贪的是钱粮，暗中却是在给皇帝使绊子，他这是当了伥鬼而不自知。他听出皇帝胸有成竹，查办此案贪腐事小，抓住张业扰乱朝纲的罪证才是目的。想通了这一层，赵季礼全身一松，眼泪一下子流了下来，他磕着头，说道：“臣糊涂！当初臣奉命督运粮草至昭武，在途中已然发现谷粒空贬，棉絮打结以稻草填充。为此，臣特意派人请阁老张业示下，他有回复文书，信中说阶州之战胜券在握，钱粮短缺不足为虑。回京之后，他私下里还拨给臣一笔不菲的钱银，要臣三缄其口，臣见财起意，起了贪念。今日事出，臣去张府请示，却被拒之门外。臣别无他法，只好将所有罪责一并揽下，只求大事化小。今天得到陛下点拨，臣心中透亮，感谢陛下对臣的一片苦心！”

“你明白就好，区区万金我未必放在眼里，朕有心袒护，你也要拿出赤诚来啊！”

“那……臣该如何做呢？”

“你今天能够当着朕的面儿坦白认错，说明你没有陷入太深，朕信赖你，就像信赖贵妃，信赖你的兄长一样，明白吗？”

赵季礼听皇帝如此坦言，感动得大哭起来：“陛下宽厚如斯，从今往后臣以陛下马首是瞻，抛头洒血，绝无半分异心！”

“哎哟！”毋昭裔叹道，“谁让你抛头洒血，陛下要你把文书拿出来！”

赵季礼顿悟，赶紧磕头谢恩。

“朕虽有心袒护，”孟昶接过毋昭裔的话说，“该受的罪却一样不能少！”

过了半月，阶州边奏回朝，高彦俦果然大败。

外朝承乾殿前。

张公铎器宇轩昂、威严庄重。只是那幞头下的眉发稍显花白，一双眼睛看起来多少有些浮肿，他站在殿前禀告说：“臣领旨遥领部署，派督军协助高彦俦攻阶城，最后一役调五百神射手埋伏于黄阶岭，小股先锋将守军引出。阶城守军冲出城外，被我军困在黄阶岭，其余三队人马趁机入城。可惜守军回返杀来，将高彦俦主力反困于西平，几乎全歼。”

张公铎话音刚落，殿下朝臣便议论纷纷。

王处回说：“可惜啦！此役交手后，晋国定会加强边境防范，再想进取便难上加难，真是白白浪费这天赐良机啊！”

此话一出，朝臣的议论声更大，年轻官吏都请旨严惩高彦俦。

张业却在这时候站出来说：“高彦俦跋山涉水，没有功劳也有苦劳。

张阁老统领部署，战败的责任不容推卸！”张业直指张公铎，没有丝毫拐弯抹角，随之附议的朝臣纷纷上前一步，跪请惩戒。

孟昶铁青着脸，一言不发。

这时，韩保贞轻轻退出殿外，对李廷和安思谦使了个眼色，三人来到阶下，韩保贞对李廷说：“捧圣军速到神政门外，任何人不得出宫，稗子！”安思谦身材矮小，一听韩保贞叫他，连忙站直答应。“调侍卫司全师雄到承乾殿，万一闹起来，你看我眼色抓人，保住张公再说。”

“是陛下的意思吗？”李廷还有些犹豫，蜷缩着身体问道。

“别忘了荣五娘的案子，张公怎么保你的！”韩保贞恶狠狠地瞪了他一眼。

“是！”李廷吓了一跳，赶紧领命。

韩保贞回到殿前，兵部尚书田行皋正在高声叫嚣：“陛下出兵阶州，是得了张公铎带的密报。可他有多长时间没上朝了，山南西道和昭武都不知道的消息，怎么他就知道了？如今一败涂地，老田想让御史台问问，是不是有晋国奸细从中作梗！”

“胡扯！”毋昭裔皱着眉制止，“张公乃当朝宰辅，所带密报自有枢密院核实，轮得到你这小人煽风点火！”

“阁老！”田行皋性格彪悍，是个粗人，他硬着脖子说道，“老田从施州归蜀，官职虽小，却是陛下亲自简拔的啊！”

“是啊，”张业挺身维护说，“田尚书堂堂三品大员，说了些良心话，怎么就成小人煽风点火了？陛下倒是说啊！追不追究吧？张公都跟哪些人往来？”

孟昶心头咯噔一颤，心想难道张业知道蕊娘回蜀，他会追查蕊娘的身世，从而再大做文章吗？

这时，王处回站出来附议，紧接着赵廷隐也出来了，眼见宰辅相公三人成虎，恳请追责的官员又多了几个。张公铎身体微颤，他看见孟昶被众臣逼迫得招架不住，遂撩衣跪下喊了声：“陛下，臣愿……”

“放肆！”

“领罪”二字尚未出口，孟昶猛地站了起来，殿堂中响起了微微震荡之声，“张公是先帝肱股老臣，也是朕的六位宰辅之一，他殚精竭虑以致沉疴在身！听你们这话，为了区区成、阶二州，竟要逼迫朕舍弃这干将之臣，就为了给你们个说法吗？”

这话非常尖锐，皇帝的意思是，成、阶二州不过区区，即便张公铎有罪，他也不会舍弃这干将之臣。满朝文武都怔住，只听孟昶厉声责问：“你们当中跟先帝出征过的有几个？当初征战东川，王相你自己说，你与董璋交手有无败绩？每次战败，你们都这样在先帝帐前叫嚷吗？朕是不是平日里太纵容你们，以至你们眼里没有一点儿规矩了！”

“怎么就没规矩了？”田行皋毫不理会，说到战董璋，数他功劳最大，“先帝征战虽有败绩，可都是麾下集体商议的。这一次出征阶州，单凭张公一张书信，为臣问问也不可以吗？”

“对！”张业力挺响应，“田尚书说得对。陛下何必发这么大的火，御史台办事一向有分寸，或者张公有什么委屈，现在就在殿前说说，让我等为你求个情也好。”

安思谦已经从殿外回来，看到乱糟糟的群臣也愣住了，赶紧对韩保贞使了个眼色，附在他耳边悄声说了几句，朝御前的王昭远悄悄比画了一下。

张公铎跪在殿前，只感到眼前发黑，额前流下阵阵虚汗。

在这千钧一发的时候，韩保贞和安思谦一起出列，走到张业面前说：“张相，刚才陛下说了，张公乃先帝肱股老臣，他的事另行安排。请三位阁老回归原位，遵从圣命。”

张业大怒，没等他发作，只听王处回厉声责问：“韩保贞，你什么意思？”

韩保贞和王昭远人高马大、勇猛非凡，安思谦个头不高却身手利索。他们三人自小就是孟昶的近随，当年殿前执杀逆臣李仁罕，正是安思谦第一个手起刀落，韩保贞和王昭远随后挟持，在场老臣想起来都还历历在目。

王昭远走到御前耳语了几句，冷冷地斜睨了王处回一眼，归位不语。殿下众臣疑窦顿生，望着皇帝寂静无声。只见孟昶深吸了口气，缓声说道："田行皋，你原是鹤峰土司，说出这番话来朕不怪你，你想知道兵败缘由，朕现在便可让人仔细讲一讲。"

说完，孟昶对张公铎道："张卿请起，赐茶！"说罢，示意殿前祗候，传兵马都监使、车官城司舆和铸印官上殿。

三人走上殿前，先行回京的兵马都监叙述了阶州最后一役的战况，详情张公铎已在御前叙述过，说完便垂手等待质询。

"黄阶岭天然狭道，易守难攻，五百神射手阻击千人大军绰绰有余，怎么会让阶城守军有机会折返呢？"孟昶在龙座上凛然发问，他曾担任行军司马，对蜀地山川地势一点儿都不陌生，同样不陌生的还有殿中各位武将。督军跪在殿下回禀道："中书令张虔钊巡察昭武军，臣返京前陪着他在战场中走了一圈儿，捡到一些箭镞，特意带回请陛下过目。"

说着呈上几根断箭于御前。

"祝温柔、陆鸿连，你们来看看这断箭如何？"

车官城司舆陆鸿连和礼部铸印官祝温柔上前，将箭镞拿在手中一看，回禀道："此箭镞锈迹斑斑，拿在手中分量极轻。"

"箭镞上没有车官城所铸的官印，臣鉴定该箭镞并非官制。"

话音刚落，朝上一片哗然。

这时，顶着千夫所指，赵季礼出列自行请罪，将克扣军饷向南平购买报废军备一事上揽于身，并据实交代所运粮草均为田间地头收集的劣质货色。

孟昶震怒，命禁军将赵季礼推出龟化桥斩首，几位宰辅纷纷求情。

最后关头，自然是王昭远携圣旨大喊一声："刀下留人！"将赵季礼带回刑部大牢。

整整一天，锦江府河两岸的柳叶垂挂在枝头打着卷儿，像病了一样无精打采。憋闷的酷热将成都府烧得像开水中的笼屉，使人喘不过气来。午后，黑云如打翻的墨盘在京都上空翻卷，遮天蔽日，方才还明晃晃的天忽然变得暗沉晦涩。

张公铎相府。

闫武楼的偏殿内同样酷热难当，门窗却一律关死。

暮雨在床上满头大汗，她紧握着费蕊的双手咬牙呻吟。

“蕊儿……孩子恐怕要急着出来见爹娘了呢……”

“是啊，姐姐，蕊娘在此陪你，没事的！”费蕊如是安慰。

“可是都统怎么还没回来……我真是担心啊！等孩子出生，可否请求陛下准许我们回乡……暮雨想陪着都统一起回乡野去……”暮雨一边挣扎，一边大声说道。

费蕊泪水涟涟，暮雨一向比她坚强，在张公铎被贬黜的这些年，她一直在安静地守候着夫君。她想起暮雨曾说，她使着全身的劲儿找啊、爬啊，就是为了避开青衫和朝光。可她避开了散花楼，却避不开朝堂的腥风血雨，难道乡野中就有她寻找的好吗？在离乱中走了七年，也看了七年，她终于理解李玹为什么选择帮扶蜀国。当她决定从乡野回到京都时，暮雨却要回到乡野中去。她想起曾经看到过的景象，百姓和朝臣都是乱世中的孤儿，哪里是安身之所，哪里又有盛世家园呀？

灶火中烧着滚烫的热水，侍女们匆匆忙忙跑进跑出。稳婆柔声地安慰暮雨：“夫人身子结实，很快就好了！”

此时，张公铎正被一群婆子拦在门外，叽叽喳喳地劝解：“都统还是不要靠近那间污秽的房子，说不定会让您染上血光之灾的！”他愤怒地跺着脚吼道：“狗屁话！哪儿来的血光之灾，老张就是来赈灾的，统统让开！”

就在他推开殿门的同时，一阵洪亮的哭声响彻天宇。哇——哇——哇——那声音嘹亮高亢，似乎带着巨大的不甘和委屈。张公铎顿时哈哈大笑起来，世上再也没有比这更动听的声音了，他高声呼喊着："娘子！孩儿出生啦！老张怎么谢谢娘子才好！"

张公铎很少对暮雨说软语温存的话，此时因为高兴，有些语无伦次。他挡开婆子女侍的手，径直走到暮雨的床头，为她把头发束起来，甚至都没有去看一眼新生的孩子。

"恭喜相公，恭喜夫人，是位小娘子！"

"让我来吧，让为父给小女沐浴。"

婆子将早已准备好的金盆捧上前来，张公铎用那双长年舞刀弄剑的大手细细地为孩子拂上清亮的温水，嘴里深情地念叨着："人人都巴不得自己的孩子富贵显达，为父却不求小女荣华，但求小女平平安安、长命百岁，就给小女起名'如常'吧！"

费蕊捏着暮雨的双手喜极而泣，女侍婆子们一个个接过费蕊递给她们的大红包，笑逐颜开。

轰隆隆——

雷声响起，闷蒸了几日的天终于下起了瓢泼大雨。

白花花的雨点儿乱蹦乱跳窜上窗台，雨脚敲打着地面，水花飞溅，宛如无数颗晶莹的珍珠，乱纷纷跳到屋檐下。卷地而来的一阵大风把雨幕吹散，掀起另一阵从天而降的狂暴风雨，咆哮的飓风怒吼，响彻宣华苑的各个宫殿，摩诃池中的荷叶被风刮得回荡不休。

太清宫的罨画居内一片寂静，闪电印在窗棂上，不时发出蓝幽幽的光。

此间药香燎燎，韩保贞和韩保升兄弟二人正随侍在皇帝身旁。韩保升将煎好的药汤递上去，关切地说道："陛下曾有旧患，不可动怒啊！"孟昶坐起来摆手说："没事。本草增补的事进行得怎样了？"日前，翰林医官韩保升在殿前奏请："臣学汉医至今，就药物而言，百年来品种不断增加，内容日益丰富，目前医家奉为宝典的《新修本草》是前朝英国公修编的，另有李珣所撰的《海药本草》。臣心存妄想，希望有生之年对《新修本草》增补注释，让其中对药物图形的解说能更详于前。如果陛下准允，臣愿重新编撰一本新的药典。”孟昶大喜，准他出宫品鉴百草。这天，他刚刚回到京城，就目睹了朝中发生的那一幕，下朝后在罨画居静候请旨，却见皇帝刚走进来，便昏倒在地。

听见孟昶询问，韩保升回禀说：“翰林院有五十多位学士跟臣致力此事，臣希望有生之年为我大蜀朝做好这一件事，能留传后世、照拂万代就够了。”

“说得好！”孟昶点头赞许，“你尽管放手去做，完成之后朕亲自作序。”

“谢陛下！臣自当全力以赴。”

翌日清晨，风雨骤停。

晨晖在皇城的殿瓴间射出万丈金光，将半壁宫墙渲染得金碧辉煌，云雾还未散开，整个宫禁内苑如天宫楼阁里的仙境一般。

含光殿内的壁画已经完成，六只仙鹤栩栩动人，唳天、警露、啄苔、理毛、整羽、跷足，姿态各异，配以白露苍苔，青天流云，整个殿堂野趣横生，引得唐国君主送来的那六只丹顶鹤扑棱着双翅流连在殿外的屋檐下久久不肯离去。

“赐翰林书画院黄荃金光紫绶，加官检校少府监！改含光殿为六鹤殿！”孟昶身穿绛纱襕袍，身躯高大挺拔，风姿卓然。在他的身后，站着身穿紫窄袍服的契丹大使、长髯高鼻的回纥藩客、头戴金花毡笠的于阗使臣，另有唐国、吴越、南平、马楚、吐蕃等各路邻邦臣子与朝堂众卿一起，在画壁之下朗朗温言，谈笑风生。年轻帝王的面庞在漆纱幞头下显得灿烂明媚，让人感觉刚刚发生在蜀国北境的一场败绩不足为道。热闹的氛围让朝堂上的不愉快烟消云散。

孟昶遣开众臣，挽着李太后的手臂缓步行出殿外。

大雨初晴，摩诃池上水汽蒸腾，莲荷飘香。

“阶州战败，皇帝有没有其他的打算？”太后的双眼正灼灼地看着皇帝。

“第一次出兵就被打败了……”孟昶侧头看了眼太后，说，“三郎承认……是败了，但我效法武侯的决心未改……欲取关中，先固陇右，再行拓边！”

“嗯，来日方长。听说司记已经回蜀多日，要我下旨召她回宫述职吗？”

“……暂且不用……母亲……”

“母亲明白女人的心思……蕊儿跟别的女人有些不同……”

“是……”

孟昶的目光望向了摩诃池的深处。他拿不准，不知道那个人是否还记挂着当年的些许情谊。如果没有，为什么会辗转递来阶州的消息；如果有，为什么迟迟不肯相见。无人知晓他这样自寻烦恼已经很多年，相思之苦最难排解，这段时间他捏着那封信笺茶饭不思。他为自己的放不下而感到羞耻，在帝王尊贵体面的表象之下，那长久的孤凄一直在细细地啃噬着他的内心，他早已溃不成军。他从小被教养成一个自制的人，懂得持久忍耐，而正是这忍耐成就着大蜀王朝的平安繁华。

暮雨向费蕊建议，应该选择一个出其不意的时机低调回宫，那样不论是对皇帝来说，还是对她自己而言，受到的阻挠都会减少很多。于是，费蕊在相府逗留半年，次年开春才回到浣花。

她知道皇帝来过此地，却没有更多的表示，烟柳和富贵面面相觑，私下议论了很久。

17. 芙蓉三醉

转瞬又过了几月，金风玉露九月天，潦水尽消，寒潭清碧，高旷的天空凝着丝缕云烟，晨霭中的蜀地山川呈现一片淡淡雾紫。早在日前，富贵便在浣花张了彩灯，主仆三人前往灌州登高祭祖。重阳日这天，富贵驾了一乘双辕马车，费蕊与烟柳带上菊花酒和茱萸枝来到青城。在河谷纵横的深山中隐逸着一处残碑断面的道观，牌匾早已不知去向，山门内殿墙全无，丛生的杂草中只剩层层台阶，费蕊携二人缓步依山而上。

微风拂面，鸟鸣山涧，一道长长的影子被晨光投射到残破荒凉的平地上，那里有一块倒塌的断碑。费蕊俯下身，撩开野苔藤蔓，抚摩着石碑上精美绝伦的祥云雕饰，上面“……懿宗故……十一……”的字样依稀可辨。富贵怔怔地呆立着，他跟随费蕊游历江湖七年，还是第一次来到灌州，心中思忖“懿宗故人”，莫不是六十年前随李唐僖宗皇帝入蜀避祸的皇族遗留在此？他知道不该问的不能问，赶紧将断碑四周打扫干净，把坍塌的石条案几扶正摆端，上香烛、进祭酒，和费蕊一起行礼祭拜。

回京一路，费蕊沉默不语，富贵与烟柳被喧闹的气氛感染，打闹嬉戏起来。入得乾政门，只见彩船顺河巡游，灯笼高悬垂挂，河岸两旁人山人海，成都府的百姓都在流放河灯，祈福拜神，分食菊花糕。车辇逆着人流在路边停了下来，富贵禀道：“前方设了路障，今日朝中众臣倾出随驾，扈跸武担山谒石镜观，这会儿赶着皇帝回宫呢。”

费蕊吩咐：“绕道去城北吧，大玄门一定也热闹。”

车辇沿着便道缓行，烟柳掀开帷幔张望，忽然哇哇大叫起来："姐姐你看，城墙上！"

费蕊把头探出车外，只见夕阳西下，河上往来着富丽堂皇的画舫船只，岸边是兴起的梨园蜀戏，喷火变脸，如血的晚霞横在天际，流云之下果然繁花似锦，沿着高高的城墙蔓延开去，与河灯交映生辉。城墙下是厚厚的落花，城墙上全是醉芙蓉，树枝头的花更多，或已然绽放，或即将绽放。一缕河风吹拂，馥郁的花香便被带入满城的画桥翠幕中。费蕊眼眶发热，两行清泪挂在眼角。

车辇在大玄门的城门下停了，富贵和烟柳叽叽喳喳说个不停。

"咦？眼花了，我好像看见王昭远骑着马过去。"

"肯定是眼花了，陛下乘銮回宫，怎么会走这边？"

"你知道什么，站到大玄门的城楼上俯瞰罗城内外，那才算是真正的登高呢！"富贵勒缰回头，一边说一边看着费蕊，见她也正痴痴地望着大玄门的城楼发呆，"城楼上有重兵把守，如果能上去就好了！"

"……到时候芙蓉花开，四十里花团锦簇、花香百里，定然盛极成都府。"九年前，孟昶坐在浣花的井台边如是说。金秋十月，芙蓉脂肉绿云鬟，罨画楼台青黛山。站上城墙看京都早晚，看芙蓉三醉，这是他们曾经的约定啊！

费蕊的心弦剧烈地颤抖着，他真的在这罗城的土墙上插遍了醉芙蓉！

"富贵、烟柳，你们先回去吧，我自己走走。"

遣了二人，费蕊独自沿着墙根儿缓缓步行，那清淡如梅的香味浸湿肺腑，不知是香味太浓还是秋风太重，费蕊鼻息微堵，晶莹的泪花再次如潮水般涌出来。七年里，暗卫始终如影追随，这是孟昶在告诉她一个事实：无论何时何地，她都在皇帝的收放之间，当初自己决意离宫，孟昶忍痛放手，可是这么多年，他何曾真正放过手。

芙蓉花开了，不知道他现在在想什么……

费蕊记得，那天，李玹将王君怀投诚的蜡丸书递给她的时候，说：“如果你想回去，这倒是个机会。”

“师父不是说蕊娘与他最好不见吗？”

“不见便能不相思吗？”李玹瞥了她一眼，“这些年你并不开心，回宫去吧。不能背负家仇过一辈子。”

“家仇……”费蕊的心在颤抖，她咬牙切齿地问道：“田行皋是不是当年纵火的贼寇？师父为什么不肯说实话？江陵的大火，到底有没有蜀军参与？”

李玹断然回答：“没有！”

“没有？”

“没有。”李玹背负着双手，他的表情在逆风中显得平静无波，“乱世中，王朝的更迭已属平常，一个家族的覆灭又算得了什么呢！这七年里，那么多残破败象还没有看够吗？你何苦陷入虚妄难以自拔呢！孟昶崇尚文治，着眼民生，蕊娘陪伴在这样的君王身边，不枉你一身家学，也是蜀人的福音啊！”

李玹的构想费蕊何尝不明白，七年间她寻访无数，随着时间的推移，还记得那段往事的人越来越少，而她也越发辗转难安，甚至分不清自己到底是想见他，还是不想见他，是希望查出事情的真相，还是永远不要知道真相。都说芙蓉本无颜色，因风三醉艳绝晚秋；西岭从未老去，为雪白头凛立深冬。当她终于决定重新入蜀，重新回到孟昶身边的时候，这才发现，记忆的绳索执在那人的手上，漂泊太久，早已不知道归途在哪里。

她走在人迹罕至的墙根下，在落红堆里望着高高的城墙，终于忍不住啜泣起来。

“蕊儿遇到什么不开心的事了？”

一个温和的声音在她身后响起，似笙簧天籁，又如焦尾梵音，还未转身，人已落入宽大的怀抱中。她扬起纤细的脖颈，泪目与那火样的眼神相遇，柔弱无骨的娇小身躯被紧紧地搂在怀中，温暖如酥。

“你……”费蕊的心缩成一团，她感受到一股不知是痛苦还是快乐的冲击，粉白的面庞红得像天边的落霞。

“玩够了，回家吧。”孟昶笑盈盈地拥着她，眼神中散发着别样的魅力。他应该注视她很久了吧，否则怎会露出如此得逞的笑容。

…………

什么话也说不出来，只有心跳在扑通、扑通地响。

千林开玉瓣，百转叫流莺，是梦吗？

黄昏，宫禁内苑。

翔鸾阁殿外，夕阳染红天。

翔鸾阁与重光殿并列于咸宜宫的东西两侧，在重光殿西面隔水有座殿堂叫会真殿，后有会仙道观，对面是流杯亭。

时值重阳日登高回銮，皇帝照例在摩诃池设宴群臣，除了后宫六局二十四司，皇族两百多人悉数到齐，统统聚集在会真殿中。

流杯亭内单独开排宴，有褒国太长公主领衔几位郡王和长公主陪着太后。因为掌诰司记费蕊奉诏回宫，太后额外赐座，同久柱、延意两位长公主坐在一起。宫中百余位妃妇乐工头戴紫金冠，身穿仙鹤锦绣道袍，脚蹴锦缎云头鞋，拥簇在流杯亭对面的临水戏台上，携了钟、钹、铙、磬、憧箫、筚篥和琵琶，演绎管弦曲目《琵琶行》。

这戏台有三层退台，宽十丈，最下层的机轴可作伎乐天舞蹈时表演特技所用，对面的流杯亭正是观戏的最佳点，另有观戏楼五间环绕着会真广殿。

丝弦响起，孟昶身着绛紫襕袍坐在水台中央。

一名怀抱五弦琵琶的安宸变身为香山居士的江畔知音，孟昶只手拿着檀板轻敲慢打，伴着银笙口唇开启，低沉潺潺的嗓音破喉而出。

“浔阳江头夜送客，枫叶荻花秋瑟瑟。主人下马客在船，举酒欲饮无管弦。醉不成欢惨将别，别时茫茫江浸月。忽闻水上琵琶声，主人忘归客不发……”

费蕊坐在太后的身旁，目不转睛地望着对岸水台上众仙拥簇中的那个人，听他唱着这声慢的曲韵，洗尽了铅华，沐浴在晚霞中。他的脸庞坚毅如刀削，眉宇间透着一股慈悲。他的声音很安静，似沉淀的古琴泛音，无论喜悦还是忧伤，都舒缓而绵长，甚至带着一点儿压抑。

“……我闻琵琶已叹息，又闻此语重唧唧。同是天涯沦落人，相逢何必曾相识……”

那声音拨动心弦，她的眼泪猝不及防地滚出眼眶，滴到手背上，一串串像极了七年前烙在心头的泪珠儿。一时间整个宣华苑变得异常静谧，直到歌声停止，摩诃池上依然缭绕着丝弦檀板的仙乐节奏。

“真是痴性不改！”李太后摇头，转身对费蕊说道：“一个左迁谛官，一个长安倡女，唱的是天涯沦落人，竟唱到这深宫内院，成何体统！”费蕊敛了泪痕，笑着回答道：“不过是戏而已，娘娘何必当真，这是连胡儿都能吟诵的《琵琶》篇呢。”

褒国太长公主坐在一旁，啜了口酒，接过费蕊的话说道：“娘娘你看，久柱、延意、仁毅、仁赞、仁裕、仁操几位郡王、公主同为先帝子女，单单就三郎喜欢舞文弄墨，独创歌舞。我们虽然不会，却也能从这弦音里听出，今日陛下心里痛快着哪！”

宴席上的诸位兄弟平常驻守在外，两位长公主也已出嫁，平常难得回宫，听到太长公主的话都不知该如何回答，是以没有作声。倒是太后嗔怪：“这首怨曲，褒国居然听出痛快的意味，难怪你成天乐呵呵地不知忧愁！”

正说着话，一个云鬟高耸的女人乘着彩船从对岸过来，刚才就是她在台中随着歌声舞动，那朝天的发髻被紫金莲盘裹着摇摇欲坠，身边还跟着玄喆、玄珏两位小皇子。费蕊看着那粉白的面庞，微微怔住，旋即便笑了起来。她想，晴好的抱负远在富贵、烟柳之上，看来当初没有出宫是对的。

正在这时，后面的平头彩船徐徐而来，船头立着的正是皇帝孟昶，旁边还有怀抱琵琶的安宸。没等他们下船，李艳已经风姿蹁跹地迎了上去，一边为皇帝斟酒，一边对太后说道：“天家的新词一首接一首地唱，臣妾也作了一首词，念给娘娘听听，看可否值得天家谱曲？”

“好。”太后颔首而笑。

孟昶有意无意地越过太后的耳际望向费蕊，狭长的眉眼泛着微波。

李艳眨着眼睛，念道：“重阳弦月弦池头，宫嫦唱词唱不休；小乐携至会真殿，磬敲金地保益州。”她头上的步摇随着笑脸欢动，金钿不停闪烁，自有一股动人心魄的魅力。

旁侧妃嫔拍手称赞，孟昶却微笑着不置可否。李太后仰头大笑：“前边听着勉强还过得去，后边听着就不是滋味了。昭容，可别让外头人听去了，还以为我们这大蜀朝是敲敲打打，唱着戏曲得来的呢！”她话音一落，褒国哈哈大笑，惹得亭中一干人等也都笑起来，倒是李艳仗着深受皇宠，显得很不以为然。

“昭容飞天舞技蜀中一绝，可是作词写文章还得让我的司记来。”说着，太后示意费蕊站到亭子中间，吩咐宫婢设案。当年的晴好，如今已经贵为昭容，她目不转睛地打量着费蕊，表情很复杂。眼见司记离宫七年，愈发美艳动人，那飞扬的双眉如远山含黛，盈润的眼眸似秋水凝烟，纤腰袅袅婷婷，面庞粉如桃蕊，自有说不出的迤逦端庄，浑身散发着剔透的光芒。

费蕊朝昭容笑了笑，欲躬身行礼，被李艳一把扶了起来：“费司记奉旨出宫，辛苦了！”孟昶已经站到了平头案几的旁边，案上铺了什锦笺，他手中执着湖笔，漫不经心地在砚台上蘸墨调试。

费蕊眼波流转，启唇慢慢念道：

五云楼阁凤城间，花木长新日月闲。三十六宫连内苑，太平天子坐昆山。会真广殿约宫墙，楼阁相扶倚太阳。净甃玉阶横水岸，御炉香气扑龙床。龙池九曲远相通，杨柳丝牵两岸风。长似江南好风景，画船来去碧波中。

话音刚落，孟昶也恰到好处地放下湖笔，绢帛上一方行书笔势险劲，字体新丽。费蕊上前施了礼，端详着说："陛下这几行字粗略看来，结体有颜书的宽绰，笔势具欧书的险劲，细看却神采秀发，是自成一家。"

"好个绣口锦心！"李太后令人赐酒，"三言两语信口拈来，烘云托月，衬叶扶花，这词端的才是皇家殿堂的太平气象嘛！"

宫女将新词送去对岸，族中兄弟依序过来敬酒，在欢快的笙簧《承天乐》中，孟昶沉稳的样子渐渐散去。他无所顾忌地同贻矩、贻邺两位臣兄高声畅谈，紫衣襕袍的领外翻开，露出褚黄色的衬里，刚好一线残阳从酒珠穿透，像一颗宝石顺着他的喉隐没进微微敞开的领口去。

"万岁！"众人一阵喝彩。

孟昶将手中杯座朝下高高扬起，他的眉眼中带着一丝醉色横扫全席，说不出的风流倜傥。

宴席直到半夜，歌舞尽兴，亭中妃嫔带着皇子公主和诸王长公主，得太后懿旨依次离去，剩下李艳斜坐在廊下，端着酒杯面色微醺。

重光殿内红蜡高擎，映着满苑的花树，照红了水边楼台，织锦铺就的地毯直到兰室椒房，龙脑和牡丹的气息从毯上喷出，弥漫着整座宫苑，飘散在摩诃池的上空。

寝殿帐外，烛火悠悠，在重光殿阁的走廊里摇曳。

孟昶凭栏而立，衣袍风鼓，他挺拔着身姿，两手交叉放在背后。

"椒房已妥，请天家早些安歇。"头裹罗巾的祗候内监跪地禀告。

"都退下吧！"

四周寂静无声，只有新月高悬于苍穹。

费蕊斜靠在龙床上，湖笔的笔头抵在下颌，手捧着一张什锦笺。烛火从门窗洒进屋内，细碎的光落在床前，反射出如水的亮色。芙蓉帐里有些凉，摩诃池的龙骨水车默默转动，水洒在寝殿屋顶，沿着瓦沟落下，滴滴答答地响个不停。

孟昶不知何时进了寝殿，他坐在床头，从费蕊的手中接过笺纸。

水车踏水上宫城，寝殿檐头滴滴鸣。助得圣人高枕兴，夜凉长作远滩声。

费蕊抬起头凝望着孟昶，那单纯如水的眼波让他腾地红了脸，从脸颊到耳根，直到前胸后背，火烧火燎。

“臣妾回来了……”费蕊眼热鼻酸，轻声说道。

“好！好！”孟昶憨憨地笑着，眼泪却忍不住滑落。两个人的脸隔着寸长的距离，一呼一吸间有点儿局促。那双卷翘的眼睫下是燃烧着火焰的瞳仁，带着灼灼华彩。他的眼中挂着泪，表情却变得凝重，有思索和等待，也有警惕和犹豫，如此繁复，君临天下。

她依偎而上，靠在孟昶的胸口，紧跳的心慢慢沉淀下来，一切流于宁静。

但宁静只是暂时的……被褥之下轻微的触碰，几乎在同一时刻产生了剧烈的变化，孟昶瞳仁中的火焰轰地一下四散成寰宇的星光，一股旋涡裹挟着强烈的渴望。她还未明白这眼神的含义，耳畔就响起一声混浊的低吟，夹杂着体香的温热，最原始的王者般的声音蕴涵着无穷的信息，这信息让人动容，更让她心悸……

“从今以后，三郎不许你离开半步！”

话音未落，整个重光殿，不，是整个成都府都剧烈地涌动起来。

湿漉漉的原野似有狂风纵横，又像有野狼咆哮，在磅礴气势的碾压下变成了火场，肺腑都被点燃，燎原到极致，嘶鸣吟啸似对生命的礼赞，一阵阵地冲向这皇城的夜空，直达星辰……

不知过了多长时间，一切归于安宁，香魂凉梦，谛听乌啼。

费蕊睁大眼睛，身体还悬浮在半空飘飘荡荡，这神奇的体验让她毫无睡意，包裹在心头的那层外衣，事过七年终于虚化，然而属于她的核还在，比起寻常人更坚韧，更不同凡响。孟昶在沉醉中稳稳地熟睡了，呼吸酣畅而均匀，月白色的绫罗单衣像流水一样覆在他的身上，露出宽厚紧实的胸膛。费蕊将脸贴靠过去，紧紧地拥抱着，因为抱得太紧，能感觉彼此相融的血脉，随着心跳扑通、扑通地共鸣。

内苑几多不眠的人。

昭容李艳站在隔岸的桥头上，独自望着天上的那轮上弦月发呆，眼见着对岸楼阁中阵阵奔走喧哗，一对对内监宫娥提着宫灯熙攘着进出，还有十来个内监急匆匆地从前方跑来，沿着东墙往南苑奔去。

她一把抓住其中一个，定睛一看正是延昌殿的内监董禄达。

“不在太后跟前候着，慌慌张张做什么？”

“啊！是昭容娘子，这么晚了还在池边流连吗？”小董眯着眼睛，手中的宫灯摇摇晃晃。

“问你话呢！”

“昭容娘子对不住了，咱家忙着！”小董慌慌忙忙地告辞。

李艳望着远去的宫灯慢慢和苑内树丛中的流萤混为一团，心底涌出一阵落寞……

清晨的鸟鸣阵阵传来，费蕊睁眼一看，身边空空如也，孟昶已不在身边。她起身下地，推窗远眺，紫阳钟敲响之后，教坊内的管弦乐声缥缈响起，各殿楼栏院门已开，妃嫔宫女们都面向着摩诃池在临窗梳理红装，尚服局的一众女使早已捧着香球唾盂以及细钗礼衣侍候在寝殿之外。

“回禀娘子，天家五更早朝，临走嘱咐臣等伺候。”祗候班的内监向费蕊禀告，掌诰女史回宫第一天便承宠重光殿，懂事的宫婢内监都知道接下来会是什么。

当全新的一天开启时，费蕊身着御纱新制的红襦石榴裙走下重光殿。再一次张望着宣华苑的时候，她想起当年那位小内监说：“姑姑先别忙着看，您要在宣华苑里住上好些年呢！”往事如烟霞梦幻，她发现自己比想象中更热爱着这座内苑。

庭院内有一乘羊车，孟昶屈膝坐在芙蓉株下，怔怔地看着迎面走来的娘子，半天未动。

“三郎这么早就下朝了？”费蕊一边说着，一边迎上前去，薄如蝉翼的画帛在华袂广袖的两臂间盘绕，一路走来，随着湖风飘飞卷舞，云髻雾鬟之下是饱满的额头，绯红的落梅妆，金钿贴唇，梨涡浅浅而笑。

“今年的醉芙蓉开得特别好，不知是不是蕊儿回宫的缘故。”孟昶将她揽在臂弯里，从枝头摘了一朵雪白的芙蓉花，仔细地戴在她头上，“晨妆沾雪玉肌香，花色也难比拟蕊娘的美色。”孟昶对后宫娘子向来倨傲，不知他何以将情话说得如此脉脉。身边众位宫娥内侍都呆呆地不知道该如何是好，只有烟柳感叹道：“是啊，娘子轻盈粉艳，让芙蓉花都淡了颜色。”

“好！”孟昶很高兴，大声说，“既然花色比不得，花蕊翾轻，蕊娘便担起‘花蕊夫人’这别号吧！”

“花蕊夫人！”

旁人齐声高呼，这一呼不要紧，稍远处横立的宫娥内监听到，也纷纷唤道：“花蕊夫人！”呼声层层传递，落到宣华苑中，各殿娘子议论纷纷，都知道有一位离宫七年的女史，回宫当晚便承宠于重光殿，从此别号“花蕊夫人”。

“七年前，被赶出宫的人不少。”

“夫人是在清理后宫前离开的，皇帝身边的富贵公公一直跟着呢！”

“听说昭容和烟柳姑姑也是当年贴身的人。”

“夫人乃青郡夫人之女，是太后最宠爱的掌诰司记。”

“夫人当年为何出宫，为何又突然回来呢？”

“当然是奉太后懿旨，听说为社稷带回了一件重要的东西！”

“未必吧，真叫人好奇……”

花蕊在树下嫣然巧笑，一柄团扇半遮着脸，踮起脚尖，轻轻地将唇触到孟昶的下颌上。孟昶怔忪，白皙的面颊隐隐泛起红晕，他的眼中带着柔情，唇角上扬，微微颤动，沉醉的微笑展露在脸上。

羊车小乘载着两个人在宫中穿梭，夹岸的彩衣宫嫔驻足并立，或好奇，或仰慕。远远便能看到宫城和皇城的交接处有一栋高楼，那是比拟长安大明宫城所建的凝烟阁，明煌翘檐雄姿伸展，是成都府最高的建筑。银台金阙里供奉着随同高祖皇帝开国立蜀、功勋卓著的臣子的牌位，国子监雕印的各种经书也堆满其间。

两排仪仗导引在殿外侍奉，金瓜宝顶、龙旌羽扇分置丹樨两边，孟昶携着花蕊登楼远眺。只见江山相缭，郁郁苍苍，秋日暖阳烘晒着荒野，带来道不尽的苍凉；俯瞰罗城，四十里土城墙上盛放着艳丽灿烂的芙蓉花，红白相间，妖娆艳丽，将成都府包裹得花团锦簇。

“山河锦绣如此，朕不愿做个孤寡的皇帝。蕊娘可否赋词一首？”

花蕊当然明白孟昶的心，七年来，他呐喊着“何尝不愿生在平常人家”时的样子，何尝没有混迹在寂寞的梦里。从今天起，她要陪着他站在高阙上，勾勒如画江山的绚烂美景。

于是她拜了万福，轻笑着赋词道：

锦城上起凝烟阁，拥殿遮楼一向高。认得圣颜遥望见，碧阑干映赭黄袍。

花蕊开口，吟诵的并非遥不可及的梦想，而是京都百姓眼中近在咫尺的皇帝。

“纵然天下人都不理解朕，蕊娘一人知我足矣！”孟昶将她搂在怀中轻叹。

花蕊夫人头枕在孟昶的臂弯之中，正在两人缱绻难分的时候，只听身后传来扑通一声跪地的声响，转过身来，只见富贵面色悲戚，颤抖着禀道："天家、夫人，张阁老他，他薨了！"

"谁？"孟昶猛然僵住，脱口问道。

"同平章事检校官张……"富贵话音未落，孟昶猛地转身，跌跌撞撞地朝楼下跑去，随着哐当一声巨响，身后的花架倒了一地。

18. 风雨惊秋

待花蕊紧跟下来，远远地看见孟昶孤独地坐在凝烟阁大红门的台阶下，抬头望着闫武楼的方向。她缓步上前坐了过去，什么话也没说，只捉了他的手过来，轻轻地在掌心里画着圈儿。

“最近时常梦到小时候，梦到父帅和他骑着马在前方说笑，我怎么策马追也追不上；梦到他把我从尸骸中提出来丢上马背，一脚将马踹出老远，他的笑声音如洪钟，在我身后响起；梦到他提着酒坛畅饮，那酒从我的头顶上挥下，漫天洒落。醒了，自己都分不清是汗水还是泪水……”孟昶声音低沉，像是在自言自语，空洞的眼神里，只有眼睫毛还在偶尔扑闪，“这几日我一直揪心张公，还没来得及派人探望，昨日他在筵中缺席，原来是……”

孟昶靠在她的肩头，悲戚在眼中熬成一片血雾：“自小我便慎言，只有跟他在一起的时候言辞才畅快。他那个人表面看起来威严而不近人情，性情却最平和，他正直清白，从来不曾捉弄和伤害别人，能拥有这世上如此纯善的品格的，也只有他而已……三年前我罢免武将军职，宁郡夫人不服，巡狩途中乔装闯进我的銮帷前来理论，我曾许她八年之期，望她转告张公，等我亲政……可是，可是时间都还没到！朕对不起他，来不及了！”

“三郎……张公沉疴已久，你不必自责。”花蕊见孟昶如困兽一般焦虑而悲伤，将他拥在怀中安慰。她的悲伤同样难以抑制，以更痛苦的方式绞撕人心。

孟昶一向自制，真实的心境很少溢于言表，此时抱着花蕊恸哭，巨大的哀恸让她震颤。倘若细算这世上的恩情，高祖知祥和福庆长公主昊天罔极，张公的这份守护之情同样恩重如山。

“三郎，你知道蕊娘与宁郡夫人有些私交，张公一走，我怕她会遇到麻烦。我想先去府上看看，望天家恩准。”

皇帝亲自上祭需在大殓以后，孟昶准允她微服前往。

闫武楼下临街的大门都开着，两班青衣按时奏乐，执事们身披麻衣，摆着刀斩钺斧。鸿胪寺卿范禹偁正以朝廷之名吊丧赠襚，钦天监阴阳司择准停灵七七四十九日，由石镜观九九八十一名天师超度亡灵。府中虽然家役不多，但捧圣控鹤军中来了很多旧部，哭灵声摇山震海。

花蕊在灵堂见到暮雨，见她将孩儿负在背上，身披斩衰，生麻束发，应对前来吊唁的宾客礼节周到，苍白的面色平和无波，平静的眼眸中一片死灰。看到她的瞬间，花蕊竟哀恸到说不出话来。

灵堂的内室，姐妹二人在榻下相对而坐，暮雨那心如枯蒿的模样让花蕊心中泛起阵阵不安，抓着她的手不肯放下。

暮雨将孩子从背上放下来，交给旁边的嬷嬷，说：“孩儿乳名如常，不要忘了。”

花蕊感到话中有不祥的预兆，伸手接过孩子，说：“你的孩子，自己记得就好了！”

暮雨笑道：“暮雨还想着有夫人在皇帝跟前说说话，我们娘儿俩即便隐居山林，也不会被骚扰呢！”

花蕊想起暮雨生产那日的哀求，她梦想着要与夫君辞官回乡，带着小女喜乐一生。可暮雨毕竟是散花楼的细作，朝光手上的棋子，张公铎在的时候还好，他这一去，又没有直系旁族，仅靠一些旧部，未必能够保护这孤儿寡母。花蕊此行，正是希望她能安下心来，于是当着掌事嬷嬷的面儿，正色道：“看你说的什么话？宁郡夫人是诰命，只要大蜀朝还在，你跟孩子都会安然无恙的。”

从张府回到大内，花蕊将暮雨的情形告诉孟昶，讲述了自己的担忧。

孟昶听了并没有说什么。

七七四十九日之后是张公铎的下葬之期。

这日清早，还未起身，花蕊只觉周身疲乏，勉强招呼烟柳备车。

孟昶回到重光殿，见她病容婉约，拉过手腕去稍稍号了号脉，立刻召了烟柳过来。

“即刻起，夫人需卧榻歇息，不能再四处走动了。”

烟柳揪紧了心，失声问道：“夫人身子一向安好，怎么……”

花蕊眉心微颤，脸色像雨打的梨花，苍白无力道：“暮雨独自带着如常，我若不去陪她，叫她如何挺过难关。”

“你放心，有鸿胪寺卿督办，不会怠慢的。”孟昶将她拥在怀中，往后背放了两张厚垫，又命富贵抱了狐裘到榻前。

“我心里总是不安。”

“你必须安心。”孟昶严肃地说，“否则我们的孩儿如何安稳？”

“你说什么？”话音一落，花蕊睁大眼睛。富贵抱着狐裘刚走到跟前，听到这话顿时呆住，旁边的烟柳喜上眉梢，跪地惊呼：“恭喜天家！恭喜夫人！”

“亏你还自诩有些医道……”孟昶笑着嗔怪，眼波流转着无限的温柔，还有无限的快活。

“医道……我还未曾学会这些……”

两个人依靠在窗前絮絮叨叨，直到花蕊蜷缩在孟昶的怀中睡着了。

醒来后，却只见富贵和烟柳伺候在旁。

“天家去咸宜宫，命我等在此候着，张公已经入土为安，所剩眷属一百零三人，都给了钱粮遣散回乡。”

“宁郡夫人呢？”

“听说相府掌事嬷嬷在眉州置办田产府邸，夫人也一同离开了。”

花蕊叹了口气，心想暮雨执意离京，竟这么迫不及待。

张公铎的丧礼结束不久，转眼到了冬月。

这天花蕊乘了软舆到咸宜宫请安。宫中很热闹，妃嫔都聚在太后跟前，议论纷纷，似乎发生了什么大事。花蕊进殿，太后赐座身旁，将怀中一个小女孩儿递上跟前，笑眯眯地说："你看，我让人将小公主接回宫了。"花蕊心下恍惚，放眼各位妃嫔，竟想不起是谁得了临幸。她按捺着不安和疑惑，伸手摸了摸那张眉目清秀的脸庞。看着那双深邃乌黑的眼睛，花蕊心头像被什么东西撞了撞，翻涌着难以言说的怜爱之情，她抬头问道："她的母亲……"

安宸王氏摇着手中团扇，漫不经心地回答说："在宫外呢。"花蕊不解，正要询问，却听婕妤刘氏对太后抱怨道："太后啊，天家颁旨，愿意出宫者赠银三百，臣妾殿中的宫娥竟走了一半！"

她的话音刚落，其他妃嫔便纷纷议论。

"是啊，臣妾恐怕要独自梳头更衣了。"

花蕊心想，不知是哪重殿上的宫婢，太后居然允许她抛下小公主独自离宫。她惴惴不安地回到重光殿中，见孟昶已经在偏厅等她，一边咬盏吃茶，一边翻看她新作的曲词。花蕊还未坐稳，便直言不讳地问道："今日在太后跟前见到小公主，为何不见她的母亲呢？"孟昶眨了眨眼睛，抚摩着她微凸的小腹说："蕊娘当她的母亲好不？一子一女正凑成一个'好'字。"

"好是好，只是……"花蕊蹙着眉尖，觉得孟昶太过草率，也不像皇帝的作为，"天家下旨出宫者赠银，不该将她母亲也放出宫去……"

"你知道了？"孟昶眼中掠过一丝暧昧，讲起原委。

原来是日前几位臣子议事，有礼部下臣提说各州县良女选结、请旨入宫的议题。韩保贞进谏反对，说："天家后宫充盈，妃嫔众多，不仅不该再继续挑选美人，反而应将她们送出宫去。"翰林承旨李昊责备韩保贞大逆不道："各地挑选美人入宫惯例由来已久，良女为融合藩镇与皇家的关系亦做了不少贡献，岂可放出宫去？”孟昶也很为难，他说：“朕虽为帝王，却跟常人一样也是有感情的，当初挑选良女组建雅乐部，有些妃嫔已然成为天家族亲，怎么忍心将她们送走，流落民间？”韩保贞说：“平常百姓非五十无子，不娶妾，而圣人之于色，无时而不戒。天家正值盛年，需留足精神运行大蜀国经济，做掀天事业啊！”孟昶恍然大悟，欣然纳谏，即刻下旨各州县送出所选良女，宫中有愿意出宫者，每人赠银三百。另外还赐给韩保贞黄金数斤，嘉奖他直言劝谏的德行。

旨意刚下达，便在宫禁内苑掀起一阵不小的风波。

花蕊聆听半晌，轻轻地叹了口气，说：“蕊娘觉得，天家做得很好，却不该放走她的母亲。”

“哦，如何好？”孟昶的眼睛闪了闪，似笑非笑地望着她。

“绿衣监使守宫门，一闭上阳多少春。玄宗末岁初选入，入时十六今六十。同时采择百余人，零落年深残此身……”花蕊幽幽吟诵，据说香山居士见过上阳宫内死一般地沉寂，像牢狱，更像一座活坟，春华般的女子在那里被摧折凋残，这才写下此阙《白发上阳人》。花蕊话未说完，孟昶便不高兴地打断了她：“这是废唐的怨词，宣华苑歌舞升平，朕费了很多心思打理后宫，什么时候让她们零落残身了！”花蕊见他急了，感到有些好笑，连忙说道：“天家宅心仁厚，蕊娘岂能不知？这些话是蕊娘的妇人之见，三郎听听便罢。”

孟昶不以为然地哼了一声，捏着她的手掌出神。

花蕊继续说道：“三郎纵然身为天之骄子，个人的意志始终有限，天地尚以百姓为刍狗，何况圣人。但凡有些心胸的老百姓，都知道天高任鸟飞，海阔凭鱼游，宣华苑中的宫婢未必全都愿意守在这里，三郎不正是因为明白这个道理，爱护她们，才降旨给她们自由的吗？”孟昶的手突然收紧，因为用力，指节微微发白，他眯着眼睛，从齿缝中挤出话来：“你既然早已明白朕的心，还是宁愿风餐露宿，也不想在这安稳的后宫陪着我吗？”

花蕊的手指几乎被他捏断了，咬着唇挣脱不出，她知道孟昶听她说出这样的话，一定是想起了七年前的往事，想起她为何要执意离宫。她本不想再提说那些事了，看到孟昶忧愤的表情又觉得不忍，便靠上前去在他耳畔轻呼着："三郎，三郎！七年来蕊娘走遍大江南北，可知我的心早就给了你，天地再大，不过是在更大的牢笼中挣脱不出。我回到蜀地，回到你身边，蕊娘的心便从此安放在这里，你还不明白吗？"

"为什么不早说？我若早点儿知道，绝不会放你出宫；即便出去，阿九也早就把你抓回来了！"孟昶痛苦地蹙着双眉，低沉的声音中含着宠爱，也含着一丝酸涩。他的手指松开，嘶哑着喉咙说："那年你在江陵几乎丧命，被那茶商带着不知所踪，阿九沿江找了一个月，你可知道我是如何撑过来的？"

花蕊睁大眼睛看着孟昶，若不谈起此事，她几乎忘记了："三郎……"

孟昶终于有机会说出这些话，觉得心里舒坦多了。

"如果我再坚强些，我们便不会错过这么多年。"花蕊叹了口气，半垂着眼眸，羽扇样的长睫毛微微颤动。

…………

太后的咸宜宫旁有处新殿叫天启宫，与咸宜宫、太清宫并列成为三大宫殿，水殿廊桥连通池中的蓬莱三岛，是整个宣华苑中最宏大的建筑。这年年关刚过，摩诃池的中央忽然遮盖了帷幕，数以千计的工匠会集在琼岛，他们搬迁花树，挖走青苔，将摩诃池拓宽清理，夜以继日地大兴土木。

广政九年（946年），花蕊产下三皇子玄宝，迁入新竣工的天启宫。

揭幕的这一天，大内宫禁倾巢而出，花蕊在琼台设宴，宝座南升恭迎太后。众位娘子跟随着皇太后游览天启宫。主殿临水而建，四周的墙壁都镶嵌着七色琉璃，由蜀绣屏风隔断内外，门帘辅以三层绫罗，宽敞明亮。金丝楠木为廊柱，万年沉香做栋宇，昆仑碧玉装梁户，南海珊瑚嵌窗棂。宫人们都异口同声地称赞道："好一座凌波殿，分明就是东海龙王的水晶宫啊！”

只听殿前祗候来到御前禀告：“为贺夫人产下皇嗣，青城山的御酒作坊送来五十车生春酿！”

“好！传旨挖开琼台花苑。”孟昶神采奕奕，在宫苑中走来走去，“让朕亲自挑选二十坛埋到琼台的芙蓉花树下。”

傍晚时分，教坊都头李彦武又兴奋又焦急，他刚刚接到烟柳姑姑传来的口谕，皇帝要在凌波殿行长夜饮，请他安排宴乐。“教坊内最好的伎乐天离宫，新人还未出师，烦姑姑请昭容娘子出马，好让新排的《婆罗门曲》在陛下和夫人跟前亮相。”

“这可不好办，昭容娘子病了几日，勉强支撑着到天启宫拜贺，晌午就回宫去了呢。”从教坊出来，烟柳一边说着，一边往昭容宫走去，走了一半，被富贵拉住说：“算了。夫人今日大喜，昭容娘子恐怕在泛酸，还是不要去刺激她为好。”

天色将晚，两人沿着静谧的池边小径往回走，刚从连接飞廊的桥底穿出来，只听见引桥尽头的竹林里传来咯咯的笑声。那是昭容宫中的侧殿，从两间龟头屋接出来的耳房正好掩映在竹林当中。“瞧瞧去！”烟柳瞥了富贵一眼，提着襦裙踏上飞廊的阶梯。

富贵摇头使了个眼色，烟柳哎了一声，悄声说道：“如果真是昭容娘子，我就开口求她，看她答不答应！”富贵无奈，只得随了烟柳。

转角的石级上坐着两个嗑瓜子儿的小宫娥，富贵、烟柳不曾惊动她二人，沿着屋檐悄悄走到竹林里，从竹影的缝隙中望去，正对着一扇敞开的后窗户。昭容李艳斜靠在大插屏下的长榻上，身边摆着梅汤和茶点，她神态娇柔地倚靠着软垫儿，正津津有味地说着什么，咯咯的笑声正是从她对面人的口中传来的。

“于娘，”昭容李艳压低嗓门儿对面前的人说，“你知道吗？天家说了，一儿一女刚好凑成个‘好’字。”

“后宫里都传开了，陛下神采奕奕，高兴得不得了，连太后也管不得，只好将宁国公主交给天启宫了。”富贵认得那于娘，她是尚宫局的彤史，一管红笔掌管宫闱起居。只见她轻轻在李艳的手背上拍了拍说：“昭容认输吧，这是命啊！”

“艳娘知道不该与命运抗争，可天家曾将后宫交于我打理，如今……”李艳忽然抽泣起来，说：“于娘，既然公主是广政七年八月出生的，你也说广政六年年尾到次年开春，天家未曾临幸他人，公主她……”李艳的声音已近低不可闻。

“哎哟！”于娘的声音控制不住地高了起来，“花娘子什么时候回蜀的？”

“是七年二月回蜀的，八年重阳入宫的。”李艳清楚地记得，那时她正恩宠如山，怎么也没有想到司记费蕊离宫七年，居然还是回来了。

“七年二月……三月、四月……八月，哟哟哟，”于娘扳着指头数了数，“怎么都来不及嘛！”

“为何二月回蜀，却要等到次年才入宫呢？”

“说是太后懿旨，一走就是七年，怕不是办差，是失德哟！”

烟柳怒火中烧，挥着粉拳就要上前理论，被富贵攥住了胳膊。只听李艳冷冰冰地说：“天家明知孩子不是自己的，莫不是中了邪术？于娘掌管起居，他们……”

“不瞒娘子说，天家和花蕊夫人如何交颈戏道，老身是不知道的。何况都是茶余闲话，没证没据，娘子在老身跟前说说就罢了……”于娘说着，语调一转，“照这么恩宠下去，玄珏恐怕没什么指望了，听于娘一句劝，后宫与前朝要随时互通联系，安统领那现成的帮手你还得用起来。”

听到这话，李艳立刻变了脸，她站起身背过去说：“于娘回去吧，这话我当没听到，以后也决不可再说，想都不能想！艳娘得天家厚恩，难以为报，岂能学些蝇营狗苟的手段，你未必将我看低了！”

于娘见昭容翻脸，立刻跪在地上说：“老身糊涂了，请娘子不要跟我一般见识。”

“来人！”李艳朝外面喊了一声，正在嗑瓜子儿的小宫娥急忙拍干净衣裳，进了屋，“赏彤史姑姑绢帛二十匹、珊瑚株两对！”

富贵、烟柳站在竹林里，心中五味杂陈，当年的晴好，如今的李艳，到底是变了。

花蕊请旨将宁国公主接到天启宫来，与玄宝一起抚养，出乎大家的意料。原本烟柳并不想将偷听来的这些话告诉花蕊，可是没过多久，不知从哪重殿开始，有宫娥你言我语，称小公主是司记费蕊在宫外的私生，垢谇谣诼布满宣华苑内。烟柳十分愤懑，意欲请旨惩戒谣诼之人，却被花蕊制止：“如常在宫外出生，她就是我的孩子，让她们说去吧！”

这些私语断不会传到皇帝孟昶耳中，他沉浸在欢欣之中，如珍似宝的疼爱之情溢于言表，正待册封花蕊之际，太保赵季良却在这年八月薨逝。孟昶对于赵季良的死，哀恸更甚于张公铎，晋封事宜便耽搁了下来。

赵季良字德彰，济阴人，与高祖知祥交往甚笃，天成元年留在高祖身边为副使。他助高祖联东川、拒后唐、破董璋，是建国立业的肱股，薨逝时位列三师，谥号文肃。他性情温和谦逊，对皇帝孟昶而言，太保是国丈，是良师，亦是慈父。

“相父一去，朝中六位宰辅已经去其二。”孟昶苦闷辗转。这时，翰林承旨李昊主动向皇帝献上他精心集结的百卷《蜀祖经纬略》和二十卷《枢机集》，孟昶感到很欣慰，下令嘉赏，更任命他为左仆射丞相，同平章事，判户部度支。这位新晋左仆射丞相擅长文书，言辞工丽，朝中章奏书檄都出自他手，不仅如此，他还写下为高祖知祥歌功颂德的文章《创筑羊马城记》，该文章广为流传。同时任用的还有欧阳炯，领门下侍郎，兼户部尚书、同平章事。这两个人都曾同在王衍朝中任中书舍人、翰林学士，现时皇帝又命二人共同修撰国史《实录》。

19. 狼心祸心

次年二月初一，广政十年（947 年）。

中原腹地汴州城，城中百姓看见城门大开，契丹大军浩浩荡荡地进驻城中，耶律德光登基称帝，契丹国改国号为大辽，年号大同。与此同时，在与蜀国接壤的秦州，雄武节度使何重建也迎来了趾高气扬的契丹使节。

“晋国皇帝石重贵违背对大辽国的承诺，负恩于我！皇帝陛下轻易便灭了他！他已经报表服降，你们这些藩镇使节也必须向我大辽王朝尽忠！”

何重建黝黑的脸顿时涨得通红，他愤然拔剑，一举砍下来使的头颅。

“挂到军中，枭首示众！”

主将斩杀来使，中原是回不去了，他对麾下众将道：“契丹蛮夷亡我中原，灭我种族。何重建岂能带着众位参军摧眉折腰，做胡虏走狗！与其如此，不如投靠正统的近枝皇族！”

他的话音刚落，属下将帅无不高声回应，彻夜的呐喊回响在渭水两岸。

当何重建带着雄武军所辖秦、阶、成三州之地归蜀的消息回到成都府时，朝野内外一片喧嚣，山南西道节度使高彦俦特意捧着祭酒来到张公铎的墓前，喜极而泣，酣畅痛饮。

与朝臣欢欣鼓舞、山呼万岁的场面不同，皇帝孟昶显得异常平静，也许是等这天等得实在太久的缘故，当梦想终于实现的时候，他反而有种超脱的平常淡然，心中在谋划着更为深远的未来。

张业望着龙榻上那张年轻沉静的面庞，心里一阵恐慌。

孟昶命秦州宣慰使准备了大量的锦帛茶叶给何重建带去。

晋国常年征战，国力虚空，无暇顾及沿边的将领，大蜀新到的粮草军需富足显贵，尤其是绣工精美的蜀锦、萃取烘炒的茶叶、咸中带鲜的井盐，这些品质上等的礼物使得这支新军的人心获得极大安慰。何重建在感慨之余立即向朝廷提出了攻占固镇、夺取凤州的建议。

此时，北平王刘知远亦忙着在晋阳称帝立国，关中空虚，正是北伐最好的时机。

孟昶毫不犹豫地应允。

年轻帝王对关中形势的熟稔程度出乎何重建的意料，他不仅采纳了建议，还遣李继勋与兴州刺史刘景会合，以迅雷不及掩耳之势攻占了固镇。

占据先机之后，孟昶亲自遥领，制定出控扼险要、阻截援兵、集兵攻城的战法。

高彦俦再次领命分派山南西道三千七百余人出兴元北上，会同何重建所率领的阶、成二州兵力，在固镇集结，直逼凤州。与此同时，这位曾经的败军之将不计前嫌，亲自率兵两万，扼守散关要道，阻击外援之路，将凤州团团围困。四月，何重建遣宫苑使崔延琛攻凤州，高彦俦旋即分兵助攻，形成两面夹击的战局。如此，逼得凤州防御使石奉頵举城投降。此一役打得酣畅淋漓，各路新提任的将领亦配合默契，多年积压的气势喷薄出尽！

至此，秦、阶、成、凤四州之地皆被大蜀国尽数收囊，陇右之地牢牢地掌控在孟昶手中，关中平原近在咫尺！

四州刚刚获取不久，凤翔藩镇使节侯益的请降书就到了成都府，他这是被孟昶招降而来的。

凤翔一镇实在太重要了！

关中四塞之大散关就在凤翔，是关中与汉中、巴蜀之间的咽喉，为南北必争之地。自古以来，北不得散关，无以图汉中、巴蜀；南不得散关，则无以图关中！

孟昶乘胜而起，志在一鼓作气！

广政十年年尾。

南方的深冬肃杀而萧瑟，难得一见的暖阳为这凋零平添了些许喜气。蜀绣锦缎的旌旗在阳光中发出烈烈光芒，骑兵仪仗甲械齐整，两面大鼓咚咚震天，抱着琵琶、横笛、筚篥、拍板、箜篌、腰鼓的军前舞乐分置两边，八十名舞者排成两队，长袖翻甩，随歌起舞。

仪仗的后卫是剽悍的骑兵，他们环护的旌旗是皇帝敕封的日月大旗。紧接在后面的是一眼望不到边界的队伍，军士们穿着刚从内库领来的衣甲，鲜亮整齐。大玄门的将台和镶门两边，有上百校慰守护。一个个手按腰刀，目不斜视，精神抖擞地站立着。皇帝孟昶身着衮冕，站在城楼上大手北挥，听得各路强军山呼万岁，成都府的百姓看到，从大玄门出发的队伍，旌旗连绵几十里。

也许是被这样磅礴的气势所威慑，张业已经强烈地感知到他和孟昶的君臣缘分不可避免地走到了尽头。很多动向都使他感觉危机来临，比如进奏院的私刑狱有狱卒带着案犯外逃，长子张继昭被马楚、南平拒绝入境，这些都让他的不安一日胜似一日。

所以，次年人日一开朝，他便称病在府，暗中布控自保。

他还抽空去了一趟散花楼，朝光风情无限地调弄着手上的五弦琵琶，见到张业前来，微微一笑，示意他坐到对面去。

“估摸你去年的茶吃完了，我这里还有些，就带了过来。”张业说着从广袖里掏出个小瓷罐子，放到案几上。朝光也不接，眼波斜睨，侧头拨弄着琴弦，倾听着音律协调。“新繁镇上有处前代开凿的水地，跟宫里的摩诃池差不多大，我刚买下来，准备修成宅园殿堂，想要送给夫人你，夫人可择日去看看。”

朝光放下手中的琵琶，莫名其妙地看着他。

“你这散花楼好是好，地方到底窄了些，这辈子总不能一直待在这半高不高的地方吧？”张业一边说着，一边倚在榻上，懒洋洋地提起了后宫中最得宠的花蕊夫人，当年的掌诰司记，被撵出宫禁七年之后，莫名其妙地回宫受宠。朝光说这是孟昶失心疯，得不到的东西偏上了心：“当初修仪娘子集万千宠爱于一身，却落得天怒人怨的下场！谁知道蕊娘长不长心呢，当年因为那个畸胎，孟三郎撵了多少人出宫啊！”

张业没有接过朝光的话头，而是清浅地说道：“这娘子不似修仪那般糊涂，她可进可退，能伸能缩，是个成大事的样子。”

“她能帮你吗？”

“能不能帮，看夫人手段如何！”说完，他便真的将那张田产地契放在桌案上，起身走了。

朝光把地契拿在手中，仔细地端详了良久。

早春二月，连着下了几场雨，接着又是连绵的阴冷。

屈指算来，孟昶自十六岁登基已经过了十四个年头，万木萧疏的蜀地随着节令更替，又慢慢复苏起来。

凌波殿的地火炉烧得正旺。孟昶与玄宝逗弄玩耍，心不在焉又强颜欢笑。花蕊教宁国公主摆弄九连环，时不时地看上他一眼，正想问问关中战事，富贵却在这时走了进来。孟昶像是等了他许久，将玄宝放下，准备离开。

“等一等，蕊娘送送天家。”花蕊说着，拿来云豹氅衣为孟昶披上，陪着他缓步走到殿外。

“中书令在兴州薨卒了。”

“哦？”花蕊大吃一惊。

“不知道是不是天时未到呀！”孟昶抬头望着青天，长长地叹了口气，“李廷在子午谷突遭袭击，这一仗打得惨烈，他虽然侥幸脱身，断后的将卒四百余人全数被俘，中书令在雍州，听到这个消息当场就吐了血。”

“竟然是这样，难怪三郎闷闷不乐。”

“中书令孤军深入，企望救回部将，怎知断了后援，不得已才回撤，到兴州便不行了。”

花蕊默想，眼看刘知远称帝立汉，以正统自居号令天下，孟昶却困守蜀地，每次经略便功亏一篑，心里肯定不好过。“朝中内耗太多，战事紧张如此，他们却只顾沉溺享乐，哪儿还有一丝北伐的雄心！三郎今年而立，要说亲政正合时宜，可惜太保和张公不在了，太尉、司空一干人根本不希望你亲政，能出言上表的人都没有。”

孟昶深吸了口气，两个人都望着宣华苑的湖光翠色陷入久久的沉思。

小满前后，河道大涨，连摩诃池中的水也充盈不少，宣华苑内的百药仙人、月宫花、小黄娇、雪夫人、粉奴香、蓬莱相公、卵心黄、御衣红、紫龙杯、三支紫等各色牡丹繁艳芬馥，花香袭人。

这日闲暇，花蕊悠闲地倚靠在贵妃榻上翻阅文书，凌波殿外琼台临水，香炉烟缭，宝髻堆云人面熏风，花色如桃。烟柳陪着三皇子玄宝和宁国公主如常，正提笔临摹皇帝的字帖，如今她领携尚宫局兼掌诰，朝中事务由她来联络知会。

“皇帝加封何重建同平章事，今日连同中书令的棺椁一并到大玄门了。”

“哦！”

“天家请夫人看看这幅画，是王昭远从浣花带回来的。”烟柳说着拿出一卷尺长寸宽的绢帛。花蕊接过来一看，只见绢帛上工笔绘着华贵的楼阁台榭，飞廊转注隐没于山池之间，殿台阁楼凸显在岛屿之上，建筑风格无不参照皇城中的宣华苑，花蕊一眼认出是四郎李玹的手笔，问道：“乞儿怎么会去散花楼？这是什么地方？”

“这不就是宫禁内苑吗？摩诃池啊！”烟柳笑嘻嘻地回答，却见花蕊蹙着眉头说：“不是，蓬莱三岛的位置全然不同。”烟柳觉得不以为然："也许是某位贵胄仰慕宣华苑，闲来无事画上几笔，难免有些差池。"花蕊依然摇头，目不转睛地盯着画帛说："画中的太清宫、咸宜宫、天启宫与宣华苑一模一样，各个廊桥转注相连，但是摆布奇怪，三岛毫无美感，以李玹的笔力修养，绝不会出这样的错误，他画的是实景。"

"原来是李玹师父的手笔啊，难怪会留在浣花！"烟柳恍然大悟，想了想又说："也许民间口传谬误，不知道我们宣华苑到底有多美！"

"不，李玹乃前朝国舅，曾经出入宫禁内苑。"花蕊凝神注视着绢帛，突然，脑中仿佛有电光石火划过，似乎抓住了些什么，遂将手中绢帛拿近眼前细看。

"这里！"她指着画卷的边角一处说，"你看这块牌匾上写的什么？"

烟柳凑上前来，这绢帛原本不大，绘制的宫苑偏偏宏大壮阔，花蕊所指处有座假山遮挡的小楼："字太小，也很模糊，似乎是'凝烟阁'三个字，不过我们皇城的凝烟阁却是高高在上、光耀夺目的。"

"不错！是凝烟阁。"花蕊放下手中的绢帛，眸光望向皇城中的凝烟阁，心中充满疑惑："他画的这个地方到底在哪里呢？"这时候，她不由得想起了暮雨，眼泪掉落了下来，她想：如果姐姐还在，蕊娘何至于束手无策。

花蕊向皇帝阐述了自己的疑惑，请王昭远再去散花楼找李玹。

遂州地处蜀地中部，一马平川，以绢丝越罗闻名，经贸繁盛，素有"东川巨邑"之称，与成都府相距不过三百里，蜀朝设武信节度使于此。这里是张业执掌的旧地，虽有崔銮主持，但他一介文官，在京都任谏议大夫遥领。委派管理的将领很快重新投靠张业，仍然像以前那样聚敛财物，武信军的实际掌控权还在张业手中。

涪江蜿蜒穿过郡府，与千里大江水的磅礴气势相比，这里显得先天薄弱了些。张业抱恙，回遂州休养已经月余，长子张继昭带着他的精兵随侍数百人潜回遂州。

这日天气晴朗，张继昭来到后苑向张业禀告："北境大败，张虔钊因后援断绝气死在兴州，各镇老臣对孟昶颇有微词，何重建归蜀所设的大宴好些人都没有参加。武信军各部已经接到密令，请大人定夺时机后，随时整装待发。”

“我也该回京了。”

五月，张业回到成都府，人还未回府，便先去散花楼中见朝光。

“夫人带人去看了，对东湖田宅可还满意？”

“那别院景色优美，亭台布局贵不可言，只恐朝光无福消受。”

“夫人若愿意跟随张某，张某愿同夫人在那苑中厮守。”

“哦！”朝光有些意外，张业这些年与她风月无数，却从未提起过类似的话题。但这并不是她意外的原因，她以为张业志在大内：“司空准备告老还乡了吗？”

“小皇帝日益壮大，张某迟早会告老还乡的，怎么会不知趣地赖在朝堂呢！夫人是否愿意同张某厮守下半辈子？”张业脸上是开玩笑的表情，可眼中的阴鸷却让朝光打了个寒战。

“司空此话怎讲？”朝光面无表情，“相府中妻妾成群，为何拿我这烟花娘子开玩笑？”朝光的冷面异常妖艳，张业忍不住扑上前去，一把抱住了她。朝光蹙着眉无法推脱，见他呜咽着宽衣解带，心中烦恶难抑。他在气喘吁吁中大声呼喊：“你这花，天生就该长在宫中，你要愿意，我让你当正宫娘娘！”朝光闭着眼睛，不忍看他丑态毕露，好不容易事毕，又是一番海誓山盟……

“夫人帮忙给宫里带个话！”

“宫里？”朝光见他终于提到正事上了，问：“想让花蕊夫人怎么帮你？”

张业笑了笑：“最近少有上朝面君，怕皇帝不待见我，我想请花蕊娘子帮个忙，说动皇帝移驾东湖，臣下在那处设宴赏花。君臣离心的日子不好过啊！”

朝光冷笑道：“原来如此，司空拐弯抹角，不过利用朝光，为你和皇帝牵线搭桥。”张业伸手在她脸上抹了一把：“这处宅院是你的！我二人在此宴请皇家，怎么说是利用夫人？”

张业回京后，太尉赵廷隐在私苑为他设宴接风。

作为回礼，翌日晚间，张业又在自家私宅的花厅内回请赵廷隐。除长子张继昭、心腹门生赵季礼外，还有枢密使王处回、新任左仆射、同平章事，分管户部度支丞相的李昊，几个人围坐一桌，私谈畅饮。

因孟昶在朝中的威望一日高过一日，行事决断越发独断，近年朝中事务均以北伐为重，赵廷隐和王处回两位宰辅都被排挤在北伐的大事之外，酒过三巡，不免开始吐露各种心声。

张业慢腾腾地喝着酒，思忖着要如何将自己的心意传达出来。正想着，只见赵廷隐趁着酒意，捶胸顿足：“赵太保在的时候，我就位列太尉啦！早两年，皇帝还能悉数咨之，躬身施行。自从议定北伐，他高兴了请教两句，不高兴的时候连问都不问一声。早朝议事早已不成规矩啦！”

在座丞相李昊略显尴尬，闭着嘴装着没听到，他是朝堂新贵，皇帝对他格外青睐。赵廷隐叹息道：“先帝遗留下来的辅国，就剩下我们几位老不休了，看来也蹦跶不了几天了。今日借了张阁老黄酒下肚，胡言乱语几句，诸位不要嗤笑。”

“太尉位极人臣，我等还唯你马首是瞻呢，谈何嗤笑！”李昊接过话说。

“位极人臣不假，不过是虚职，连我这个枢密使在承乾殿上都没有半点儿位置了！”王处回说道，“天下大乱，唯蜀境安稳，我等随先帝入蜀立国，安贫乐道足矣，可是皇帝年轻气盛，野心勃发，当年张阁老提请索要三州他不允，现今却又一意孤行立志北伐，足见此人朝三暮四、心意摇摆，并非值得辅佐的明君。”

“王相！”赵廷隐大惊，手中的酒荡出杯中。

“哎，王相有感而发，太尉何必惊慌。”张业不以为然，伸手去握住了赵廷隐颤抖的手，“蜀朝又不是他孟三郎的蜀朝，当年我们也拼死出过力，蜀地繁盛也有我等献策支持，难道几句不中听的话还说不得了？”

张业说着，眼睛却直直地看着李昊，看得这位新晋的宰相浑身冒汗。

“那是！”王处回一贯沉稳低调，酒过三巡后便露出武将的本性来，“换我带兵，何至于像张虔钊那样大败，他还算有些气节，可气死在兴州又如何！王某还嫌他气量不足，朝中这些新起之秀，都不足成大事。”

“其实我也劝过皇帝不必北伐，安守蜀境足矣。”李昊半垂着眼眸，提酒与王处回碰了碰，“王相公所言不差，李某曾在王衍朝中为官，后追随了先帝，眼到大蜀朝的江山来之不易，却急于求成投入中原战事，这些年累积的钱银都化了水，何苦呢！”

赵季礼插嘴说：“这天下，谁坐不是坐，我等只管活个痛快不好吗？”自他被保出刑部大牢那天起，对张业的再造之恩便恨无所报，但及时行乐似乎更合他的心意。

王处回不理他，说：“乱世出奸雄，野心勃勃的人层出不穷，皇帝年轻，争强好胜之心过之不及，迟早会毁了这份基业！”

赵廷隐说：“朝中拥戴的人也不少，尤其那些贫寒之辈趁机撺掇，妄图给自己挣份家业罢了。”

王处回说：“自古以来都是公卿与君王共治天下，与民何干？”

李昊说：“我这个负责拟诏的臣子，在皇帝跟前也很谦卑。他日益独断，好像不认为皇帝是公卿共主，相权在王权面前此消彼长，不得不恭敬有加啊！”

王处回说：“得想办法让皇帝明白过来，大蜀朝的基业岂能肆意浪费在他手上！”

赵廷隐说：“现今皇帝气势蓬勃，谁敢去动他一动？”

张业见酒席中的言语正朝着自己所想的方向而去，于是试探着说了句：“这事儿就让我来承头如何？”

“司空愿意承头，我等求之不得。”赵廷隐顺口便说了出来。

“张公性情豪迈，为了劝诫皇帝可吃了不少的亏！”王处回看着张继昭道，“当年不过为了阻止讨伐三州，皇帝居然将堂堂刑部检校贬为庶民。”

张业拍了拍王处回的肩膀：“那些事就不必再说了吧。”

“做错了事理当受罚，郎子明白。”张继昭原本一直没说话，这时候站起身来，谦恭回复。

“嗯，不错！”赵廷隐点头称赞，“我看年轻一辈中如大郎这般出色的不多，前几日我已在皇帝跟前提请，等诸事平定下来，便恢复你的爵位。”

此话一出口，张继昭喜出望外，立刻离桌下跪致谢。

“诸位愿意让张某来担当劝诫之责，到时候说不通三郎，有些出格之举，还请冷静旁观便是。”张业哈哈一笑，“你们都跟三郎打过交道，他要固执起来，不提把刀架在他脖子上，他是绝不会认错的。”

“哈哈！”王处回拍手大笑，“先帝托孤，我等少不得还要用上金刚杵！”

这番话引得赵廷隐也笑了起来。

赵季礼眨了眨眼，也附和着哈哈大笑起来，将杯中的美酒一饮而尽。

孟昶接连好几个月都歇息在金华殿中，这晚深感疲惫，便叫上富贵摆驾天启宫。

花蕊这些时日也没有闲着，王昭远已经回话，说李玹离开成都府，他在那里遇到将作监张赞，朝光夫人正请他帮忙设计龙骨水车。

花蕊心中莫名一动，心想散花楼何须修葺什么龙骨水车：“宣华苑各殿的龙骨水车也该修检一下了，宣召将作监张赞入宫。”

张赞原是个民间的匠人，因技艺精湛，早在明德年就被推荐入宫。刚开始的时候做些版筑、匽厕的小事，后来深得太后信任，掌管了大内的土木工匠，还兼领过藩镇节使。

“朝光夫人得了处别院，准备照宣华苑的格局修葺，是张相公送给她的。”那是一个有些呆气的厚实人，生得虎背熊腰，做起事来干净利落。当张赞告诉她朝光将在新繁镇修别院，花蕊都还没有意识到他是青衫门下，直到他亮出肩背处“白虎负日”的刺青。

“朝光夫人请我传个话。”张赞说，“希望陛下能在竣工之日，赏光移驾别院。”

这是朝光第一次对她提出请求，显然，李玹所绘的园林就是朝光在新繁东湖的别院。听张赞的口气，他定然以为眼前的花蕊夫人也是青衫门下。花蕊一时拿不准，朝光为何要皇帝驻跸她的别院。该不该答应呢？如果不答应，是否立刻将张赞下狱？可是贸然铲除一个将作监，是否会惊动朝中其他人等？

“张赞，你胆子不小，竟然以为皇帝陛下可以随意驻跸区区民妇的宅子。”花蕊为了试探他，刻意不把朝光放在眼里。果然，张赞一听此话，意识到这是皇宫内苑，赶紧跪下来说：“朝光夫人希望夫人竭尽全力游说陛下。”

“这样行事，让我很为难啊！”花蕊叹了口气，请他起身，“那处别院当真是张相公送给朝光夫人的？”

“外朝臣工倒是都知道张相公买别院的事，”张赞说，“下臣只管传话，也不知朝光夫人为何有此一说。”

遣走了张赞，花蕊独自站在琼台上凝神思索，直到日落西山。看起来，张赞的确只是负责传话的人，暮雨已经不在了，权且留下一个传话人也好。朝光既然让张赞亮出了自己的身份，必是刻意为之，不可能是故意陷花蕊于不义，不管怎么说，散花楼还要在大蜀朝的地界上生财经营。

张业送了朝光一座别院，却让皇帝移驾驻跸，这是为什么呢？

这晚，她思虑画帛的深意，迟迟没有就寝，忽听皇帝驾临，赶紧披了单衣迎驾。

“这么晚了还没歇息吗？”孟昶面色苍白，情不自禁地将她拥在怀中。

“三郎你来。”花蕊迫不及待地挽着孟昶来到案前，指着画卷问：“乞儿带回来的，你看过吗？”

“嗯。”孟昶捏着眉心沉声回答，“这段时间心乱，不明白其中深意。”

花蕊心想也难怪他，北境大败，中书令张虔钊的死讯更伤心神。于是花蕊不再提说此事，帮他拉下长靴，扶他脱褂躺下。两人缱绻痴缠，温存了许久，孟昶沉沉睡下。花蕊一手捧着绢帛，头抵在他的发间出神。

半晌，孟昶阖着眼睛问：“看出什么了？”

“这是张业的别院，他为何要明目张胆地修建这样一片楼阁？”

“原来这就是张业新修的别院，有什么问题？”孟昶不解，“朕赐给太尉赵廷隐的崇勋园比这儿阔气多了！”

“天家治下，蜀中繁华，这等园林的确不足为奇！”花蕊搂着他的肩膀笑起来，拿起绢帛说，“你看黄石假山背后的这栋小楼，仔细看看，牌匾上是什么？”

孟昶接过画卷，凑近眼前，皱了皱眉说：“凝烟阁？”

“对，是凝烟阁。李唐太宗皇帝驱驾英才，纪念和他一起打天下治天下的功臣，修建凌烟阁以示尊皇。虽然画功臣于凌烟阁并非始于太宗，但是宰辅相公修建园林为什么要建一座凌烟阁呢？”

“这……”孟昶突然坐起身，脸色微微有些变化，“他……这是要逼朕痛下决心吗……”

花蕊一下子明白了些什么，说：“三郎素来尊崇李唐太宗皇帝，可知他所以能够成就大业，跟他果决独断，不被人掣肘，也不受人拨弄的性格是分不开的。”

“然而太宗杀戮过甚，不免有伤圣德。”

“陛下的圣德，可因当年李仁罕之死有所损伤？这些年困守蜀地，内耗不断因何而起？眼看每次经略便功亏一篑又是因为什么？一朝之兴，绝非一代之功，高祖知祥打下这片疆域是为了什么？李唐王朝何以历二十一帝，享国二百八十九年，不是因为先贤帝王为后世开天辟道吗？”

“说得好，开天辟道！”孟昶的眼睛也变得炯炯有神起来。外朝的臣子绝不敢在偏安一隅的皇帝跟前说这样的话；宫中上至太后，下至宗亲，也或因没有必胜的把握踌躇不决，不能提说；或者因为跟中原朝廷有着盘根错节的关系而不敢提说。也只有她没有把三郎当皇帝，而是当成知己朋友！

花蕊含情脉脉地望着他问：“三郎曾经吃过这么多苦，你怕吗？”孟昶热血沸腾，他走下长榻，左右转了两圈儿，忽然掀开帷帐，对门外的富贵令道：“宣韩保贞和高彦俦到金华殿，快去！”

他穿上靴袜，与花蕊告别，临走时说道：“放心，阿九已经护送李玹出京了。”

孟昶离开后，花蕊独自走出凌波殿，站在雕栏玉台上俯瞰宣华苑，只见高悬的朗月之下，宫苑内一片静谧，摩诃池上波光粼粼。

20. 都堂血光

张业病愈回朝，第一件事便是在御前请旨，恳请皇帝移驾刚竣工的东湖别苑。

孟昶欣然应允，不仅要御龙舟自锦江逆水，一路巡游到新繁，驻跸东湖设宴赏花，还下旨恢复张继昭的爵位，封他为刑部检校左仆射。

圣旨刚下，张继昭的旧部和侍卫亲军、指挥使司部将纷纷道贺，唯恐失了先机。那些人也不管是不是同僚，甚至品秩早就高过他的，或登门寒暄，或将礼单呈上便请辞，说些“要务在身，务请海涵”之类的话。一时间张继昭的宅门两侧，马车、小轿你来我往，占满整条大街。张府内张灯结彩，排宴摆了一溜儿，天上不知何时起了风，挟着细雨，打得廊桥的瓦顶沙沙作响。“都统命御前巡防先遣东湖，兄弟们今晚喝个痛快，明早打起精神来，千万不能误事！”张继昭提着酒壶朗声说道，底下一片呼和声，交杯换盏不亦乐乎。

风吹雨打让左仆射丞相李昊的心情极度郁闷，他已经在家中来回踱步了好些时辰，终于下定决心，高声叫了僮仆：“备轿！”

一顶不起眼的青布小轿停在门下侍郎欧阳炯府邸的后院侧门。

欧阳炯正跟卫尉寺卿赵崇祚在苑中喝酒。两人因为编撰《花间集》而相熟，又因性情坦荡，引为知己，时常聚在一起谈词论曲。当役使领着李昊踏入院中时，花下两个喝酒人早已醺然。抱琴的歌伎钳着酒杯欲迎还拒，花色和酒色相溶，分不清是花映红了脸还是脸晕染了花。欧阳炯半身趴在酒桌上，眯着醉眼，手提筷箸，轻敲着杯沿，摇晃着脑袋唱歌：

“相见休言有泪珠，酒阑重得叙欢娱，凤屏鸳枕宿金铺。兰麝细香闻喘息，绮罗纤缕见肌肤，此时还恨薄情无。”

歌伎含笑捻揉，赵崇祚举杯大笑：“填词讲求宁静、厚重、沉实而广博，既要淡雅，已属不易，还需重彩就更难。自有狎昵词作以来，恐怕再也没有比这首《浣溪沙》更露骨的艳词，何止是艳，纯任自然，兼容浓淡啊！”

“哈哈！”欧阳炯醉笑，筷箸在半空晃动，“假如弘基没有花间词笔，岂敢说这样的话！”

李昊来不及欣赏这香词艳曲，赵崇祚晃悠着起身行礼，让出位置请李昊入座。李昊一边坐下一边笑道：“今日司空府烧尾宴，人人都去道贺，你们怎么还在这里喝闲酒？”

“哎，司空府的门槛都被踏平了，不缺我们两个！”赵崇祚笑道，他虽然只是个从三品卫尉寺卿，可因为其父是太尉赵廷隐，朝中大臣对他颇为礼敬，而他生性旷达，醉心词曲，多与真性情的友人来往，而少有场面上的结交。

李昊不客气地坐下来，提着酒杯一口灌了下去，顷刻间便有融融暖意涌上胸膛。赵崇祚见他心神不宁，挑眉问道：“丞相怎么了，哪里缺了你的酒，急着寻到这里来了？”

李昊不理会他的揶揄，又倒了满杯到嘴里，扯了扯衣襟说道：“我们三人同朝多年，同受皇帝恩宠，跟你们说句推心置腹的话，今日司空府蒙恩，我们不该去他府上道贺一番吗？”

赵崇祚瞪大眼睛，不解地问：“司空蒙恩无非是皇帝答应移驾东湖，还有呢？”

“还有大郎张继昭封爵喽！”李昊觉得不能将心腹中的话掏尽，是以音调不免高了起来。

欧阳炯眼神迷离地望着他，手指头抵在他胸前，淡淡地说道：“李兄心乱了。朝中大臣为了个检校左仆射把司空府都踩平了。你觉得人家都去踩，自己不踩，吃亏了吧？”

“你要这么讲，李某便无话可说了！”李昊气呼呼地又喝了杯酒入肚。

“别烦，陛下绝顶聪明，无妨无妨！”欧阳炯说着声音越来越低，似要睡过去的样子，但这话正好戳中了李昊的心，他哎一声跳了起来，扶起欧阳炯问：“你是不是知道些什么，说来我听听？”

欧阳炯双眼半睁半闭，勾着手指头示意说：“过来。”

李昊果然激动地凑上前去，欧阳炯附在他耳边大声质问：“北境战事的紧要关头，张业抱病不上朝，现今北境大败，中书令殉国，陛下为何忽然恢复张继昭的爵位，还同意移驾他新竣工的别苑设宴赏花？”

李昊听后掀开他：“是啊，这我就不懂了！”

“这叫当局者迷！”欧阳炯被李昊甩开，冷冷一笑，四仰八叉地横躺在椅子上，“居然还敢邀宠，这恩宠势必让天下人都知道，北伐战事张继昭没功劳，北境官兵冲锋陷阵之际，他张业却在新繁修别苑！”

听了欧阳炯的话，李昊吓得坐在椅子上待了半天没动。

再看欧阳炯已经酩酊大醉，仰躺在椅子上鼾声大作。

“李丞相？”赵崇祚不解地看着李昊，李昊受惊一样地嗯了一声，他回过神来对赵崇祚拱手道：“李某还有要事，先告辞一步。”说完头也不回地走了。

回到府中，他立即将写好的礼单点火烧掉，又命役使捆扎好礼箱放回库中。

当他走出房门时，细雨不知什么时候已经停了，抬头一看，只见夜色浓郁，已过子时。

…………

此时此刻，富贵提着宫灯站在三署都堂的月华门外，王昭远、韩保贞、安思谦等人坐在石阶下默默无语。除了富贵，其余各人都不约而同地想起了多年前的那个早朝，中书令李仁罕的鲜血洒满承乾殿的丹墀，他们都清楚世事循环无常，又一场急风暴雨将降临在这风波不歇的皇城内。尤其是韩保贞，他嘴里叼着一根狗尾巴草，眼中不知何时已经蓄满泪水，无知无觉地流淌下来。皇帝孟昶此时正独自端坐在都堂之中，韩保贞想起皇帝听到他肯定的答复时那灼灼发亮的眸子，里面承载了多少喜悦和感佩……

十七日这天早上，天气晴朗，刚下过雨的花叶上还滴着水珠。

四更不到，张业便带着牙兵侍卫在皇城的金水桥下候驾。

五更时分，只见承远门中门大开，一队大驾卤簿执举金瓜、宝顶、旗幡缓缓而来；李昊、欧阳炯、毋昭裔、王处回、赵廷隐等坐在最前面的马车里，由两队骑兵和六行步甲护卫；随后有牙兵手持十二面龙旗，分作两排；龙旗后有指南车、记里鼓车、白鹭车、鸾旗车、辟恶车、皮轩车，所有车驾均由四匹骏马牵引，驾士十四人。而后是十二排手执横刀和弓箭的骠骑控鹤骑兵，又有一支庞大的鼓吹乐队尾随其后，大鼓、铙鼓、节鼓、小鼓、羽葆鼓，笛、箫、笳、长鸣、横吹、筚篥以及金钲让人眼花缭乱。

这批上百人的队伍缓缓穿过中门，来到金水桥头停了下来。

导引仪仗的丞相李昊走下车，对张业说道：“司空，皇帝在尚书省发脾气。”

张业心中掠过一丝不妙，不动声色地问：“出了什么事？”

“刚才，高彦俦递了张奏疏，弹劾司空为夺东湖别苑的田宅，闹死了一家人。早不来晚不来，偏偏这个时候让皇帝看到，他在都堂大发雷霆，要取消此次巡游！”李昊附在他耳边轻言：“这是太后和诸位娘子的銮驾，你看……”

张业大怒：“奶奶的！高彦俦这鳖孙！我不给他点儿颜色瞧瞧，他不知道老子姓张！”

“我们在这儿候着你吗？”李昊问。

张业心中大骂：候你爷爷！眼睛看着李昊，忍气吞声地说：“我亲自去御前兜着，灭了皇帝的这把火！你跟王相、太尉和我一起，先禀明太后，让卤簿在宫门等着！”彻查什么他根本不怕，他怕孟昶一怒之下取消行程，以皇帝执拗的性格，多日的部署便会功亏一篑。

李昊见他嘴里不干净，什么话也没说，转身到几位丞相跟前商量。王处回、赵廷隐命侍卫掉转马车，驱车穿过幡旌旗阵和随行的官员队列，来到太后舆前。

太后的銮舆由太仆卿驾驭，前后有三十九位驾士簇拥，两侧是左右匡圣将军护驾。花蕊的凤舆紧跟其后，她怀中抱着熟睡的玄宝，旁边紧靠着如常。只听前方有响动声，她轻轻撩开帷帐的缝隙往外看去，只见张业正跟太后跪请：“臣等恳请太后稍事安歇，我去都堂恭请陛下。”太后身在帷帐，心潮起伏，外间看不到她的表情，只能听到她沉着声音说：“高彦俦也真是，多大点儿事情早不启奏，晚不启奏，这时候耽搁，非得治罪不可！有劳司空前往，卤簿在这里等等，无妨。”

张业得命，四位丞相亟亟驾车进了承远门，护驾外围的禁军和骑兵步卒还堵在承远门内没有走出去，见到四位丞相的马车，纷纷退让开去。

入了承远门，众臣下车步行。

侍卫司指挥使安思谦骑马留在最后。这位禁军统领与韩保贞一样，都是孟昶的牙兵，只是身材五短，有些不受待见，不过他也有自己的本事。当年执杀李仁罕的时候，他第一个冲上去，孟昶还时常把这件事挂在嘴边，夸他勇猛。

此时，他看见了迎面而来的四位丞相，赶紧翻身下马。李昊上前细说一番，安思谦点头附和说：“高彦俦这是在公报私仇！有丞相前往最好，否则今日的行程吉时就耽搁了。”张业冷冰冰地看了他一眼，提起衣袍便要踏出承远门，跟来的牙兵紧随其后。

“慢着！”安思谦提着马鞭拦住牙兵，神态傲慢地说，“相府牙兵不得入内！”

“你以为你是谁？”张业气急败坏地夺了安思谦手中的马鞭。

“职责所在，请司空恕罪！”安思谦在张业跟前，虽然只齐他的脖颈高，却毫不退让，与此同时，身后的禁军和骑兵步卒唰地排开，纷纷抽出腰刀。张业愣了愣，回头看了眼赵廷隐和王处回，将马鞭丢在他身上，冷哼了声甩袖而去。李昊对安思谦使了个眼色，无奈地摇摇头，紧随着向使院的尚书省方向走去。

等他们都过了承远门，身影消失在使院门外，安思谦眯着眼睛向众禁军喝令：“擅闯宫禁者，统统拿下！”承远门内拥堵的禁军一拥而上，十几个牙兵还没反应过来便在门中被捆了个结实，口中堵塞了一堆马粪，呼叫不得。

安思谦笑着走到张业牙兵统领的跟前，往他口中使劲儿一拍，那马粪涂了他一脸：“就凭这点儿伎俩，也想打咱们天家的主意？”牙兵统领吓得面如死灰，口中呜呜着说不出话来，眼睛斜睨着被禁军堵得严严实实的承远门，心想司空一步踏错，今日便是瓮中之鳖了。

其实张业刚离开承远门就后悔了，心里那根儿紧绷的弦几乎要断裂。但他转念又想，如果今日不进来，东湖部署便废了，日后再要图谋又得重新来过，赌上一把的赢面比延后消磨军心大些。他恨不得将高彦俦千刀万剐，东湖田宅的地契他早给了朝光，只需在御前稍加澄清，料定孟昶没理由不信。他咬着牙槽狠狠地念着：“高彦俦你等着！事成之后，第一件事便拿你的人头祭旗！”脑中思量着，不知不觉便到了使院前方。

尚书省的都堂位于承乾殿前中轴往南的正殿中央，是尚书省的总务处，东有吏、户、礼三部，西有兵、刑、工三部，尚书省的左右仆射、左右丞、左右司郎中、员外郎等总辖各部。把守使院彰信门的禁军都头是张业的部属，见到几位丞相，他们拱手说道：“陛下在都堂批阅文书，下旨……”

张业甩了甩袖子，冷冷地喝道：“让开！”

都头话没说完，也不敢阻拦，只好任由他昂然踏入彰信门。迎头碰上韩保贞垂头丧气地走出来，后面跟着十几个侍卫司亲兵。见到几位相公，他打着哈哈说：“我刚被天家给轰出来，你们去正好，太后好不容易出趟宫，可高兴了，他不去可扫了大家的兴！”

张业见韩保贞样子狼狈，心头那根弦稍稍松懈了些许。

赵廷隐问：“里面还有人吗？”

“哪儿还有人，都被轰出来了！太尉说话悠着点儿，我把门关上，别让外头人听去。陛下火大得要烧了使院都堂呢！”诸相深知韩保贞与皇帝亲近，他平日说话总是半开玩笑，纷纷与他打趣了两句，这才进了使院。

韩保贞命人将彰信门从外面关了起来，十多个侍卫冲到阶下，三下两下便被守殿的几名禁军都头逼得缴了械，捆了出去。

“全雄狮，你带人去封日华门和月华门，不许任何人进出！”

那名叫全雄狮的侍卫领命离开，韩保贞转身从配殿推门而入，消失在使院大殿前。

张业与诸臣进了使院，穿过长廊，随着韩保贞关闭彰信门，嘭的一声，他的心也随之颤了下，右手缩进大袖，拽紧了随身携带的袖剑。

王处回和赵廷隐走在前方低声议论：“皇帝如此任性，臣等如何放心让他亲政！”

“就是天塌下来，他该去也得去！”

“将整朝臣工扔在宫门等候，幼稚！”

“荒唐！”

一行人低声议论着，从彰信门往北穿过长廊，来到尚书省都堂外的殿门前。两名小内监站在门外，鲁富贵正揪着一人的耳朵低声训斥着什么。

“鲁公公。”赵廷隐远远地招呼道。

鲁富贵猛地抬头，看见是诸位相公，立刻眉开眼笑道：“司空可来了，天家看了高将军的奏疏，气得要放火烧都堂。再不来，恐怕咱家也该去宣旨了！”

王处回说：“有劳公公传个话，臣等在外求见，恭迎陛下出宫。”

富贵笑了笑，慢腾腾地说：“还得请司空亲自到御前恭请才行，我进去不是找挨骂吗？你们看看这两个笨手笨脚的，茶也端不稳，被赶出来了！”

张业听富贵这么说，觉得非得他亲自到御前，三言两语将皇帝震住不可。他转身道：“几位阁老到外间坐一坐，我跟三郎说说，看他是信我还是信高彦俦！”赵廷隐有些狐疑，张业道：“高彦俦跟我有宿仇，他趁机害我，我不亲自跟皇帝说，难道任由这鳖孙诽谤我不成！”王处回见他斩钉截铁，便道：“我等在此歇息，万一司空跟陛下争执起来，也好进去劝阻。”

“不用！”张业说完，看也不看他一眼，便径直推了门。

鲁富贵见张业进门，向两名内监官示意，他们便反手关了殿门。富贵扬起手中拂尘说：“咱家带相公去偏厅里坐坐，那儿有上好的蒙顶甘露，还有刚送进宫的茶食伺候。”

赵廷隐拱手道：“有劳公公了。”

王处回跟着鲁富贵朝偏厅走，四处看了看，觉得瘆得慌，总觉得今日这三省官署哪里不对劲儿，却又说不上来，回头瞥了瞥李昊，只见他面无表情，跟着富贵往前走去。

张业踏进都堂殿门，没有听到摔杯跺脚的怒气，却听到身后嘭的一声关门响，不由得暗叫不好，膝盖都软了，念头一转，想起自己是进来做什么的，于是挺直了腰杆儿向前走去。偌大的都堂分为南北两边，靠北设宝座，南有屏风隔开，东面是窗，西面为板墙，开门通往配殿，明间连通中书门下各省，因此这都堂为各都省的总务处，皇帝召见大臣就在靠北的屏风后。那里有一张硕大的紫檀架子，上面安放着一面大插屏。

张业转过屏风，双手一抬，朗声道：“臣张业觐见陛下！”说完抬头，果然看见北面御榻上的孟昶巍然端坐，衮服冠冕犹如塑像般凝重。

他心头一凛，谨慎地问了声："天家？"

孟昶目不转睛，冕珠后一双黑眸闪着熠熠光辉。

"张业，你可知罪？"

张业一听这话，眼睛左右斜了一圈儿，只是孟昶独坐北上，四下并无旁人，他心头宽松，立刻强硬起来："高彦俦那王八鳖孙的鬼话，陛下你也信？"

"除此以外呢？你妄图弑君，是否算罪？"孟昶提高了声音。

一句话如晴天霹雳，张业瞪大眼睛逼视前方，右手不由自主地捏在袖剑的手柄上："三郎说什么？列位臣工等着陛下出跸，宰辅大臣就在门外，我这是进来恭请陛下的！"

"朕在说什么，你心知肚明！"孟昶的音调再一次提高，他大声喝道："张业图谋不轨，十恶不赦，给我拿下！"话音刚落，张业已经抽出短剑，噌地扑向孟昶。与此同时，梁上黑影一闪，王昭远倒悬而下，长剑剑锋直抵短剑，殿中四面八方同时冲出十多个黑衣暗卫，将他和孟昶围在中间，挺戗而刺。

张业好像被撩了胡须的老虎，勃然大怒，他冷笑着吼道："好小子！统统上来，不怕伤了你家皇帝？"说着，他将刀刃剑尖儿掉头一转，用胳膊拽过一杆长戗，杀戮心升腾而起。

"拿下！"

随着孟昶大喝，王昭远敞开胸膛，横在张业面前，把二人隔开。

啊的一声惨叫传来，张业手中的戗尖儿刺入一名年轻死士的眼中，眼珠顿时迸出，鲜血飞溅。都堂内的气势忽然萎靡，张业趁势怒吼着扬起戗杆儿，好像拍打草席上的谷草一样四处横扫。孟昶端坐御榻，与他近在咫尺，掀起的气浪刮到眼中，望过去是一片灰白的光影。

王昭远大喊一声，跃下房梁，其余各人挺剑逼上，与张业纠缠在一起。

张业年轻时便是高祖知祥麾下最勇猛的将领之一，这些年养尊处优，亦未放弃一身功夫。殿上虽有十多个人，但因地势狭小，张业占据有利位置，除了王昭远紧紧护着皇帝，其余十二人只能展开全力轮番而上。几十招过后，张业虽没有败势，手脚却慢慢不那么灵活起来，只听扑哧一声，孟九将他的袖袍服斩去，衣炔飞舞间又是唰的一下，剑尖儿挑去了他的幞头，一头长发披散开来，像暴怒的野兽。

张业发出啊啊的大喊，从腰间的绋带抠出两枚铁钉，直直地朝孟昶抛去。

王昭远提剑挡开，另有一枚却来不及躲开，深深地栽入他的左臂。王昭远嘶地抽了口气，咬着牙没吭声，孟昶大怒，拔出长剑就待上前，被王昭远死死按住。

“天家！”他蹙着眉摇摇头。

孟昶强行按捺住心中的怒火，重新坐回御榻，冷静地看着他身前的激烈斗争。

乒乒乓乓的声音传来，屏风被放倒，瓷瓶破碎的声音在都堂内响翻了天。

偏厅内，赵廷隐坐在正北的圈椅上，左右各坐着王处回和李昊。中间的矮几上放着茶点，鲁富贵正窸窸窣窣地走来走去，为三位相公上茶。王处回侧头四下打量，他忽然发现是什么地方不对了，这里太过安静，实在太安静了！平日来来往往的值守宫人一个也没有。想到此处，端着茶盏的手颤抖起来，再看李昊和赵廷隐二人，他们都稳稳当当地无事人般饮着茶。

“鲁公公，尚书省官署中的宫人也一并出城去了吗？”王处回忍不住问道。

“王相少安毋躁，静待便是。”鲁富贵一反常态，冷冷地回答。王处回心底没来由地凉了片刻，只见偏厅西侧的小门吱呀响了一声，韩保贞手执长剑踏步进来了。

“宫人都屏退了，王相公有何忧虑，不妨道来。”

王处回忐忑不安地问：“陛下不知和司空谈得如何了，不如我们去看看？”一边说着，一边看向赵廷隐和李昊，希望从他们的眼中看出些端倪。但见李昊面无表情地吃茶，赵廷隐则看了看韩保贞，欲言又止。

“张业的东湖别苑来路不明，他大费周章地将朝中诸臣悉数请往，恐怕另有所图，王相公都没有丝毫觉察吗？”韩保贞眯着眼睛问道。王处回心中一颤，忽而想起张业说过，由他承头直谏皇帝，让诸位冷眼旁观便好，于是扯了扯嘴角，干巴巴地笑起来：“司空忠心耿耿，也是一心为蜀朝江山社稷罢了。”

“哼，意图谋逆也算忠心耿耿吗？”

韩保贞话音一落，赵廷隐和李昊都愣住了，睁大眼睛喃喃道：“这……”

“韩都统此话怎讲？”

“陛下对张业一贯恩宠有加，他却自持先帝托孤，飞扬跋扈，数次欺君，如今更是犯下谋逆大罪，此时都堂内，陛下恐怕已经将他生擒，各位相公随我前去看看便知！”韩保贞寥寥数语，惊得三位丞相目瞪口呆。

赵廷隐更是拍着大腿颤声道：“他真的……唉！”

都堂东面，连排的窗户尽数打开，高彦俦带着十来个弓弩手搭箭直指殿堂中央。

张业披头散发，身上的朝服已经破烂不堪，看起来分外狼狈。他单脚跪地，手中长戗已经被折断，只有一把短剑直指孟昶，剑尖儿离冠冕道旒仅仅数寸。孟九站在他的身后，一柄长剑直插后背，没至剑柄。

孟昶伸出两根手指缓缓拨开近在咫尺的剑头，站起身，居高临下地望着张业。

“孟三郎！好歹毒阴险的心肠，高祖知祥一代英豪，儿子却如此气量，枉我尽心尽力辅佐于你！”张业满脸是血，已然破口大骂，“你诬蔑我的罪行，不拿出证据来，门外的太尉宰辅就是我的证人，后世史书将骂你千秋万代！”孟昶没作声，张业声嘶力竭地哈哈大笑，高喊道：

“我知道你不怕，十六岁的时候你就杀了我元舅，不在乎再杀一个了！”

站在窗外的三位丞相将这一幕看在眼里，全身汗流浃背，只觉肝胆俱颤。

“你要证据，朕手上有一大把。”孟昶平静地说道，他的声音不大，却自有一股威严的穿透力，字字句句落入在场各人的耳中。

“柴七是你的家奴，他有你私设刑狱的证据；赵季礼是仙逝太保的弟弟，他有你贪赃枉法的证据；叛贼田行皋现在南平，他有你家张郎谋反的证据；至于东湖别苑，你还要狡辩吗？武信军的前锋已经悉数乞降，从进奏院出逃的狱卒，至今还未找到，对吗？”

随着孟昶不紧不慢的话语，张业的一张老脸更显得狰狞，他全身发抖，说不出话来，只有龇着牙啊啊啊地不停喊叫。

孟昶深吸了口气，沉沉问道：“你不记得明德四年了吧，你忘得了贵妃头上的那道天雷，也忘了朕就是最好的证据，但是连张修仪你也忘了吗？”

张业颤抖着，手指一松，短剑终于噹地掉落在地。他心潮起伏，恍然大悟：“你……你居然不动声色地忍了十年！”

“不错，朕忍你足足十年！”孟昶甩开宽袖，坐回御榻之上，厉声说道：“朕牢记先皇立国不易，更感念辅佐臣工汗马功勋，为做一个值得辅佐的君王，朕忍你十年！但你又是如何对朕的？如若朕依然纵容你，则朝纲崩乱，国将不国！你觉得自己不该杀吗？”

“孟三郎啊孟三郎！”张业已经完全失去了反抗能力，精湛灼目的眼睛也变得模糊起来，“成王败寇，你爱怎么说便怎么说吧！张业此生只服高祖知祥一人，而今看到他的儿子也有了些许先帝的模样，死在你手里，我无话可说！”

“无话可说？”孟昶喝问，“是你将五路府兵置于叛军之境，待朕血洗武信军时，你心里也没有丝毫愧疚吗？就凭你这句无话可说，哪有半点儿君临天下的气势！就算朕将大蜀江山禅让于你，你能支配吗？你为一己之私篡位，蜀朝不过被你等鼠辈割据，黎民百姓可有看到尽头的指望？你何德何能执掌这蜀地江山，你倒是说给我听听！”

一席话振聋发聩，站在窗外的太尉赵廷隐忍不住后退了两步，全身颤抖。

这席话也激起了张业最后的热血，他咬着牙哈哈大笑：“好个孟三郎啊！天下的大道理都让你说完了！当初你不敢向石敬瑭讨要三州，我与诸多藩将对你心灰意懒！你偏听信赵季良、张公铎等人，可曾将我等忠心放在心上！你杀李仁罕我并无异议，那时你不过十六岁，小小年纪便心机叵测，你怕我跟元舅对你不服，表面上礼贤下士，封疆食邑，心里何曾真正将我当宰辅尊重，今日不说这些便罢了，说出来张业更是死也不服！”

“放肆！”孟昶脖颈上青筋暴起，拍着龙榻断然喝道，“你病态疑心，还企图将罪责推脱于朕！你这骄横蛮霸、贪赃枉法之徒，凭什么要朕取信于你！死到临头不知悔改！”

“你让我悔改？大蜀朝的江山原本就是我等与高祖陛下一同打下来的，分疆食邑理所应当！我知你野心勃勃，不愿做偏霸的君主，妄图统帅天下！我倒要在黄泉路上候着，看看你如何将大蜀功臣挨个儿铲除，看看你如何葬送我等打下的江山！看看你的黎民百姓是怎么指望你的！哈哈……哈哈……”

张业猛地一反手，抽出肩背上的刀柄，乌黑的血一下子溅到孟九的脸上。他大笑着，声音越来越低，终于垂下头去，没了声息。

都堂内外一片安静，只剩风吹落叶的沙沙声。

张业最后的话击中了诸臣的心，孟昶闻到了血腥弥漫的气息，突然哇的一声，捂着前襟喷出一口血来。王昭远吓得大声呼喊道：“天家！”殿中顿时乱成一团。

“让开！”孟昶推开王昭远，喝令左右退下。

窗外的赵廷隐、王处回和李昊已经来到御前，三人齐刷刷地跪在张业旁侧，连声高喊："陛下！臣等来迟，请陛下恕罪！"孟昶皱了皱眉，手指紧紧地抓着扶手，强忍着坐上御榻，他沉声责问："你们三人跟逆贼张业私交甚笃，平日没少推杯换盏，他图谋不轨，你们都没有丝毫察觉吗？"

"臣请陛下治罪！"李昊大声疾呼，"我与逆臣的政见素来不合，聚会饮酒只因同朝为官，磨不开颜面，筵席之上也只谈风月而少涉政见！今日陛下躬亲裁断，运筹帷幄于庙堂，剪除元凶，臣实感汗颜惭愧。逆贼潜藏深邃，请陛下治臣失察之罪！"

孟昶直盯着王处回和赵廷隐，冷冷问道："你们呢？"

王处回被眼下的一幕惊呆了："臣……臣自知罪重，不求陛下饶恕，只求陛下保重身体。"他哆嗦着不知该如何开脱自己。赵廷隐面无血色，跪在殿下连连磕头。他想起昨夜赵崇祚在跟前所讲起的疑惑，心底一阵发凉，他说道："天家英明神武，老臣亦感佩不已。没想到逆贼张业居然真的做出谋逆之举，天家杀得好！臣心悦诚服！"

"东湖内苑还有伏兵，朕即刻起驾，一并诛之，尔等不必前往，就在这都堂内静思己过，等我得胜回朝罢！"说完也不等三人回话，整好前襟，拂袖而去。

赵廷隐和王处回、李昊三人服帖在地，恭送孟昶，暗卫死士也随之隐身。高彦俦所带侍卫将张业的尸身拖离，都堂内很快被井水冲刷得一干二净。

21. 权臣隐退

整个尚书省官署被围得严严实实，高彦俦将三位丞相分别请到各殿安置，不得相互碰面。事实上被幽禁的只有赵廷隐和王处回，李昊因为转舵迅速而准确，留在都堂写讨贼檄文。

不多时，承远门内一乘玉辂驶出，安思谦领兵紧随在侧，外围更有众队骑兵护驾，跟在禁兵后面的是由孔雀扇、小团扇、方扇、黄麾、绛麾、玄武幢等组成的仪仗。花蕊目不转睛地看着承乾殿的方向，见到玉辂缓缓驶出中门，穿过天子御道，上了金水桥，一颗紧绷的心怦然落地。如常和玄宝抬起头来，望着花蕊眼中的泪光，玄宝轻声问道："阿娘，阿耶的事情都理清了吗？"

"还没有！我们还要陪着阿耶，不管遇到什么都不可惊慌失措。"

"明白！"

皇城内凉风乍起，一群苍鹞在嘹亮的长啸声中凌空而起，向着罗城七门展翅飞去。罗城正南的光夏门，西侧的笮桥门、延秋门、乾政门以及东面的万春门、瑞鼎门，北门大玄门统统关闭了。高彦俦从皇城北面的大安门飞驰疾出，直奔驻扎在支计院的六军军营。

卤簿队仗骑兵步卒在宫门原地待命。

金水河石桥上身着紫色、深绯、浅绯朝服的官员悉数列开，恭恭敬敬地列队企望。毋昭裔和欧阳炯站在玉辂下，身后是同平章事何重建、嘉州刺史伊延环、宣徽院使伊审征、兵部尚书徐光溥、兵部侍郎赵崇韬等人。韩保贞和安思谦从承远门疾步走过来，一队牙兵被捆得像粽子般跪在下方。安思谦禀报说：“逆臣所带牙兵均数擒获，请陛下裁夺！”

话音一落，朝臣官员发出嗡嗡的议论声，孟昶放眼望去，沉声说道：“苍天在上，逆臣张业图谋不轨，幸得垂爱，及早让朕获得消息，现叛军五万正驻城外三里，另有叛军三千埋伏于新繁东湖。禁军现已赶往四门，请各位臣工静候片刻。”

桥上顿时炸开了锅，各官员还没有回过神来，韩保贞已经将手中一卷褚黄色绢帛递到玉辂中，富贵将绢帛双手接过，高举过头。只听韩保贞朗声说道：“逆贼张业把持朝纲，贪赃枉法，私设刑狱，涂炭生灵，今日更图谋弑君，其心险恶，其罪难赦！左仆射丞相适才于都堂内写下讨伐檄文，请陛下下诏，容六军出兵讨伐！”

殿前一片寂静，孟昶展开黄绢，说道：

“司空张业：舅父李仁罕，昔充中书令废坏纲常，以臣弑君；主念业功勋，封疆食邑，而业遂承资跋扈，伤化虐民，残贤害善。故蜀中万民，士林愤痛，民怨弥重；业者，性豪侈，强市蜀人田宅，藏匿亡命于私第，置狱，系负债者，或历年至有庾死者。其子检校左仆射继昭，信访善剑者潜伏施州意欲谋逆。业与其子五毒备至，不顾宪纲，尤以业处三公之位，而行桀虏之态，污国害民，毒施人鬼！历观载籍，无道之臣，贪残酷烈，于业为甚！至令圣朝流涕，士民伤怀！”

随着孟昶稳健低沉的声音，偌大的宫城广场上鸦雀无声，只有卤簿仪仗的旌旗被风吹得呼呼作响。忽然，仪仗中的凤銮内传出嘤嘤的哭泣声，分外突兀。孟昶皱了皱眉，继续念道：“方今朝廷纲维弛绝，公等受顾命于宣室。言犹在耳，忠岂忘心？观方畿之内，忠义之佐，胁于暴虐之臣，焉能展其节？又业持部曲精兵十万，围守宫阙，外托宿卫，内实拘执。此乃忠臣肝脑涂地之秋，烈士立功之会，可不勖哉！即日勒现兵，与各路禁军协同声势。州郡各整义兵，罗落境界，举武扬威，并匡社稷！部曲偏裨将校诸吏降者，勿有所问，广宣恩信，大加厚赏，布告天下，移檄州郡，咸使知闻！”

檄文一出，以毋昭裔、欧阳炯为首的丞相跪地接旨，声讨逆贼的呼声响彻皇城。

韩保贞托举着讨贼诏书跃上红鬃马，往大玄门外飞奔而去。

这时，玄喆、玄珏两位皇子从凤銮中跌撞着跑了出来，众臣这才发现，方才的哭泣声正是从昭容的凤銮中传出的，两位皇子跪在玉辂之下，由低声抽泣变成号啕大哭。

“哭什么？”孟昶愠怒，正待发作。

“请父皇……赐儿臣精兵十万，杀出城外……保卫父皇！”稚童少年的声音在抽泣中断断续续。孟昶见到自己的皇子这般惊惶的模样，心中十分厌烦，听得豪言壮语才略感宽慰，他抬手说道：“很好！皇子临危不惧，不愧为孟氏子孙！”

凤銮中无人看见，昭容李艳暗自松了一口气，她撩开帷幄，只见两位皇子闪烁着惊惧的目光，瞥着玉辂上端然危坐的父亲。

未时，原本是一日中最为舒适的时刻，承乾殿内的各级臣工却伸长脖子望着御座上端坐的皇帝。隐约有擂鼓的声音从大玄门外传来，孟昶微阖双眼，他知道褒国太长公主带着宗室的兵马已经得胜。果然，不多时，便有合门使带人进来禀报，北门叛军还未接到攻城信号，没来得及整队出发便被重重包围，节度使在营前接到檄文诏书和张业已经被正法的消息后立刻弃械，声称受到张业的欺瞒哄骗。

随后，陆续便有其他四门回报，武信军全数缴械，不战而降。

京畿危机解除，高彦俦又带兵驻守在梓州往成都府的必经之路上，他本人马不停蹄地亲自面见梓州刺史，警惕武德军的异动。

新繁东湖的消息久久未见传来，天色已近黄昏。御食厨将筵席直接摆到了承乾殿，然而这顿饭没有一个人吃得欢畅。

孟昶为稳定军心，向朝臣讲叛军仅为五万，事实上王处回所领武德军离成都府不过两百里，而赵廷隐所领武定军虽远在边境，但万一发生异动，则直接跟驻守在兴元府的山南西道冲突，形势严峻，内乱一触即发。这些年，孟昶不停地调整十个藩镇节度使，已经大大削弱了藩镇的战斗力，由朝廷直辖的六军兵强马壮，对付区区张业的叛军绰绰有余，虽然赵廷隐和王处回还被禁足在都堂内，但孟昶必须做好最坏的打算。城中禁军除了要迅速铲除张业在京都的旧部，还需监控赵廷隐和王处回的府邸。尤其是赵廷隐，他的两个儿子均在朝中为官，姻亲无数，次子赵崇韬更是身居兵部侍郎的高位。

承乾殿的西暖阁中，安思谦和幕僚杨鼎夫添油加醋地大肆渲染赵廷隐的谗言。

平心而论，孟昶并不是个偏听偏信的昏聩皇帝，但任何人到了最高层面，很多立志克服的反省和理智就开始日趋淡薄，尤其在这千钧一发的时刻。孟昶被张业临死前的那番怒骂呛得口吐鲜血，想到赵廷隐因为长期同赵季良争权，时常偏向张业一方，此时被安思谦一番撺掇，心中的疑虑不免再次放大。

“赵廷隐谋反，后果不堪设想，请陛下允许我带兵包围太尉府。”

“好！安思谦兼领兵部侍郎一职，今晚带兵将太尉府围住，等张业余孽剿除，再行搜查。”

安思谦等这一刻等了很多年，他眼看着韩保贞、王昭远一个个的官职都比自己高，心急如焚却找不到突破口，在杨鼎夫的建议下，好不容易才找到这个立功受赏的机会。

等安思谦喜滋滋地领旨离开之后，孟昶异常疲倦地仰躺在龙榻上，许他以墨制拜官受职不合规矩，但这件事在休息的间隙敲定，没有经过中书审理、门下复核的程序，自然无人劝谏进言。

宣华苑的后宫，五品以上的女官妃嫔都聚在咸宜宫和太后一起守在延昌殿内。东方吐露鱼肚白，日晷上出现淡淡的晷影，整整一个通宵过去了。女史通传太后懿旨，命众妃嫔各自回宫。

花蕊刚安顿好玄宝和如常，便有通禀昭容李艳求见。

“玄喆和玄珏昨日在御前失态，是臣妾教导无方，请夫人指点。”在昭容李艳还是宫婢晴好的时候，她就是个善于察言观色的人。日前两位皇子吓得在凤銮中大声哭泣，她急中生智教他们在众目睽睽之下说出那番话来，始终让人觉得别扭。回到后宫，眼见太后对皇子态度冷淡，心里惊惧不安，只好拉下脸来求见花蕊。

“二位皇子担心父皇，情有可原。他们昨日很勇敢，虽是童言稚语也不要紧，日后多跟前朝将帅接触，领略兵马要领就好。”花蕊不忍见她焦虑，耐心地安慰道，“玄喆今年有十一岁了吧？”

“玄喆十一，玄珏也有八岁了。”

花蕊点点头道：“陛下十三岁即任行军司马，不过因为战时。如今国泰民安，陛下重文治甚于武功。等叛乱平定，可禀明陛下为玄喆、玄珏指定专职教授，以他们的性情，再假以时日，想必会很快长进。”

李艳恍然大悟，垂眸感谢：“夫人说得对！玄喆身为嫡长子，更应该文治武功样样精通！可惜他自小害怕研习兵书，倒是对音律书法颇有研究。”

花蕊笑笑说：“书写《文选》的孙逢吉教习不错。玄喆喜好书法，我这里正好有天家的行书字帖一本，可让玄喆、玄珏临摹学习。”

她说着从案前找了几本字帖递给李艳。

李艳拿在手里，恭谦地致谢离去。

午后时分，烟柳来到凌波殿，却见花蕊心神不宁地在案几上四处翻找。

“夫人落什么东西了？”

“四郎李玹的那幅画卷不见了，到处都找不到。”

“亏了那幅画！”烟柳拍着胸口回禀，“高彦俦领兵直取东湖，将苑中埋伏一一捕获，唯独不见张继昭。他们按天家诏令将一幢小楼的地板撬开，果然露出地道。据说那地道直通一里之外的叛军帐营。他们在暗道口点燃秸秆柴火，将暗道中的伏兵全数熏出，正中包围，张继昭被生擒。”

这结果早在花蕊的意料之中，她蹙着眉头，心不在焉地叹了口气说：“但愿是我想多了，本该烧了它的。”

承乾殿的正殿之上，孟昶端坐于御榻之中，朝臣的面前均摆放着茶水点心。李昊回到自己的位置坐下，看起来神情惨淡，欧阳炯在他旁边，两人目光相接，各自留下不同的意味。李昊甚是感激并深感侥幸，欧阳炯则坦然相对，对李昊在这场巨变中的表现露出赞许的表情。

户部尚书韦縠正执笏奏禀：“……臣受命执掌度支、土地、钱谷之政和贡赋之差以来，寝不安席，食不甘味，只因枢密使王处回专权贪纵，四方各国馈献的贡物，都需要先送到王家府邸，然后再给皇家内廷……”

韦縠的话再次引起朝堂议论，宰辅权倾朝野众所周知，但专横如此出乎众人意料。原本以为皇帝会拍案而起，但只见他歪着头想了想，目光落到李昊身上。

张业和李昊先后掌管过度支，此时张业已死，叛军已服，李昊赶忙从台席上起身奏禀：“臣执掌度支期间，王处回不仅擅权专横、贪婪恣肆，还出卖官职，收受罪犯的贿赂。如今他家产巨万，财货已占内廷的三分有二，请陛下裁夺决断。”

“你认为该如何裁夺才能平定人心？”

“……臣以为……王处回当与逆贼张业同罪处罚。”

“杀吗？”

“嗯嗯……嗯……”李昊看了看孟昶的表情，有些拿捏不准，他犹豫了片刻说道：“不杀不足以平民怨。”

孟昶目光幽冷，深深地吸了口气说：“朕即位以来，立志尊儒尚道，力惩骄奢淫逸之风。这些年朝内气象翻新，朝外货殖繁盛；如果没有开国武将保境安民，谈何荡涤官场君臣提纲挈领，谈何长风破浪引导儒学道统。”

欧阳炯见皇帝灰心，忍不住执笏出席：“陛下说得对！逆臣张业刚伏法，再行杀戮恐怕不妥。”毋昭裔附议道：“张业谋逆，其罪当诛，王处回贪赃纵权，还望陛下仔细审理。”

因为连续通宵达旦地议政，朝中官员都露出疲态，李昊是亲见孟昶在都堂内吐血的，于是奏请退朝，明日再议。孟昶准允，下朝后却叫上毋昭裔、欧阳炯、韦縠等人一起来到都堂，召见了枢密使王处回。

王处回已经从李昊口中得知了这两日所发生的一切，想起张业与他同朝多年，因为与幼主不合，无法同情同理，看到他落得这般下场，不免有些兔死狐悲的感慨。

“当年高祖往梓州受降途中身染重病，臣为安抚众心独自服侍，凡高祖吃过的饭食，皆由臣将残羹全部吃完。明德元年高祖病重，遗诏托孤，几位宰辅商议秘不发丧，速立陛下为新君。是臣亲自宣遗诏让陛下改名为昶，于高祖柩前登基。很多时候，臣梦中还会梦到那些亲密无间的旧日时光，很多时候都想追随高祖而去啊！君臣一体，自古所难，就算陛下今日没有宣召，臣也准备请辞告老还乡了。”

“哦！”孟昶冷哼了声，缓缓走上龙榻，“以亚贤的应变之才，朝野内外无不推崇。是朕亏待你吗？何至于卖官索贿，变得如此奢靡纵容，这是为什么？”

“臣年纪大了，长子被贬后，王家后继无人，想趁着在位多留一些给子孙后代，仅此而已。”王处回淡淡地笑了一笑，说：“臣与张业共事多年，见他恣意纵横、飞扬跋扈，陛下非但不加责备，反而恩宠加倍。那年张业趁皇帝出兵成、阶二州之际私贪万金，陛下不过做做样子将赵季礼关了几天刑部大牢，还恩宠恢复张继昭的爵位。只怪臣等眼拙，以为陛下的心志不过如此。”听到王处回这番灰心的话语，孟昶冷冽的表情忽然松动下来，他咬了咬唇，道：“亚贤……你对朕如此没有信心，三郎是你亲自将扶的，你竟这样以为？”

“平心而论，三郎未曾亏待老臣。你自小深谋远虑，早已不是需要我等辅佐的幼主啦，”王处回心如死灰，他看看孟昶说：“唉……现在说这些还有什么用呢！臣多谢陛下不杀之恩，这就回乡去了。”

“慢着！”孟昶制止，他转头看了看欧阳炯、毋昭裔、李昊和韦縠，说道：“听完亚贤一席话，朕深感惭愧。即日起，为免君臣言路不通，视听不清，立匭函四只分设承乾殿、宫城、皇城和大玄门。所有官吏包括蜀中百姓，只要对朕或者朝廷有任何不满，都可投入其中，朕会定期打开。”欧阳炯领命，只听孟昶又说：“另外，封王处回武德节度使兼中书令，他的过错是因朕的疏忽造成的，朕会另行宣召众臣。”此言一出，都堂内的人都愣住了，王处回更是一行老泪从眼角流出，口中嗫嚅，露出惨淡的神情：“天家，确实长大了……”

李昊向王处回使眼色，示意他谢恩，王处回却当没看见一般，只是沉默。

孟昶神态冷清地对众臣道：“都退下吧，明日早朝还有要事参议。”

众臣从都堂出来，还未到彰信门，只听王处回拱手道：“王某先行一步。”说完也不看其他人的脸色，便转身跨出门去。

毋昭裔停下脚步，其余人等驻步在他的身后。

韦縠品阶稍低，是个性格直爽的文人，他对王处回的行为很不理解：“王阁老似乎对陛下的宽宥并不领情，稳坐凌烟阁的功臣不好吗？”欧阳炯接口道：“王相还有傲骨在身，但事到如今还能怎样呢？他倒想有机会当韩信留一世英名呢，奈何天家不做刘邦。”

接下来，没有人再说话，大家都眯着眼睛望着王处回远去，在夕阳下拖出一道长长的影子。

孟昶乘舆回到宣华苑，先到延昌殿请安，再摆驾天启宫。

天色微暗，晚霞已将大内宫禁染成了瑰丽的红色。银铃般的欢笑在寂静的宫殿中响起，玄宝从房廊尽头跑过，大热的天儿，轻薄的锦罗披在身上，总角遮囟，就像天上的麒麟子降世。孟昶还未踏上阶级，远远地看见一团彩焰舞风而来，他展开双臂，玄宝俯冲而下，双脚轻轻一跃便攀附在他的脖颈上，像只小猴子那样挂起来，孟昶踉跄着后退了两步，将玄宝抱在怀中哈哈大笑，埋头在他粉团儿一样的脸上亲吻了一下。

“阿耶！”玄宝不知从哪里掏了块玉露团塞进他嘴里，稚嫩的声音像流莺婉转，孩童特有的奶香味儿吹在脸颊上，勃勃的生机让他郁闷的心情畅快起来。

花蕊带着如常走上前。五岁的如常，银盘样的圆脸像初开的山茶花，娇嫩欲滴，她脆声声地唤了声：“阿耶！”便伸手拉住孟昶的衣襟，软糖一样贴在他的膝头上。

花蕊将挂在孟昶脖子上的玄宝抱了过来。

“玄宝重了，阿耶看看如常是不是也重了！”孟昶说着便将如常抱起来，往清晖阁走去。

花蕊一边走一边温声问：“怎样？”

孟昶摇摇头：“倦了，躺一会儿。”

虽然疲倦至极，孟昶却睡得并不安稳，李仁罕、张业和王处回的面容一直在他脑海中来回闪动，鬼魅般的身影后，赵廷隐在高深莫测地笑，无数的声音像行咒般逼问这些血腥和来自他的罪恶。五月骄阳似火，入夜后的天气依然焦热，摩诃池的龙骨水车吱呀、吱呀地转动着，清凉的池水顺着顶梁滴滴答答地落下，带出一丝凉风，吹起了阁中的芙蓉帐。

戌时三刻，花蕊依然守在枕边轻摇团扇。

孟昶在睡梦中呼吸急促，额角的青筋暴起，细密的汗水不断渗出。她将他的手腕拿起，搭指上去，只觉脉势软弱，时断时续。她痛苦地锁着眉心，多年前，皇帝也是这般倒在浣花。孟昶忽然辗转低吼了句：“荒谬！”花蕊吓了一跳，俯身将他抱住，被梦魇纠缠的皇帝浑然不觉，健硕的身躯大汗如浆，他攥着胸襟挣扎扭曲，口中传出呓语：“朕将帝位禅让给你，你欲壑难填，支配得了吗？”花蕊若有所思，走出清晖阁对富贵吩咐：“传韩保升！不，你亲自去韩府！”

鲁富贵从韩府回宫，交给花蕊一个小玉瓶，又到承乾殿传旨放朝五日，守候多时的朝臣窸窸窣窣地起身告退。

安思谦一脸焦灼地回到都堂，拉着左仆射丞相李昊的袖子低声问：“怎么回事儿，说好今日议事，怎么放朝了？”李昊睨了他一眼，眼珠却在半途停住，转过头来堆笑回道：“安都统莫急，陛下被逆臣所累，连日通宵未眠，大概是太过疲倦，你也赶紧回府歇息，养足精神才是。”

安思谦蹙着眉头左右为难，他得令兼领赵崇韬兵部侍郎一职，带兵将太尉府围住，只等张业余孽剿除，便行搜查。现在余孽已经剿除，太尉赵廷隐还被软禁在使院，赵崇韬却带着府牙亲兵与他的人马在顺城大街外对峙。朝中各丞均以未得圣旨为名避而不闻，如今能帮他解围的也只有皇帝而已。

“赵廷隐谋反这么大的事，我怎么安歇得下？”安思谦说得煞有其事，李昊却不以为然。远远地，他看见茶酒库使王昭远和丰德库使高延昭正结伴走进来。

“乞儿！”安思谦语气颇为急躁。

王昭远应了声，对李昊垂头行礼：“富贵公公让我带话给李相，赵太尉那里茶酒御食好生关照，五日后接到太清宫，陛下亲自召见。”说完正要离开，却被安思谦一把抓住，只听他高声问道：“天家五日后召见赵廷隐，那我呢？”

“富贵没说。”王昭远皱着眉头，捂着手臂说：“安大哥你轻点儿！”

安思谦悻悻地甩开他，拂袖跨出门去。王昭远看着他气急败坏的背影，正想说什么，忽听背后有人叫他：“昭远！”王昭远转过头去，原来是毋昭裔正向都堂走来。

“毋阁老！”王昭远赶紧迎出去，拱手一揖。

毋昭裔将他拉到梁柱后，悄声问道：“禁军包围太尉府，可有陛下的圣旨口谕？”

“当时我没在御前，事后也没听陛下说起。”

毋昭裔沉吟片刻，拉着王昭远的衣袖往外走，一边走一边说：“事情有些蹊跷，你跟我来，我写封书信到兴元府，让李廷立刻回京，有劳你去传飞书吧！”

“陛下让高彦俦回京，李廷接任山南西道还不到一个月，没有圣谕怎能擅自离开？我不去！”

“乞儿！”毋昭裔跺了跺脚，喊了他的小名，“事关紧急，这事儿只能交给你去办，若龙颜大怒，你只管推到我身上就是！张业谋逆，朝中已然乱成一团，对太尉和中书令一定要慎重，切不可让人利用！你明白吗？”

王昭远虽然信任毋昭裔，却很难理解他话中的意思，不禁睁大眼睛问：“利用，谁敢？”

“哎！”毋昭裔皱着眉头说，“等李廷回来，到御前陈述明白，你就懂了。兴元府离太尉所领的武定军最近，边境是否有异动，李廷最清楚。若太尉有异心，有李廷当场对峙，量他百般狡辩也不行。若有其他隐情，陛下未能及时察觉而处理不当，则朝廷肱股损失殆尽，蜀朝将陷入危局啊！”

“哦！好！”王昭远明白了毋昭裔的用心，立刻跟随着前往支计院。

五日后，倦怠疲惫的太尉赵廷隐乘着肩舆从夹城中直接到了宫禁太清宫。

御书房曾是他异常熟悉亲切的地方，如今聚集了众多朝臣，却变得讳莫难测。

孟昶头戴漆沙幞头端坐在北面龙榻上，身着玄色圆领常服。阳光从花窗洒进房中，隐约呈现出金丝织就的三异绣纹，几条锦鲤半明半暗。书房下方分别坐着左仆射丞相李昊、右仆射丞相欧阳炯、门下侍郎毋昭裔、六军都指挥使高彦俦、中书侍郎徐光溥和枢密院副使韩保贞，刚从兴元府赶来的山南西道节度使李廷也在场，而奉旨领兵包围太尉府的安思谦却未能获得召见。

赵廷隐看着御书房内这些朝臣，微微安了心，知道皇帝特意给了他辩解自述的机会。

“逆臣张业谋反确凿，朕已在五日前全数降伏，赵卿可有耳闻？”

赵廷隐身经百战，位极人臣，不用听任何人讲述便能还原五日前的血腥杀戮，何况他已经亲眼看到彪悍嚣张的张业如何死在都堂之中。他明白张业死了，王处回也完了，现在轮到他结束了。只是他还有三子七女，长子赵崇祚才华横溢、满腹文章，二子赵崇韬勇武善战、忠厚干练，他们才是他心底的隐忧和伤痛。

“张业罪孽深重，其罪当诛，臣承蒙恩宠，却与他过从甚密，几日静思，悔不当初，望陛下看在臣年老昏庸、病体难挨的份儿上，恩准我交出军职，颐养天年吧！”

孟昶看着他平静如常的表情，胸膛发热，有感慨也有内疚。在此之前，毋昭裔和王昭远将李廷带到御前，李廷向孟昶禀告武定军在边境的实情，证实武定军恪尽职守，未有丝毫异动。毋昭裔更是用前所未有的铿锵之音陈述了其中的利害关系，希望孟昶能迅速纠正自己的不当旨意。

他刚想到这儿，李廷急忙截住了赵廷隐的话头：“太尉何过之有，朝堂上与张业过从甚密者数不胜数，何必自行请罪呢？”此话一出，李昊、徐光溥等人纷纷起立，李昊拱手奏道：“太尉功高如山，今日又自请解职，此等深明大义，是贤臣之举啊！”

赵廷隐摆了摆手：“并非老臣深明大义，实在是这几年身体不济，风疾之症愈发严重，发作起来晕头转向、口眼㖞斜、言语不利，上月竟然昏厥跌倒、不省人事，幸得小儿及时发现，才得以救治调养。原本老臣准备这几日就跟陛下请辞，却因张业谋逆之事而耽搁下来。”

孟昶道：“头重不可忍，太尉要注意避暑，以‘饵药’静养，行针放血也可。让朕为你切脉看看。”说罢便从龙榻上走下来，坐到赵廷隐的身边。

富贵赶紧在赵廷隐的椅座前摆上锦垫，铺开御制小枕。孟昶微抬三指，将指腹轻放在赵廷隐撩开的腕间寸口，一边把脉一边说：“当初太尉追随先皇入西川，扼剑州破石敬瑭，代理昭武节度使；长兴三年入梓州杀董璋，又代理保宁军，先皇曾嘱咐朕聆训于宰辅，永不辜负；太尉若不负蜀朝，朕岂能做不义之君呢！”

赵廷隐的心里透着明白，高祖知祥设皇太子监国的时候，他就表示过反对，这个十六岁的少年太耀眼，聪明过人，实在不是他需要的便于摆布的人选。可是高祖知祥去得太快，所有人都不能迅速反应，加之李仁罕窥视篡权，以赵季良为首的托孤辅臣便连夜在先皇灵柩前扶他登基。

这皇位注定是他的，是天道！

“臣素来功微，蒙陛下恩宠，若有人以为臣不是出自真心，那都是小人之言，陛下大可不必放在心上，平心而对，合理合情，尽人事循大道即可。”赵廷隐不卑不亢，当他放下所有的欲念，摈弃私心再重新审视面前的皇帝时，才发觉蜀朝的治国之君非他莫属。

孟昶指尖微动，抬眸看了看他说：“太尉身体不好，安心休养便是。军职一事暂且不提，朝中大事还要靠我们君臣齐心，共同治理，如有不慎，难免尸积如山，血流成河！”说罢，他站起身来沉吟了片刻，向在座臣工问道：“枢密使一职空缺，还有何人可领？”

枢密使执掌军政大权于一己之手，权倾无上，前朝曾经出现过枢密使侵夺朝政，操纵君主废立的事情。王处回这个枢密使早在攻取凤州之时便名存实亡，如今枢密使一职空缺，朝中还有何人可领，何人敢领呢！

一时之间众人面面相觑，都噤声不语。

赵廷隐风轻云淡，他看着朝臣的样子，笑道：“陛下不妨从低阶的下臣中提拔两位，一来感恩主上提携不敢侵权，二来没有士族幕僚左右其动机。枢密院的机构已经很完善了，只需赤胆忠心之人执事便可。”

一席话正中孟昶的下怀，他感念赵廷隐能够迅速放下心结，微笑着点了点头。

“赵阁老所言极是！臣请陛下定夺。”众臣迅速附议。

孟昶在须臾间便定夺了两位合适的人选：“丰德库使高延昭和茶酒库使王昭远，这二人的名声和地位向来轻微，暂且授他们为通奏使，主持枢密院事务便是。”

而后，孟昶还不甚满意，又着手调整了朝臣领衔事务。左仆射丞相李昊改门下侍郎兼户部尚书翰林学士，兵部侍郎徐光溥为中书侍郎兼礼部尚书，加恩同平章事；毋昭裔为左仆射丞相兼门下侍郎。

议事完毕，众臣告退，孟昶将徐光溥留了下来。

“安思谦领兵部侍郎一职，奉命查证太尉，此时正在顺城大街与赵崇韬对峙，你去传旨，让他撤了。”

“这事儿在成都府闹得沸沸扬扬，请陛下明示，让臣心里有个数，好妥善处理。”

“明天上朝，安思谦一定会将所查实证呈交御前，如有构陷，朕自当严处！”

徐光溥领旨离去，孟昶捏着眉心在御榻上独坐良久。富贵上前轻轻地询问：“今天夫人在凌波殿设宴，太后和众妃嫔去那里喝酒了，天家要不要摆驾？”

孟昶摆了摆手，从袖中掏出一枚拇指大小的精致玉瓶，小瓶通体釉亮，抹茶底色上一条白色蟠龙栩栩如生。他随手倒了颗丹丸吞下，说：“传孟九到御前。”

富贵顿了半晌没动，孟昶眯着眼睛问道：“还有何事？”

“陛下吃的丹药是什么？”富贵的疑惑在心中存了很久，终于忍不住问了出来。

“没什么，方士之术罢了。”孟昶随口敷衍，“你让孟九去罨画居候着，我先歇息一会儿。”富贵扭捏了半天没动，孟昶不耐烦地问：“有什么话直说！”

富贵咬了咬牙，说：“天家听臣一句话，这……这丹药是误事的东西，不可多食。”

孟昶见富贵误会，有些啼笑皆非，他故意哦了一声问：“怎么误事？”

“我听说，废唐的太宗皇帝晚年时服用天竺方士炼制的‘延年之药’

导致病情加重；宪宗皇帝找长生不老的偏方，被方士所骗以至丹药中毒，几个月都不能上朝；穆宗皇帝即位后，立志惩办炼制丹药的方士，但后来却也重蹈覆辙，三十岁就中毒薨殂；武宗皇帝服食丹药后，毒热难忍，喜怒无常，临终前数十日不能说话；宣宗皇帝即位以后，立即杖杀道士赵归真、轩辕集等人，后来不知怎么回事也开始服用仙丹，由于中毒太深，背上长出脓疮，最后带着金丹之毒踏上黄泉路……”

孟昶啼笑皆非，存心逗他：“听你这么说，朕不得感谢那些道士方术吗！没有那些江湖骗子将皇帝统统害死，李唐盛世延续万年，哪来大蜀兴立？”

富贵在他灼灼眼光的注视下把头埋得越来越低，最后跪在地上哭了起来：“臣……臣乞求天家爱惜身体，万万不可尽信方士之术……早知道韩学士给臣的是这东西，臣绝不会交给夫人的！”

“好啦！”孟昶打断他的话，从怀中掏了块荷包丢到他手上，“赐佩金鱼袋，下去吧。”见富贵目瞪口呆，孟昶也不理会，径直坐到帷帐下翻阅起文书来。

“臣……”富贵还想说什么，看了看手中的金鱼袋荷包，再看看垂眸看书的皇帝，心中五味杂陈，只得跪谢告退。

孟昶忙于朝中事务，骑马打球荡舟游幸也不曾耽搁。花蕊丢了那画卷，辗转难安，终于忍不住请示御前，希望可以去散花楼见见朝光，探寻李玹的去处。

“让孟九护你去眉州吧，那里有你想见的人。”孟昶摸着下颌浅笑。

“眉州！”花蕊又惊又喜，粉拳捶在他身上，嗔怪道：“既然三郎知道李玹的去处，为何不宣他入宫？我走了，你怎么办？”

“等朝中安定下来，我也去眉州散散心，去吧。”孟昶风度翩翩，一切尽在掌控之中。